U0088153

超懶人
日語單字

是舉一反三的
日語單字書

50音基本發音表

a ㄚ		i ㄧ		u ㄨ		e ㄝ		o ㄡ	
あ	ア	い	イ	う	ウ	え	エ	お	オ
ka ㄎㄚ		ki ㄎㄧ		ku ㄎㄨ		ke ㄎㄝ		ko ㄎㄡ	
か	カ	き	キ	く	ク	け	ケ	こ	コ
sa ㄙㄚ		shi ㄒ		su ㄙ		se ㄙㄝ		so ㄙㄡ	
さ	サ	し	シ	す	ス	せ	セ	そ	ソ
ta ㄊㄚ		chi ㄑㄧ		tsu ㄘ		te ㄊㄝ		to ㄊㄡ	
た	タ	ち	チ	つ	ツ	て	テ	と	ト
na ㄋㄚ		ni ㄋㄧ		nu ㄋㄨ		ne ㄋㄝ		no ㄋㄡ	
な	ナ	に	ニ	ぬ	ヌ	ね	ネ	の	ノ
ha ㄏㄚ		hi ㄏㄧ		fu ㄈㄨ		he ㄏㄝ		ho ㄏㄡ	
は	ハ	ひ	ヒ	ふ	フ	へ	ヘ	ほ	ホ
ma ㄇㄚ		mi ㄇㄧ		mu ㄇㄨ		me ㄇㄝ		mo ㄇㄡ	
ま	マ	み	ミ	む	ム	め	メ	も	モ
ya ㄧㄚ				yu ㄧㄩ				yo ㄧㄡ	
や	ヤ			ゆ	ユ			よ	ヨ
ra ㄌㄚ		ri ㄌㄧ		ru ㄌㄨ		re ㄌㄝ		ro ㄌㄡ	
ら	ラ	り	リ	る	ル	れ	レ	ろ	ロ
wa ㄨㄚ				o ㄨ				n ㄣ	
わ	ワ			を	ヲ			ん	ン

ga ㄍㄚ		gi ㄍㄧ		gu ㄍㄨ		ge ㄍㄝ		go ㄍㄡ	
が	ガ	ぎ	ギ	ぐ	グ	げ	ゲ	ご	ゴ
za ㄗㄚ		ji ㄐㄧ		zu ㄗ		ze ㄗㄝ		zo ㄗㄡ	
ざ	ザ	じ	ジ	ず	ズ	ぜ	ゼ	ぞ	ゾ
da ㄉㄚ		ji ㄐㄧ		zu ㄗ		de ㄉㄝ		do ㄉㄡ	
だ	ダ	ぢ	ヂ	づ	ヅ	で	デ	ど	ド
ba ㄅㄚ		bi ㄅㄧ		bu ㄅㄨ		be ㄅㄝ		bo ㄅㄡ	
ば	バ	び	ビ	ぶ	ブ	べ	ベ	ぼ	ボ
pa ㄆㄚ		pi ㄆㄧ		pu ㄆㄨ		pe ㄆㄝ		po ㄆㄡ	
ぱ	パ	ぴ	ピ	ぷ	プ	ぺ	ペ	ぽ	ポ

拗音　　●Track 004

kya ㄎㄧㄚ	kyu ㄎㄧㄩ	kyo ㄎㄧㄡ
きゃ キャ	きゅ キュ	きょ キョ
sha ㄒㄧㄚ	**shu** ㄒㄧㄩ	**sho** ㄒㄧㄡ
しゃ シャ	しゅ シュ	しょ ショ
cha ㄑㄧㄚ	**chu** ㄑㄧㄩ	**cho** ㄑㄧㄡ
ちゃ チャ	ちゅ チュ	ちょ チョ
nya ㄋㄧㄚ	**nyu** ㄋㄧㄩ	**nyo** ㄋㄧㄡ
にゃ ニャ	にゅ ニュ	にょ ニョ
hya ㄏㄧㄚ	**hyu** ㄏㄧㄩ	**hyo** ㄏㄧㄡ
ひゃ ヒャ	ひゅ ヒュ	ひょ ヒョ
mya ㄇㄧㄚ	**myu** ㄇㄧㄩ	**myo** ㄇㄧㄡ
みゃ ミャ	みゅ ミュ	みょ ミョ
rya ㄌㄧㄚ	**ryu** ㄌㄧㄩ	**ryo** ㄌㄧㄡ
りゃ リャ	りゅ リュ	りょ リョ

gya ㄍㄧㄚ	gyu ㄍㄧㄩ	gyo ㄍㄧㄡ
ぎゃ ギャ	ぎゅ ギュ	ぎょ ギョ
ja ㄐㄧㄚ	**ju** ㄐㄧㄩ	**jo** ㄐㄧㄡ
じゃ ジャ	じゅ ジュ	じょ ジョ
ja ㄐㄧㄚ	**ju** ㄐㄧㄩ	**jo** ㄐㄧㄡ
ぢゃ ヂャ	づゅ ヂュ	ぢょ ヂョ
bya ㄅㄧㄚ	**byu** ㄅㄧㄩ	**byo** ㄅㄧㄡ
びゃ ビャ	びゅ ビュ	びょ ビョ
pya ㄆㄧㄚ	**pyu** ㄆㄧㄩ	**pyo** ㄆㄧㄡ
ぴゃ ピャ	ぴゅ ピュ	ぴょ ピョ

● | 平假名 | 片假名 |

目錄

動作篇

生理狀態篇

常用名詞篇

時間篇

物品狀態篇

慣用句篇

使用說明

　　本書介紹各種場合情況適用的基礎必備單字，同時和也列出
和該主題相關、舉一反三記憶相關的單字，希望藉由例句，幫
助讀者了解每個單字的用法，和相關單字間的差異或共通之處。
以下是本書的使用說明：

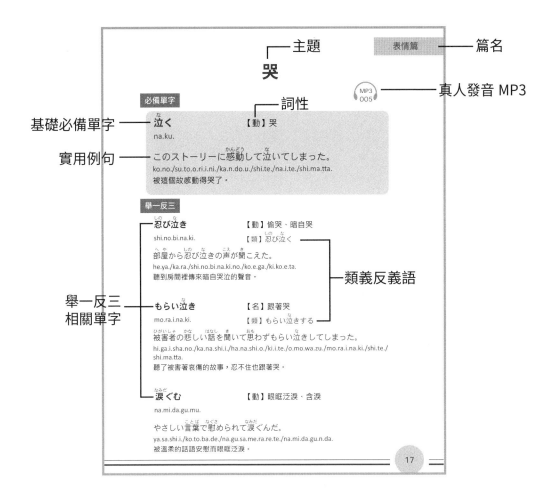

凡例

本書內容中主要符號標記如下：

必備單字　　最常用到的基礎單字。

舉一反三　　根據「必備單字」延伸出的相關單字，藉由這些
　　　　　　意思相近的單字，讓會話表現更豐富有內容。

各種詞性

【動】　動詞

【名】　名詞

【形】　形容詞

【副】　副詞

【疑】　疑問詞

【連】　連接詞

【常】　常用表現

類義語、反義語

【類】　意思相近的類義語

【反】　反義語

表情篇

笑

MP3
005

必備單字

わら
笑う　　　　　　　【動】笑

wa.ra.u.

せんせい　じょうだん　き　　　　　みな　はら　かか　　わら
先生の冗談を聞いて、皆は腹を抱えて笑った。

se.n.se.i.no./jo.u.da.n.o./ki.i.te./mi.na.wa./ha.ra.o./ka.ka.e.te./wa.ra.tta.

聽了老師開的玩笑，大家都捧腹大笑。

舉一反三

にがわら
苦笑い　　　　　　【名】苦笑

ni.ga.wa.ra.i.

かちょう　にがわら　　まちが　　みと
課長は苦笑いして間違いを認めた。

ka.cho.u.wa./ni.ga.wa.ra.i./shi.te./ma.chi.ga.i.o./mi.to.me.ta.

課長苦笑著承認了錯誤。

たかわら
高笑い　　　　　　【名】高聲笑、哈哈笑

ta.ka.wa.ra.i.

かれ　こた　　き　　　せんせい　たかわら
彼の答えを聞いて、先生が高笑いした。

ka.re.no./ko.ta.e.o./ki.i.te./se.n.se.i.ga./ta.ka.wa.ra.i./shi.ta.

聽了他的回答，老師高聲笑了。

ほほえ
微笑む　　　　　　【動】微笑

ho.ho.e.mu.

はは　しあわ　　　　　ほほえ
母は幸せそうに微笑んでいる。

ha.ha.wa./shi.a.wa.se.so.u.ni./ho.ho.e.n.de./i.ru.

媽媽看似幸福地微笑著。

哭

MP3
005

必備單字

泣く　　　　　　　【動】哭
な

na.ku.

このストーリーに感動して泣いてしまった。
かんどう　　　　な

ko.no./su.to.o.ri.i.ni./ka.n.do.u./shi.te./na.i.te./shi.ma.tta.

被這個故事感動得哭了。

舉一反三

忍び泣き　　　　　【動】偷哭、暗自哭
しの　な

shi.no.bi.na.ki.　　　　　【類】忍び泣く
　　　　　　　　　　　　　　　しの　な

部屋から忍び泣きの声が聞こえた。
へ　や　　　しの　な　こえ　き

he.ya./ka.ra./shi.no.bi.na.ki.no./ko.e.ga./ki.ko.e.ta.

聽到房間裡傳來暗自哭泣的聲音。

もらい泣き　　　　【名】跟著哭
な

mo.ra.i.na.ki.　　　　　　【類】もらい泣きする
　　　　　　　　　　　　　　　　　　　　　な

被害者の悲しい話を聞いて思わずもらい泣きしてしまった。
ひがいしゃ　かな　　はなし　き　　おも　　　　な

hi.ga.i.sha.no./ka.na.shi.i./ha.na.shi.o./ki.i.te./o.mo.wa.zu./mo.ra.i.na.ki./shi.te./
shi.ma.tta.

聽了被害者哀傷的故事，忍不住也跟著哭。

涙ぐむ　　　　　　【動】眼眶泛淚、含淚
なみだ

na.mi.da.gu.mu.

やさしい言葉で慰められて涙ぐんだ。
ことば　なぐさ　　　　なみだ

ya.sa.shi.i./ko.to.ba.de./na.gu.sa.me.ra.re.te./na.mi.da.gu.n.da.

被溫柔的話語安慰而眼眶泛淚。

笑聲

必備單字

ケラケラ

ke.ra.ke.ra.

【副】嘻嘻哈哈、呵呵笑

【類】ゲラゲラ

子供がペンギンの動きを見てケラケラと笑った。
ko.do.mo.ga./pe.n.gi.n.no./u.go.ki.o./mi.te./ke.ra.ke.ra.to./wa.ra.tta.
小朋友看到企鵝的動作，嘻嘻地笑了。

舉一反三

くすくす

ku.su.ku.su.

【副】竊笑

彼は漫画を読みながらくすくす笑った。
ka.re.wa./ma.n.ga.o./yo.mi.na.ga.ra./ku.su.ku.su./wa.ra.tta.
他一邊讀著漫畫一邊竊笑。

にこにこ

ni.ko.ni.ko.

【副】笑咪咪、笑盈盈

先生はいつも明るくてにこにこしている。
se.i.se.n.wa./i.tsu.mo./a.ka.ru.ku.te./ni.ko.ni.ko./shi.te./i.ru.
老師總是很開朗而且笑盈盈地。

にやにや

ni.ya.ni.ya.

【副】奸笑

弟はにやにやしながらいたずらを考えている。
o.to.u.to.wa./ni.ya.ni.ya./shi.na.ga.ra./i.ta.zu.ra.o./ka.n.ga.e.te./i.ru.
弟弟一邊奸笑一邊想著如何惡作劇。

哭聲

必備單字

うるうる 【副】淚水在眼眶打轉

u.ru.u.ru.

<ruby>感動<rt>かんどう</rt></ruby>してうるうるした。

ka.n.do.u./shi.te./u.ru.u.ru./shi.ta.

因為感動，淚水在眼眶打轉。

舉一反三

しくしく 【副】抽咽、抽抽搭搭

shi.ku.shi.ku.

<ruby>迷子<rt>まいご</rt></ruby>の<ruby>子<rt>こ</rt></ruby>が<ruby>交番<rt>こうばん</rt></ruby>でしくしく<ruby>泣<rt>な</rt></ruby>いていた。

ma.i.go.no.ko.ga./ko.u.ba.n.de./shi.ku.shi.ku./na.i.te./i.ta.

迷路的孩子在派出所抽抽搭搭地哭著。

わあわあ 【副】哇哇大哭

wa.a.wa.a.

<ruby>大人<rt>おとな</rt></ruby>なのにわあわあと<ruby>泣<rt>な</rt></ruby>いてしまった。

o.to.na./na.no.ni./wa.a.wa.a.to./na.i.te./shi.ma.tta.

明明是大人卻忍不住哇哇大哭。

めそめそ 【副】哭哭啼啼

me.so.me.so. 【類】めそめそする

<ruby>女<rt>おんな</rt></ruby>にふられたくらいでめそめそするな。

o.n.na.ni./fu.ra.re.ta./ku.ra.i.de./me.so.me.so./su.ru.na.

只是被女人甩了別這樣哭哭啼啼的。

看

MP3 007

必備單字

見る 【動】看

mi.ru.

彼女はずっと下の方を見ている。

ka.no.jo.wa./zu.tto./shi.ta.no./ho.u.o./mi.te./i.ru.

她一直看著下方。

舉一反三

見える 【動】看見

mi.e.ru.

ここからスカイツリーが見える。

ko.ko./ka.ra./su.ka.i.tsu.ri.i.ga./mi.e.ru.

從這裡可以看見晴空塔。

見かける 【動】撞見、碰巧看到

mi.ka.ke.ru.

駅で先生を見かけた。

e.ki.de./se.n.se.i.o./mi.ka.ke.ta.

在車站看到老師。

2度見 【名】再多看一眼

ni.do.mi.

彼女らが似すぎて思わず2度見した。

ka.no.jo.ra.ga./ni.su.gi.te./o.mo.wa.zu./ni.do.mi./shi.ta.

她們長得太像了，忍不住再多看了一眼。

忽略

必備單字

見逃す 　　　　【動】漏看、沒看到

mi.no.ga.su.

私 は重要なメールを見逃してしまった。

wa.ta.shi.wa./ju.u.yo.u.na./me.e.ru.o./mi.no.ga.shi.te./shi.ma.tta.

我漏看了很重要的郵件。

舉一反三

ざっと見る 　　　　【常】大致瀏覽

za.tto.mi.ru.

社 長はリストをざっと見た。

sha.cho.u.wa./ri.su.to.o./za.tto./mi.ta.

社長大致看過了名單。

見落とす 　　　　【動】漏看、沒看到

mi.o.to.su.

彼は赤信号を見落として、前の車にぶつけた。

ka.re.wa./a.ka.shi.n.go.u.o./mi.o.to.shi.te./ma.e.no./ku.ru.ma.ni./bu.tsu.ke.ta.

他沒看到紅燈而撞上了前方的車。

見て見ぬふり 　　　　【常】裝作沒看見、視而不見

mi.te.mi.nu.fu.ri.

課長は部下の小さい過ちを見て見ぬふりをした。

ka.cho.u.wa./bu.ka.no./chi.i.sa.i./a.ya.ma.chi.o./mi.te.mi.nu.fu.ri.o./shi.ta.

課長裝作沒看到部下的小過錯。

發怒生氣

必備單字

怒る　　　　　　　　【動】生氣、發怒

o.ko.ru.

彼は突然の知らせに怒った。

ka.re.wa./to.tsu.ze.n.no./shi.ra.se.ni./o.ko.tta.

他對突如其來的通知感到生氣。

舉一反三

腹立つ　　　　　　　【動】生氣、火大

ha.ra.da.tsu.

彼女のわがままに本当に腹立つ。

ka.no.jo.no./wa.ga.ma.ma.ni./ho.n.to.u.ni./ha.ra.da.tsu.

對她的任性感到火大。

頭にくる　　　　　　【動】憤怒、生氣

a.ta.ma.ni./ku.ru.

近所の人があまりにもうるさくて頭にきた。

ki.n.jo.no./hi.to.ga./a.ma.ri.ni.mo./u.ru.sa.ku.te./a.ta.ma.ni./ki.ta.

鄰居太吵了讓人很生氣。

ぷんぷん　　　　　　【副】氣憤

pu.n.pu.n.

姉は小さい事でぷんぷんしている。

a.ne.wa./chi.i.sa.i./ko.to.de./pu.n.pu.n./shi.te./i.ru.

姊姊因為小事而氣憤著。

哀傷

MP3 008

必備單字

悲_{かな}しい 　　　　　　【形】傷心、哀傷

ka.na.shi.i.

ペットが死_しんで悲_{かな}しい。

pe.tto.ga./shi.n.de./ka.na.shi.i.

因寵物死了很傷心。

舉一反三

切_{せつ}ない 　　　　　　【形】難過、悲傷

se.tsu.na.i.

この映画_{えいが}はとても切_{せつ}ない話_{はなし}です。

ko.no./e.i.ga.wa./to.te.mo./se.tsu.na.i./ha.na.shi./de.su.

這部電影講的是很悲傷的故事。

心苦_{こころぐる}しい 　　　　　　【形】難過、心痛

ko.ko.ro.gu.ru.shi.i.

友達_{ともだち}と離_{はな}れなければならないのは心苦_{こころぐる}しい。

to.mo.da.chi.to./ha.na.re.na.ke.re.ba./na.ra.na.i.no.wa./ko.ko.ro.gu.ru.shi.i.

不得不和朋友分離，感到很心痛。

心_{こころ}が痛_{いた}い 　　　　　　【常】心痛

ko.ko.ro.ga./i.ta.i.

被災者_{ひさいしゃ}の言葉_{ことば}を聞_きくと心_{こころ}が痛_{いた}い。

hi.sa.i.sha.no./ko.to.ba.o./ki.ku.to./ko.ko.ro.ga./i.ta.i.

聽了災民的話，覺得很心痛。

沒表情

必備單字

無表情 （むひょうじょう）　　　【名、形】面無表情、沒表情

mu.hyo.u.jo.u.

彼はそのジョークを無表情のまま聞いた。
（かれ）（むひょうじょう）（き）

ka.re.wa./so.no./jo.o.ku.o./mu.hyo.u.jo.u.no./ma.ma./ki.i.ta.

他面無表情地聽完那個笑話。

舉一反三

冷たい表情 （つめ）（ひょうじょう）　　　【常】冷漠的表情

tsu.me.ta.i./hyo.u.jo.u.

両親は冷たい表情で無言のまま入ってきた。
（りょうしん）（つめ）（ひょうじょう）（むごん）（はい）

ryo.u.shi.n.wa./tsu.me.ta.i./hyo.u.jo.u.de./mu.go.n.no./ma.ma./ha.i.tte./ki.ta.

父母帶著冷漠的表情，一語不發地走進來。

ポーカーフェイス　　　【名】撲克臉、扳著臉

po.o.ka.a.fe.i.su.

あの弁護士はどんな状況にあってもポーカーフェイスだ。
（べんごし）（じょうきょう）

a.no./be.n.go.shi.wa./do.n.na./jo.u.kyo.u.ni./a.tte.mo./po.o.ka.a.fe.i.su.da.

那位律師不管遇到什麼狀況，總是一張撲克臉。

平然とする （へいぜん）　　　【常】泰然自若

he.i.ze.n.to./su.ru.

あの子は平然と嘘をつく。
（こ）（へいぜん）（うそ）

a.no.ko.wa./he.n.ze.n.to./u.so.o./tsu.ku.

那孩子泰然自若地說謊。

驚訝

MP3
009

必備單字

驚く（おどろ）　　　　　【動】驚訝、嚇一跳

o.do.ro.ku.

私（わたし）たちが勝（か）ったと知（し）って驚（おどろ）いた。

wa.ta.shi.ta.chi.ga./ka.tta.to./shi.tte./o.do.ro.i.ta.

知道我們贏了的事，覺得很驚訝。

舉一反三

びっくりする　　　　　【動】嚇一跳

bi.kku.ri./su.ru.

私（わたし）達（たち）は結果（けっか）を見（み）てびっくりした。

wa.ta.shi.ta.chi.wa./ke.kka.o./mi.te./bi.kku.ri./shi.ta.

我們看到結果嚇了一跳。

息（いき）を呑（の）む　　　　　【常】摒息、摒住呼吸

i.ki.o./no.mu.

北海道（ほっかいどう）の景色（けしき）の美（うつく）しさに思（おも）わず息（いき）を呑（の）んだ。

ho.kka.i.do.u.no./ke.shi.ki.no./u.tsu.ku.shi.sa.ni./o.mo.wa.zu./i.ki.o./no.n.da.

北海道的景色美得讓人不禁摒息。

呆（あき）れる　　　　　【動】嚇呆、傻眼

a.ki.re.ru.

先生（せんせい）は彼（かれ）の回答（かいとう）に呆（あき）れた。

se.n.se.i.wa./ka.re.no./ka.i.to.u.ni./a.ki.re.ta.

老師對他的回答感到傻眼。

聽

MP3
010

必備單字

聴く ki.ku.
【動】聽
【類】聞く

彼女の歌を聴いてみたい。
ka.no.jo.no./u.ta.o./ki.i.te./mi.ta.i.
想聽聽看她的歌。

舉一反三

聴こえる ki.ko.e.ru.
【動】聽見
【類】聞こえる

遠くから音楽が聴こえる。
to.o.ku.ka.ra./o.n.ga.ku.ga./ki.ko.e.ru.
聽到從遠處傳來音樂。

聴き取る ki.ki.to.ru.
【動】聽懂、聽清楚
【類】聞き取り

私はあまり日本語を聴き取れない。
wa.ta.shi.wa./a.ma.ri./ni.ho.n.go.o./ki.ki.to.re.na.i.
我不太能聽得懂日文。

耳を傾ける mi.mi.o./ka.ta.mu.ke.ru.
【常】傾聽、專心聽

学生たちは目を閉じて音楽に耳を傾けた。
ga.ku.se.i.ta.chi.wa./me.o./to.ji.te./o.n.ga.ku.ni./mi.mi.o./ka.ta.mu.ke.ta.
學生們閉上眼傾聽音樂。

說

MP3 010

必備單字

話す　　　　　【動】說、聊

ha.na.su.

同窓会で彼とたくさん話した。

do.u.so.u.ka.i.de./ka.re.to./ta.ku.sa.n./ha.na.shi.ta.

同學會時和他聊了很多。

舉一反三

しゃべる　　　　　【動】閒聊、說

sha.be.ru.

私たちはお茶しながらしゃべっていた。

wa.ta.shi.ta.chi.wa./o.cha.o./shi.na.ga.ra./sha.be.tte./i.ta.

我們一邊喝茶一邊閒聊。

口を滑らせる　　　　　【常】說溜嘴

u.chi.o./su.be.ra.se.ru.

口を滑らせて秘密を言ってしまった。

ku.chi.o./su.be.ra.se.te./hi.mi.tsu.o./i.tte./shi.ma.tta.

不小心說溜嘴把祕密講出來了。

言葉を交わす　　　　　【常】對話

ko.to.ba.o./ka.wa.su.

あの人と言葉を交わしたことはない。

a.no.hi.to.to./ko.to.ba.o./ka.wa.shi.ta./ko.to.wa./na.i.

沒有和那個人說過話。

聞

必備單字

嗅ぐ（か）　　　【動】聞、嗅

ka.gu.

犬は赤ちゃんをくんくん嗅いだ。（いぬ・あか・か）

i.nu.wa./a.ka.cha.n.o./ku.n.ku.n./ka.i.da.

狗動著鼻子聞了嬰兒。

舉一反三

匂い（にお）　　　【名】味道

ni.o.i.　　　　　　【類】臭い（にお）

この部屋はいい匂いがする。（へ・や・にお）

ko.no./he.ya.wa./i.i./ni.o.i.ga./su.ru.

這房間有好聞的味道。

香り（かお）　　　【名】香味、香氣

ka.o.ri.　　　　　　【類】いい匂い（にお）

彼女はコーヒーの香りを嗅いだ。（かのじょ・かお・か）

ka.no.jo.wa./ko.o.hi.i.no./ka.o.ri.o./ka.i.da.

她聞了咖啡的香氣。

臭い（くさ）　　　【形】臭

ku.sa.i.

この漬物はとても臭い。（つけもの・くさ）

ko.no./tsu.ke.mo.no.wa./to.te.mo./ku.sa.i.

這個醬菜非常臭。

舉一反三的日語單字書

外觀篇

大

MP3
012

必備單字

大きい 【形】大
o.o.ki.i.

大きい魚を獲った。
o.o.ki.i./sa.ka.na.o./to.tta.
捕獲了大魚。

舉一反三

でかい 【形】大 (較大きい口語)
de.ka.i. 　　　　　　【類】どでかい

彼はでかい箱を運んできた。
ka.re.wa./de.ka.i./ha.ko.o./ha.ko.n.de./ki.ta.
他搬了一個大箱子來。

巨大 【形】巨大
kyo.da.i.

港に巨大な船がいっぱい泊まっている。
mi.na.to.ni./kyo.da.i.na./fu.ne.ga./i.ppa.i./to.ma.tte./i.ru.
港口停了很多巨大的船。

壮大 【形】壯闊
so.u.da.i.

この城はとても壮大で美しい。
ko.no./shi.ro.wa./to.te.mo./so.u.da.i.de./u.tsu.ku.shi.i.
這座城非常壯闊美麗。

小

MP3
012

必備單字

小さい 【形】小
ちい

chi.i.sa.i.

この部屋はとても小さい。
へ や　　　　　　　　ちい

ko.no./he.ya.wa./to.te.mo./chi.i.sa.i.

那個房間非常地小。

舉一反三

細かい 【形】細微、細緻
こま

ko.ma.ka.i.

細かい文字を読むと目が疲れる。
こま　　　もじ　よ　　　め　つか

ko.ma.ka.i./mo.ji.o./yo.mu.to./me.ga./tsu.ka.re.ru.

讀細小的文字時，眼睛會感到疲勞。

些細 【形】細微、細小
ささい

sa.sa.i.

彼はいつも些細な事で怒る。
かれ　　　　　ささい　こと　おこ

ka.re.wa./i.tsu.mo./sa.sa.i.na./ko.to.de./o.ko.ru.

他總是為了小事生氣。

プチ 【複合用詞】小、小型

pu.chi. 【用法】プチ＋名詞

昨日友達4人でプチ同窓会を行った。
きのうともだち よ にん　　　　　　どうそうかい　おこな

ki.no.u./to.mo.da.chi./yo.ni.n.de./pu.chi.do.u.so.u.ka.i.o./o.ko.na.tta.

昨天和4個朋友舉行了小型同學會。

美

MP3 013

必備單字

きれい　　　　　【形】美麗、漂亮、乾淨

ki.re.i.

彼女^{かのじょ}はとてもきれい。

ka.no.jo.wa./to.te.mo./ki.re.i.

她非常漂亮。

舉一反三

美^{うつく}しい　　　　　【形】美麗

u.tsu.ku.shi.i.

ここの景色^{けしき}はとても美^{うつく}しい。

ko.ko.no./ke.shi.ki.wa./to.te.mo./u.tsu.ku.shi.i.

這裡的景色非常美麗。

見^みた目^め　　　　　【名】外表、看起來、模樣

mi.ta.me.

このチョコレートは見^みた目^めがとてもかわいい。

ko.no./cho.ko.re.e.to.wa./mi.ta.me.ga./to.te.mo./ka.wa.i.i.

這個巧克力的造型很可愛。

かわいい　　　　　【形】可愛

ka.wa.i.i.

今日^{きょう}の服^{ふく}もかわいいね。

kyo.u.no./fu.ku.mo./ka.wa.i.i.ne.

今天的衣服也很可愛呢。

醜

MP3 013

必備單字

醜い　みにくい　【形】醜

mi.ni.ku.i.

この建物は醜い。（たてもの　みにく）

ko.no./ta.te.mo.no.wa./mi.ni.ku.i.

這建築物真醜。

舉一反三

ダサい　【形】醜、土氣

da.sa.i.

何でそんなダサい格好してるの？（なん　かっこう）

na.n.de./so.n.na./da.sa.i./ka.kko.u./shi.te.ru.no.

你怎麼穿得那麼土氣呢？

ブサイク　【形、名】醜

bu.sa.i.ku.

この犬はブサイクだけどかわいい。（いぬ）

ko.no./i.nu.wa./bu.sa.i.ku./da.ke.do./ka.wa.i.i.

這隻狗雖然醜但很可愛。(醜得很可愛)

見苦しい　みぐるしい　【形】看了難受、看不下去

mi.gu.ru.shi.i.

あまり学問を見せびらかすのは見苦しい。（がくもん　み　みぐる）

a.ma.ri./ga.ku.mo.no./mi.se.bi.ra.ka.su./no.wa./mi.gu.ru.shi.i.

過度炫耀學問讓人看了難受。

高

MP3
014

必備單字

高い　　　　　　　【形】高、貴
たか

ta.ka.i.

このビルは世界で一番高い建物です。
せかい　いちばんたか　たてもの

ko.no./bi.ru.wa./se.ka.i.de./i.chi.ba.n./ta.ka.i./ta.te.mo.no.de.su.

這棟樓是世界最高的。

舉一反三

高さ　　　　　　　【名】高度
たか

ta.ka.sa.

テレビタワーの高さは何メートルですか？
たか　なん

te.re.bi.ta.wa.a.no./ta.ka.sa.wa./na.n./me.e.to.ru./de.su.ka.

電視塔的高度是幾公尺呢？

そびえる　　　　　【動】聳立、矗立

so.bi.e.ru.

松山城は市の中心にそびえている。
まつやまじょう　し　ちゅうしん

ma.tsu.ya.ma.jo.u.wa./shi.no./chu.u.shi.n.ni./so.bi.e.te./i.ru.

松山城矗立在市中心。

高所　　　　　　　【名】高處
こうしょ

ko.u.sho.

高所恐怖症だから展望台には上りたくない。
こうしょきょうふしょう　てんぼうだい　のぼ

ko.u.sho.kyo.u.fu.sho.u.da.ka.ra./te.n.bo.u.da.i.ni.wa./no.bo.ri.ta.ku.na.i.

因為有懼高症，所以不想上去瞭望台。

低矮

MP3
014

低い
ひく

【形】低、矮

hi.ku.i.

【類】身長が低い
しんちょう　ひく

父は私より身長が低い。
ちち　わたし　しんちょう　ひく

chi.chi.wa./wa.ta.shi.yo.ri./shi.n.cho.u.ga./hi.ku.i.

爸爸的身高比我矮。

短い
みじか

【形】短

mi.ji.ka.i.

彼女は髪の毛が短い。
かのじょ　かみ　け　みじか

ka.no.jo.wa./ka.mi.no.ke.ga./mi.ji.ka.i.

她的頭髮很短。

小柄
こがら

【名、形】矮小、嬌小

ko.ga.ra.

彼女は小柄で痩せている。
かのじょ　こがら　や

ka.no.jo.wa./ko.ga.ra.de./ya.se.te./i.ru.

她很嬌小而且很瘦。

ちび

【名】小

chi.bi.

うちのちびっ子も４月から１年生です。
こ　しがつ　いちねんせい

u.chi.no./chi.bi.kko.mo./shi.ga.tsu.ka.ra./i.chi.ne.n.se.i.de.su.

我家的小朋友到４月也要上１年級了。

胖

MP3
015

必備單字

太る 【動】變胖
ふと
fu.to.ru.

食べ過ぎて太った。
た　す　ふと
ta.be.su.gi.te./fu.to.tta.
吃太多了變胖。

舉一反三

太っている 【常】肥、胖
ふと
fu.to.tte./i.ru.

部長は背が低くて太っている。
ぶちょう　せ　ひくく　ふと
bu.cho.o.wa./se.ga./hi.ku.ku.te./fu.to.tte./i.ru.
部長長得矮而且胖。

太い 【形】粗
ふと
fu.to.i.

野球選手は腕が太い。
やきゅうせんしゅ　うで　ふと
ya.kyu.u.se.n.shu.wa./u.de.ga./fu.to.i.
棒球選手的手臂很粗。

ぽっちゃり 【副】有肉、微胖、福態
po.ccha.ri. 　　　　　【類】ぽっちゃり（と）する

彼女はぽっちゃりしていてもかわいい。
かのじょ
ka.no.jo.wa./po.ccha.ri./shi.te./i.te.mo./ka.wa.i.i.
她就算微胖也很可愛。

瘦

必備單字

MP3
015

痩せる　　　　　　【名】變瘦

ya.se.ru.

もっと痩せたいなあ。

mo.tto./ya.se.ta.i.na.a.
好想再瘦一點啊。

舉一反三

痩せている　　　　　　【常】瘦的

ya.se.te./i.ru.

彼女はがりがりに痩せている。
ka.no.jo.wa./ga.ri.ga.ri.ni./ya.se.te./i.ru.
她骨瘦如柴。

細い　　　　　　【形】細

ho.so.i.

彼女は足がとても細い。
ka.no.jo.wa./a.shi.ga./to.te.mo./ho.so.i.
她的腿很細。

がりがり　　　　　　【副】骨瘦如柴

ga.ri.ga.ri.

近所にがりがりに痩せこけた野良猫がいる。
ki.n.jo.ni./ga.ri.ga.ri.ni./ya.se.ko.ke.ta./no.ra.ne.ko.ga./i.ru.
附近有骨瘦如柴的流浪貓。

純樸

MP3 016

必備單字

地味 じみ 【形】樸實、不顯眼

ji.mi.

彼女は地味な服を着ている。
かのじょ じみ ふく き

ka.no.jo.wa./ji.mi.na./fu.ku.o./ki.i.te./i.ru.

她穿著樸實的衣服。

舉一反三

素朴 そぼく 【形】樸素、質樸

so.bo.ku.

彼は素朴で純粋な人間です。
かれ そぼく じゅんすい にんげん

ka.re.wa./so.bo.ku.de./ju.n.su.i.na./ni.n.ge.n.de.su.

他是很質樸單純的人。

目立たない めだ 【常】不顯眼

me.da.ta.na.i. 【類】影が薄い かげ うす

田中くんはクラスでは目立たない存在です。
たなか めだ そんざい

ta.na.ka.ku.n.wa./ku.ra.su.de.wa./me.da.ta.na.i./so.n.za.i.de.su.

田中君在班上並不起眼。

控えめ ひか 【名、形】低調、克制、內斂

hi.ka.e.me.

皆の褒め言葉に彼女は控えめに微笑んだ。
みな ほ ことば かのじょ ひか ほほえ

mi.na.no./ho.me.ko.to.ba.ni./ka.no.jo.wa./hi.ka.e.me.ni./ho.ho.e.n.da.

面對大家的稱讚，她內斂地微笑著。

華麗顯眼

MP3 016

必備單字

派手 （はで）
ha.de.
【形】華麗、浮誇、花俏

彼女は派手なコートを着ている。（かのじょ／はで／き）
ka.no.jo.wa./ha.de.na./ko.o.to.o./ki.te./i.ru.
她穿著花俏的大衣。

舉一反三

目立つ （めだ）
me.da.tsu.
【動】醒目、顯眼

社長の赤いドレスは目立つ。（しゃちょう／あか／めだ）
sha.cho.u.no./a.ka.i./do.re.su.wa./me.da.tsu.
社長的紅色禮服很醒目。

華やか （はな）
ha.na.ya.ka.
【形】華麗、光鮮亮麗

とても豪華で華やかなパーティーでしたね。（ごうか／はな）
to.te.mo./go.u.ka.de./ha.na.ya.ka.na./pa.a.ti.i.de.shi.ta.ne.
真是既豪華又華麗的派對呢。

見栄を張る （みえ／は）
mi.e.o./ha.ru.
【常】擺闊、充排場、逞強

彼は見栄を張って、高級車を買った。（かれ／みえ／は／こうきゅうしゃ／か）
ka.re.wa./mi.e.o./ha.tte./ko.u.kyu.u.sha.o./ka.tta.
他為了擺闊，所以買了高級車。

厚

必備單字

厚い 【形】厚
あつ

a.tsu.i.

兄は手で厚い板を２つに割った。
あに　て　あつ　いた　ふた　わ

a.ni.wa./te.de./a.tsu.i./i.ta.o./fu.ta.tsu.ni./wa.tta.

哥哥用手把厚木板劈成兩半。

舉一反三

分厚い 【形】很厚
ぶ あつ

bu.a.tsu.i.

あの人は、毎日分厚い辞書を学校に持ってきた。
ひと　まいにちぶあつ　じしょ　がっこう　も

a.no./hi.to.wa./ma.i.ni.chi./bu.a.tsu.i./ji.sho.o./ga.kko.u.ni./mo.tte./ki.ta.

那個人，每天都帶著很厚的字典到學校。

肉厚 【形】(肉) 很厚、(肉) 很肥
にくあつ

ni.ku.a.tsu.

この季節のアジは肉厚で美味しい。
きせつ　にくあつ　お い

ko.no./ki.se.tsu.no./a.ji.wa./ni.ku.a.tsu.de./o.i.shi.i.

這個季節的竹筴魚很肥美。

厚手 【形、名】厚的
あつで

a.tsu.de.

寒いから今日は厚手のシャツを着た。
さむ　きょう　あつで　き

a.mu.i./ka.ra./kyo.u.wa./a.tsu.de.no./sha.tsu.o./ki.ta.

因為冷所以今天穿厚的襯衫。

薇

MP3 017

必備單字

薄い 【形】薄
u.su.i.

こんなに寒いのに何で薄いジャケットで来たの？
ko.n.na.ni./sa.mu.i.no.ni./na.n.de./u.su.i./ja.ke.tto.de./ki.ta.no.
這麼冷，怎麼只穿薄夾克來呢？

舉一反三

薄っぺら 【形】很薄、輕薄
u.su.ppe.ra.

寒い部屋に薄っぺらな布団で寝た。
sa.mu.i./he.ya.ni./u.su.pe.ra.na./fu.to.n.de./ne.ta.
在寒冷的房間裡蓋著很薄的被子睡了。

ひらひら 【副】輕飄飄
hi.ra.hi.ra.

花びらがひらひらと舞い落ちた。
ha.na.bi.ra.ga./hi.ra.hi.ra.to./ma.i.o.chi.ta.
花瓣輕輕地飄落。

薄手 【形、名】薄的
u.su.de.

このアウターは薄手で暖かい。
ko.no./a.u.ta.a.wa./u.su.de.de./a.ta.ta.ka.i.
這件外套又薄又暖。

41

濃

MP3
018

必備單字

濃い 【形】濃的、深色的
ko.i.

彼は目玉焼きに濃い茶色のソースをかけた。
ka.re.wa./me.da.ma.ya.ki.ni./ko.i./cha.i.ro.no./so.o.su.o./ka.ke.ta.
他在荷包蛋上淋了深咖啡色的醬料。

舉一反三

強烈 【形】強烈、深刻
kyo.u.re.tsu.

彼とは初対面でも強烈な印象を残した。
ka.re.to.wa./sho.ta.i.me.n./de.mo./kyo.u.re.tsu.na./i.n.sho.u.o./no.ko.shi.ta.
和他雖是初次見面但留下了深刻的印象。

濃厚 【形】濃厚、濃醇
no.u.ko.u.

このケーキは味が濃厚なバターのようです。
ko.no./ke.e.ki.wa./a.ji.ga./no.u.ko.u.na./ba.ta.a.no./yo.u.de.su.
這個蛋糕就像味道濃醇的奶油般。

凝縮する 【動】濃縮、精練
gyo.u.shu.ku./su.ru.

彼の心境がこの曲に凝縮されている。
ka.re.no./shi.n.kyo.u.ga./ko.no./kyo.ku.ni./gyo.u.shu.ku./sa.re.te./i.ru.
他的心情濃縮在這首歌裡。

淡

MP3
018

必備單字

薄い　　　　　　　【形】淡、薄
う す

u.su.i.

色が薄い。濃くしてください。
いろ　うす　　　　こ

i.ro.ga./u.su.i./ko.ku.shi.te./ku.da.sa.i.

顏色太淡了。調深一點。

舉一反三

淡い　　　　　　　【形】淺、淡
あわ

a.wa.i.

淡いピンクは柔らかく優しい印象を持っている。
あわ　　　　　やわ　　　　やさ　　いんしょう　も

a.wa.i./pi.n.ku.wa./ya.wa.ra.ka.ku./ya.sa.shi.i./i.n.sho.u.o./mo.tte./i.ru.

淺的粉紅色具有柔軟溫和的形象。

あっさりする　　　【動】淡雅、清淡、清爽

a.ssa.ri.su.ru.

部屋はあっさりした色にした方がいい。
へ や　　　　　　　　　いろ　　　　ほう

he.ya.wa./a.ssa.ri./shi.ta./i.ro.ni./shi.ta./ho.u.ga./i.i.

房間最好用清爽的顏色。

澄み切る　　　　　【動】清澈、澄澈
す　き

su.mi.ki.ru.　　　　　【類】透明
　　　　　　　　　　　　　とうめい

秋の空は水のように澄み切った。
あき　そら　みず　　　　　　す　き

a.ki.no./so.ra.wa./mi.zu.no./yo.u.ni./su.mi.ki.tta.

秋天的天空就像水一樣清澈。

形狀

MP3
019

必備單字

_{かたち}
形　　　　　　　　　　【名】形狀、形式

ka.ta.chi.

この商品は機能による様々な形がある。

ko.no./sho.u.hi.n.wa./ki.no.u.ni./yo.ru./sa.ma.za.ma.na./ka.ta.chi.ga./a.ru.

這項商品依功能而有各種造型。

舉一反三

フォーム　　　　　　【名】外觀、形狀、姿勢

fo.o.mu.　　　　　　　【類】形態

いい投球フォームってどんなフォームですか？

i.i./to.u.kyu.u./fo.o.mu.tte./do.n.na./fo.o.mu./de.su.ka.

好的投球姿勢是怎麼樣的呢？

_{かっこう}
格好　　　　　　　　【名】打扮、模樣

ka.kko.u.　　　　　　　【類】外見

派手な格好で出かけた。

ha.de.na./ka.kko.u.de./de.ka.ke.ta.

帶著花俏的打扮出門了。

_{こうぞう}
構造　　　　　　　　【名】構造

ko.u.zo.u.

この家は骨太の構造をしていて、耐震性が高い。

ko.no./i.e.wa./ho.ne.bu.to.no./ko.u.zo.u.o./shi.te./i.te./ta.i.shi.n.se.i.ga./ta.ka.i.

這房子的結構很紮實，耐震度很高。

顔色

必備單字

色（いろ）　　　　　　　　【名】顔色
i.ro.　　　　　　　　　　　　【類】色彩（しきさい）、カラー

暗（くら）い色（いろ）はあまり好（す）きじゃない。
ku.ra.i./i.ro.wa./a.ma.ri./su.ki./ja.na.i.
不太喜歡暗色系。

舉一反三

色遣（いろづか）い　　　　　　【名】用色
i.ro.zu.ka.i.

この絵（え）は色遣（いろづか）いが素晴（すば）らしいです。
ko.no./e.wa./i.ro.zu.ka.i.ga./su.ba.ra.shi.i.de.su.
這幅畫的用色很傑出。

色合（いろあ）い　　　　　　　【名】色調
i.ro.a.i.　　　　　　　　　【類】配色（はいしょく）

デザインも色合（いろあ）いも素敵（すてき）です。
de.za.i.n.mo./i.ro.a.i.mo./su.te.ki.de.su.
設計和色調都很出色。

彩（いろど）り　　　　　　　　【名】色彩、增色
i.ro.do.ri.　　　　　　　　【類】彩（いろど）る

社長（しゃちょう）の出席（しゅっせき）が大会（たいかい）に彩（いろど）りを添（そ）えてくれた。
sha.cho.u.no./shu.sse.ki.ga./ta.i.ka.i.ni./i.ro.do.ri.o./so.e.te./ku.re.te.
社長的出席為大會增色不少。

光澤平順

MP3
020

必備單字

滑らか 【形】光滑、滑溜

なめ

na.me.ra.ka.

この布は手触りが柔らかくて滑らかですね。
ぬの　てざわ　　　やわ　　　　　　　なめ

ko.no./nu.no.wa./te.za.wa.ri.ga./ya.wa.ra.ka.ku.te./ne.me.ra.ka.de.su.ne.

這塊布摸起來很柔軟又滑溜。

舉一反三

平ら 【形】平、平坦
たい

ta.i.ra. 【類】フラット

道路を平らにした。
どうろ　たい

do.u.ro.o./ta.i.ra.ni./shi.ta.

把道路弄平。

つるつる 【副】光滑、滑溜

tsu.ru.tsu.ru. 【類】つるつる（と）する

雪の後、道路はつるつるして危ない。
ゆき　あと　どうろ　　　　　　　　　　　　あぶ

yu.ki.no./a.to./do.u.ro.wa./tsu.ru.tsu.ru./shi.te./a.bu.na.i.

下雪過後，道路很滑非常危險。

すべすべ 【副】光滑、光潤

su.be.su.be.

若い人の肌はすべすべしている。
わか　ひと　はだ

wa.ka.i./hi.to.no./ha.da.wa./su.be.su.be./shi.te./i.ru.

年輕人的皮膚很光滑。

凹凸不平

必備單字

でこぼこ 【形、名】坑坑巴巴、凹凸不平
de.ko.bo.ko.

道はとてもでこぼこで運転しづらい。
mi.chi.wa./to.te.mo./de.ko.bo.ko.de./u.n.te.n./shi.zu.ra.i.
道路非常凹凸不平很難駕駛。

舉一反三

ざらざら 【副】粗糙
za.ra.za.ra.

このテーブルは手触りがざらざらしている。
ko.no./te.e.bu.ru.wa./te.za.wa.ri.ga./za.ra.za.ra./shi.te/i.ru.
這桌子的觸感很粗糙。

しわくちゃ 【名、形】皺皺的、皺巴巴
shi.wa.ku.cha.

服がしわくちゃになった。
fu.ku.ga./shi.wa.ku.cha.ni./na.tta.
衣服變得皺巴巴。

ぶつぶつ 【名、副】一粒粒、疙瘩
bu.tsu.bu.tsu.

顔にぶつぶつができた。
ka.o.ni./bu.tsu.bu.tsu.ga./de.ki.ta.
臉上長了一粒粒的 (疹子或痘子)。

堅固

MP3
021

必備單字

丈夫
じょうぶ

【形】堅固、強壯、耐用

jo.u.bu.

この財布は丈夫で長持ちする。
さいふ　じょうぶ　ながも

ko.no./sa.i.fu.wa./jo.u.bu.de./na.ga.mo.chi./su.ru.

這個錢包很耐用，可以用很久。

舉一反三

しっかり

【副】堅實、紮實、牢固

shi.kka.ri.

テーブルをしっかりと固定した。
こてい

te.e.bu.ru.o./shi.kka.ri.to./ko.te.i./shi.ta.

把桌子牢牢地固定好。

頑丈
がんじょう

【名、形】結實、牢靠

ga.n.jo.u.

この本棚は頑丈そうです。
ほんだな　がんじょう

ko.no./ho.n.da.na.wa./ga.n.jo.u.so.u.de.su.

這個書架看起來很牢固。

がっしり

【副】粗壯、壯大、堅固

ga.sshi.ri.

【類】がっちり

新しい社宅はがっしりした建物です。
あたら　　　しゃたく　　　　　　たてもの

a.ta.ra.shi.i./sha.ta.ku.wa./ga.sshi.ri./shi.ta./ta.te.mo.no.de.su.

新的公司宿舍是很堅固的建築。

脆弱

必備單字

MP3
021

もろい 　　　　　　　【形】脆弱

mo.ro.i.

ガラス製品はすごくもろいので、しっかりテープで固定
してください。
ga.ra.su./se.i.hi.n.wa./su.go.ku./mo.ro.i.no.de./shi.kka.ri./te.e.pu.de./ko.te.
i./shi.te./ku.da.sa.i.
玻璃製品非常脆弱，請用膠帶確實固定好。

舉一反三

割れやすい 　　　　　【常】易碎

wa.re.ya.su.i.

このコップは割れやすい。
ko.no./ko.ppu.wa./wa.re.ya.su.i.
這杯子很易碎。

壊れやすい 　　　　　【常】容易壞、脆弱

ko.wa.re.ya.su.i.

壊れやすい商品なのでしっかりと梱包してください。
ko.wa.re.ya.su.i./sho.u.hi.n./na.no.de./shi.kka.ri.to./ko.n.po.u.shi.te./ku.da.sa.i.
因為是很脆弱的商品，請確實包裝好。

繊細 　　　　　　　　【名】精細、細緻

se.n.sa.i.

彼女の作品はとても繊細で美しい。
ka.no.jo.no./sa.ku.hi.n.wa./to.te.mo./se.n.sa.i.de./u.tsu.ku.shi.i.
她的作品非常細緻且優美。

遠

MP3 022

必備單字

遠^{とお}い 【形】遠

to.o.i.

会社^{かいしゃ}はとても遠^{とお}い。

ka.i.sha.wa./to.te.mo./to.o.i.

公司非常遠。

舉一反三

程遠^{ほどとお}い 【形】差得遠

ho.do.to.o.i.

この論文^{ろんぶん}は完璧^{かんぺき}には程遠^{ほどとお}い。

ko.no./ro.n.bu.n.wa./ka.n.pe.ki.ni.wa./ho.do.to.o.i.

這篇論文離完美還差得遠。

遥々^{はるばる} 【副】千里迢迢、遙遠

ha.ru.ba.ru.

彼女^{かのじょ}は北海道^{ほっかいどう}から遥々来^{はるばるき}た。

ka.no.jo.wa./ho.kka.i.do.u./ka.ra./ha.ru.ba.ru./ki.ta.

她遠從北海道而來。

遥^{はる}か 【形、副】遠遠、遙遠

ha.ru.ka.

この映画^{えいが}は私^{わたし}たちが期待^{きたい}したより遥^{はる}かに面白^{おもしろ}かった。

ko.no./e.i.ga.wa./wa.ta.shi.ta.chi.ga./ki.ta.i./shi.ta./yo.ri./ha.ru.ka.ni./o.mo.shi.ro.ka.tta.

這部電影遠遠比我期待的還有趣。

近

必備單字

近い 【形】近
chi.ka.i.

駅は家から近い。
e.ki.wa./i.e./ka.ra./chi.ka.i.
車站離家很近。

舉一反三

身近 【形】身邊、貼身
mi.ji.ka. 【類】手近

スマホはいつも身近に置いています。
su.ma.ho.wa./i.tsu.mo./mi.ji.ka.ni./o.i.te./i.ma.su.
(智慧型) 手機一直都放在身邊。

緊密 【名、形】緊密、密切
ki.n.mi.tsu.

彼らは緊密に連絡をとっています。
ka.re.ra.wa./ki.n.mi.tsu.ni./re.n.ra.ku.o./to.tte./i.ma.su.
他們很密切地保持著聯絡。

すぐそこ 【常】就在那裡 (指很近的地方)
su.gu.so.ko.

コンビニはすぐそこです。
ko.n.bi.ni.wa./su.gu.so.ko.de.su.
便利商店就在那裡 (附近)。

寬廣

MP3
023

必備單字

広い　　　　　　　　【形】寬廣、寬闊

hi.ro.i.

この家のリビングはとても広い。

ko.no./i.e.no./ri.bi.n.gu.wa./to.te.mo./hi.ro.i.

這間房子的客廳非常寬闊。

舉一反三

手広い　　　　　　　【形】寬廣、廣泛

te.bi.ro.i.

その店はもっと手広い場所に引っ越した。

so.no./mi.se.wa./mo.tto./te.bi.ro.i./ba.sho.ni./hi.kko.shi.ta.

那間店搬到更廣寬的地方了。

開放的　　　　　　　【形】開闊

ka.i.ho.u.te.ki.　　　　【類】開放感

このキッチンは窓があるので、明るく開放的です。

ko.no./ki.cchi.n.wa./ma.do.ga./a.ru.no.de./a.ka.ru.ku./ka.i.ho.u.te.ki.de.su.

這個廚房因為有窗戶，所以很明亮開闊。

広々とする　　　　　【常】寬廣的、大範圍地

hi.ro.bi.ro.to./su.ru.

子犬は広々とした草原を走り回った。

ko.i.nu.wa./hi.ro.bi.ro.to./shi.ta./so.u.ge.n.no./ha.shi.ri.ma.wa.tta.

小狗在寬廣的草原上來回跑。

狹小

MP3 023

必備單字

狹い（せまい）　　　【形】狹窄

se.ma.i.

この部屋は物が多くてとても狹い。
（へや　もの　おお　　　　　せま）

ko.no./he.ya.wa./mo.no.ga./o.o.ku.te./to.te.mo./se.ma.i.

這房間的東西很多所以很狹窄。

舉一反三

窮屈（きゅうくつ）　　　【形】緊、侷促

kyu.u.ku.tsu.

この靴は小さすぎて窮屈です。
（くつ　ちい　　　　　きゅうくつ）

ko.no./ku.tsu.wa./chi.i.sa.su.gi.te./kyu.u.ku.tsu.de.su.

這鞋子太小了穿起來很緊。

圧迫感（あっぱくかん）　　　【名】壓迫感

a.ppa.ku.ka.n.　　　【類】圧迫（あっぱく）

この部屋は狹くて圧迫感を感じる。
（へや　　せま　　あっぱくかん　かん）

ko.no./he.ya.wa./se.ma.ku.te./a.ppa.ku.ka.n.o./ka.n.ji.ru.

這房間很狹窄讓人感到壓迫感。

限界（げんかい）　　　【名】臨界點、極限

ge.n.ka.i.

メモリーの容量が限界に達した。
（ようりょう　げんかい　たっ）

me.mo.ri.i.no./yo.u.ryo.u.ga./ge.n.ka.i.ni./ta.sshi.ta.

記憶體已經到達了極限。

空的

MP3
024

必備單字

空<ruby>空<rt>から</rt></ruby>っぽ　　　　　【名、形】空空的、空無一物

ka.ra.ppo.

買い物しすぎて財布が空っぽになった。

ka.i.mo.no./shi.su.gi.te./sa.i.fu.ga./ka.ra.ppo.ni./na.tta.

買太多東西，錢包變得空空的。

舉一反三

すかすか　　　　　【副】稀疏、稀稀落落、很多空隙

su.ka.su.ka.　　　　【類】隙間が多い

始発なので、車内はスカスカだった。

shi.ha.tsu./na.no.de./sha.na.i.wa./su.ka.su.ka.da.tta.

因為是第 1 班車，所以車內乘客稀稀落落。

がらがら　　　　　【副】稀稀落落

ga.ra.ga.ra.　　　　【類】からから

その映画は人気がなくて客席はいつもがらがら。

so.no./e.i.ga.wa./ni.n.ki.ga./na.ku.te./kya.ku.se.ki.wa./i.tsu.mo./ga.ra.ga.ra.

那部電影因為沒有人氣，所以觀眾席總是稀稀落落。

閑古鳥が鳴く　　　【常】門可羅雀

ka.n.ko.do.ri.ga./na.ku.

不景気でどの店も閑古鳥が鳴いているのだ。

fu.ke.i.ki.de./do.no./mi.se.mo./ka.n.ko.do.ri.ga./na.i.te./i.ru./no.da.

因為不景氣，每間店都門可羅雀。

滿的

必備單字

MP3
024

いっぱい 　　　　【副】很多、很滿

i.ppa.i.

会場にお客がいっぱい来ている。

ka.i.jo.u.ni./o.kya.ku.ga./i.ppa.i./ki.te./i.ru.

會場來了很多客人。

舉一反三

ぎゅうぎゅう詰め 　　【常】塞滿

gyu.u.gyu.u.zu.me. 　　【類】ぎっしり

今朝のバスは乗客がいっぱいでぎゅうぎゅう詰めだった。

ke.sa.no./ba.su.wa./jo.u.kya.ku.ga./i.ppa.i.de./gyu.u.gyu.u.zu.me.da.tta.

今早的公車乘客很多，車裡塞得滿滿的。

すし詰め 　　　　【常】塞滿、很擁擠

su.shi.zu.me.

私が乗っている通勤電車はいつもすし詰め状態だ。

wa.ta.shi.ga./no.tte./i.ru./tsu.u.ki.n.de.n.sha.wa./i.tsu.mo./su.shi.zu.me.jo.u.ta.i.da.

我坐的通勤電車總是塞滿了乘客。

満員 　　　　【名】客滿

ma.n.i.n.

昨日のコンサートは満員だった。

ki.no.u.no./ko.n.sa.a.to.wa./ma.n.i.n.da.tta.

昨天的演唱會是客滿的。

乾淨

必備單字

MP3
025

きれい 　　　　　【形】乾淨、漂亮

ki.re.i.

母は部屋をとてもきれいに掃除してくれた。
ha.ha.wa./he.ya.o./to.te.mo./ki.re.i.ni./so.u.ji./shi.te./ku.re.ta.
母親幫我把房間打掃得非常乾淨。

舉一反三

清潔 　　　　　【形】潔淨、乾淨
せいけつ

se.i.ke.tsu.

ちり１つない清潔なホテルに泊まりたい。
chi.ri./hi.to.tsu.na.i./se.i.ke.tsu.na./ho.te.ru.ni./to.ma.ri.ta.i.
我想要住一塵不染的乾淨飯店。

清潔感 　　　　　【名】潔淨感、清潔度
せいけつかん

se.i.ke.tsu.ka.n.

彼女はいつも清潔感のある服を着ている。
ka.no.jo.wa./i.tsu.mo./se.i.ke.tsu.ka.n.no./a.ru./fu.ku.o./ki.te./i.ru.
她總是穿著有潔淨感的衣服。

清らか 　　　　　【形】清澈、澄澈
きよ

ki.yo.ra.ka.

この島は空気が清らかで景色もきれいです。
ko.no./shi.ma.wa./ku.u.ki.ga./ki.yo.ra.ka.de./ke.shi.ki.mo./ki.re.i.de.su.
這島上的空氣很清淨，景色也很美麗。

骯髒

必備單字

汚い（きたな）　　　　　【形】髒
ki.ta.na.i.　　　　　　　【類】うす汚い（きたな）

彼（かれ）の部屋（へや）は散（ち）らかっていて汚（きたな）い。
ka.re.no./he.ya.wa./chi.ra.ka.tte./i.te./ki.ta.na.i.
他的房間又亂又髒。

舉一反三

濁る（にご）　　　　　　【動】混濁
ni.go.ru.

ここの水（みず）は泥（どろ）で濁（にご）っている。
ko.ko.no./mi.zu.wa./do.ro.de./ni.go.tte./i.ru.
這裡的水因為泥沙而混濁。

汚れる（よご）　　　　　【動】髒了、髒污
yo.go.re.ru.

転（ころ）んじゃって服（ふく）が汚（よご）れた。
ko.ro.n.ja.tte./fu.ku.ga./yo.go.re.ta.
跌倒把衣服弄髒了。

不潔（ふけつ）　　　　　【形】不乾淨
fu.ke.tsu.

このレストランはキッチンも汚（きたな）いし、お皿（さら）も不潔（ふけつ）な感（かん）じです。
ko.no./re.su.to.ra.n.wa./ki.cchi.n.mo./ki.ta.na.i.shi./o.sa.ra.mo./fu.ke.tsu.na./ka.n.ji.de.su.
這家餐廳的廚房很髒，盤子也感覺不乾淨。

清楚

MP3
026

必備單字

明^{あき}らか 【形】明顯、明白

a.ki.ra.ka.

彼^{かれ}の説明^{せつめい}で事実^{じじつ}が明^{あき}らかになった。

ka.re.no./se.tsu.me.i.de./ji.ji.tsu.ga./a.ki.ra.ka.ni./na.tta.

他的說明讓事實真象大白

舉一反三

明確^{めいかく} 【名、形】明確

me.i.ka.ku. 【反】あいまい (曖昧模糊)

誰^{だれ}に責任^{せきにん}があるかを明確^{めいかく}にしたい。

da.re.ni./se.ki.ni.n.ga./a.ru.ka.o./me.i.ka.ku.ni./shi.ta.i.

想要明確分清楚是誰的責任。

はっきり 【副】清楚、明白

ha.kki.ri. 【類】判然^{はんぜん}

言^いいたいことがあるならはっきり言^いいなさい。

i.i.ta.i./ko.to.ga./a.ru.na.ra./ha.kki.ri./i.i.na.sa.i.

如果有想說的就明白說出來。

見^みえ見^みえ 【名、形】顯而易見、一眼就能看穿

mi.e.mi.e. 【類】わかりやすい

彼^{かれ}は平気^{へいき}で見^みえ見^みえの嘘^{うそ}をついた。

ka.re.wa./he.i.ki.de./mi.e.mi.e.no./u.so.o./tsu.i.ta.

他泰然自若地說了個一眼就能看穿的謊言。

心境篇

孤單

必備單字

寂しい　　　　　　【形】孤單、寂寞

さび

sa.bi.shi.i.

みな　　わか　　　　　　　　　　　さび
皆と別れるのがすごく寂しい。

mi.na.to./wa.ka.re.ru.no.ga./su.go.ku./sa.bi.shi.i.

和大家分開覺得很孤單。

舉一反三

ひとりぼっち　　　　【名】獨自1人

hi.to.ri.bo.cchi.

みな　　かえ　　　　かのじょ　きょうしつ
皆が帰って、彼女は教室でひとりぼっちになった。

mi.na.ga./ka.e.tte./ka.no.jo.wa./kyo.u.shi.tsu.de./hi.to.ri.bo.cchi.ni./na.tta.

大家都回家，教室只剩她獨自1人。

寂しがり屋　　　　【名】怕寂寞的人

さび　　　　　や

sa.bi.shi.ga.ri.ya.

かれ　さび　　　　や　　　　　だれ　　　いっしょ　　　　　　す
彼は寂しがり屋で、いつも誰かと一緒にいるのが好き。

ka.re.wa./sa.bi.shi.ga.ri.ya.de./i.tsu.mo./da.re.ka.to./i.ssho.ni./i.ru.no.ga./su.ki.

他很怕寂寞，總是喜歡和人在一起。

わびしい　　　　　【形】孤寂、寂寞

wa.bi.shi.i.

ろうじん　　ひとり　　　　　　　　　はん　た
老人は1人わびしくご飯を食べている。

ro.u.ji.n.wa./hi.to.ri./wa.bi.shi.ku./go.ha.n.o./ta.be.te./i.ru.

老人1個人孤寂地吃著飯。

幸福

必備單字

しあわ
幸せ　　　　【形、名】幸福

shi.a.wa.se.

ともだち たんじょうび いわ しあわ
友達に誕生日を祝ってもらって、とても幸せです。

to.mo.da.chi.ni./ta.n.jo.u.bi.o./i.wa.tte./mo.ra.tte./to.te.mo./shi.a.wa.se.de.su.

朋友為我慶祝生日，覺得非常幸福。

舉一反三

ラッキー　　　　【形】幸運

ra.kki.i.

けさ でんしゃ ま　あ ほんとう
今朝、ギリギリで電車に間に合って、本当にラッキーだった。

ke.sa./gi.ri.gi.ri.de./de.n.sha.ni./ma.ni.a.tte./ho.n.to.u.ni./ra.kki.i.da.tta.

今早千鈞一髮之際趕上電車，真的是太幸運了。

さいわ
幸い　　　　【形】幸好、慶幸

sa.i.wa.i.

さいわ ししょうしゃ ひとり
幸いに死傷者は１人もなかった。

sa.i.wa.i.ni./shi.sho.u.sha.wa./hi.to.ri.mo./i.na.ka.tta.

幸好沒有任何傷亡。

こううん
好運　　　　【名】幸運、好運

ko.u.u.n.

まも こううん
このお守りは好運をもたらすよ。

ko.no./o.ma.mo.ri.wa./ko.u.u.n.o./mo.ta.ra.su.yo.

這個御守能帶來好運喔。

害羞

MP3
028

必備單字

人見知り（ひとみしり） 【名】怕生

hi.to.mi.shi.ri.

この子は誰に対してもニコニコして人見知りしない。

ko.no.ko.wa./da.re.ni./ta.i.shi.te.mo./ni.ko.ni.ko./shi.te./hi.to.mi.shi.ri./shi.na.i.

這孩子不管對誰都笑咪咪的，不會怕生。

舉一反三

恥ずかしい（は） 【形】不好意思、覺得丟臉

ha.zu.ka.shi.i.

皆の前で転んじゃってとても恥ずかしかった。

mi.na.no./ma.e.de./ko.ro.n.ja.tte./to.te.mo./ha.zu.ka.shi.ka.tta.

在大家的面前跌倒，真是丟臉。

恥ずかしがり屋（はや） 【名】個性害羞

ha.zu.ka.shi.ga.ri.ya.

彼女は恥ずかしがり屋で誰にも口を利けなかった。

ka.no.jo.wa./ha.zu.ka.shi.ga.ri.ya.de./da.re.ni.mo./ku.chi.o./ki.ke.na.ka.tta.

她個性害羞，不管對誰都無法開口攀談。

内気（うちき） 【形】個性害羞、內向

u.chi.ki.

彼は内気で人前で話すことが苦手だそうだ。

ka.re.wa./u.chi.ki.de./hi.to.ma.e.de./ha.na.su./ko.to.ga./ni.ga.te.da.so.u.da.

他好像很內向，不擅長在眾人面前發言。

大方

MP3
028

堂々とする
どうどう

do.u.do.u.to./su.ru.

【動】大方、光明正大

【類】堂々
どうどう

胸を張って堂々としていなさい。
むね　は　　　　どうどう

mu.ne.o./ha.tte./do.u.do.u.to./shi.te./i.na.sa.i.

帶著信心大方一點！

舉一反三

どんと構える
かま

do.n.to./ka.ma.e.ru.

【動】穩重、不為所動、不動如山

父は、些細な事では動じないし、どんなときでもどんと構えている。
ちち　　ささい　こと　　どう　　　　　　　　　　　　　　　　かま

chi.chi.wa./sa.sa.i.na./ko.to.de.wa./do.u.ji.na.i.shi./do.n.na./to.ki.de.mo./do.n.to./ka.ma.e.te./i.ru.

父親不會因小事而動搖，無論何時都不動如山。

落ち着く
お　つ

o.chi.tsu.ku.

【動】沉著、冷靜下來

【類】穩やか、悠々たる
おだ　　　ゆうゆう

彼女はいつも落ち着いた行動をする。
かのじょ　　　　　お　つ　　こうどう

ka.no.jo.wa./i.tsu.mo./o.chi.tsu.i.ta./ko.u.do.u.o./su.ru.

她總是能沉著冷靜地行動。

素直
すなお

su.na.o.

【形】坦率、誠實、直接

【類】率直
そっちょく

キャプテンは素直な性格なので、皆から信頼されている。
すなお　せいかく　　　　みな　　しんらい

kya.pu.te.n.wa./su.na.o.na./se.i.ka.ku./na.no.de./mi.na./ka.ra./shi.n.ra.i./sa.re.te./i.ru.

隊長因為個性坦率而受到大家的信賴。

期待

必備單字

期待する 【動】期待
きたい

ki.ta.i./su.ru.

私たちはいい知らせを期待している。
わたし　　　　　し　　　　　　きたい

wa.ta.shi.ta.chi.wa./i.i./shi.ra.se.o./ki.ta.i./shi.te./i.ru.

我們期待著好消息。

舉一反三

わくわくする 【動】興奮、期待

wa.ku.wa.ku./su.ru.

日本への旅行にわくわくしている。
にほん　　　　りょこう

ni.ho.n.e.no./ryo.ko.u.ni./wa.ku.wa.ku./shi.te./i.ru.

期待去日本的旅行。

待ち遠しい 【形】引頸期盼
ま　どお

ma.chi.do.o.shi.i. 【類】待望する
　　　　　　　　　　　　　　たいぼう

私は大好きなレッスンが待ち遠しい。
わたし　だいす　　　　　　　　　　ま　どお

wa.ta.shi.wa./da.i.su.ki.na./re.ssu.n.ga./ma.chi.do.o.shi.i.

我引頸期盼著喜歡的課程到來。

心待ちにする 【常】衷心期待
こころま

ko.ko.ro.ma.chi.ni./su.ru.

皆さんが台湾に来るのを心待ちにしています。
みな　　　　たいわん　く　　　　　こころま

mi.na.sa.n.ga./ta.i.wa.n.ni./ku.ru./no.o./ko.ko.ro.ma.chi.ni./shi.te./i.ma.su.

衷心期待各位蒞臨台灣。

失望

MP3
029

がっかり　　　　　　【副】失望

ga.kka.ri.　　　　　　【類】がっくり

不合格なんて本当にがっかりだ。

fu.go.u.ka.ku./na.n.te./ho.n.to.u.ni./ga.kka.ri.da.

竟然沒合格，真是太失望了。

舉一反三

失望する　　　　　　【動】失望

shi.tsu.bo.u./su.ru.

彼の両親はその結果に失望した。

ka.re.no./ryo.u.shi.n.wa./so.no./ke.kka.ni./shi.tsu.bo.u./shi.ta.

他的父母對那個結果感到失望。

見かけ倒し　　　　　【形、名】跌破眼鏡、大失所望

mi.ka.ke.da.o.shi.

あのレストランは雰囲気はいいが、料理は見かけ倒しだった。

a.no./re.su.to.ra.n.wa./fu.n.i.ki.wa./i.i.ga./ryo.u.ri.wa./mi.ka.ke.da.o.shi.da.tta.

那間餐廳雖然氣氛很好，但菜餚讓人大失所望。

落胆する　　　　　　【動】失望、氣餒、灰心

ra.ku.ta.n./su.ru.

たとえ失敗しても、落胆しないでね。

ta.to.e./shi.ppa.i./shi.te.mo./ra.ku.ta.n./shi.na.i.de.ne.

就算失敗了，也不要氣餒。

稱讚滿足

MP3 030

必備單字

満足する
ma.n.zo.ku./su.ru.

【動】滿足、滿意
【類】満ち足りる

私は今の仕事に満足している。
wa.ta.shi.wa./i.ma.no./shi.go.to.ni./ma.n.zo.ku./shi.te./i.ru.
我對現在的工作感到滿意。

舉一反三

気が済む
ki.ga./su.mu.

【常】滿意、心滿意足

週末は気が済むまで寝たい。
shu.u.ma.tsu.wa./ki.ga./su.mu./ma.de./ne.ta.i.
週末想睡到飽。(睡到滿意為止)

満喫する
ma.n.ki.tsu./su.ru.

【動】飽嘗、充分享受
【類】堪能する

バンコクで買い物と食事を満喫した。
ba.n.ko.ku.de./ka.i.mo.no.to./sho.ku.ji.o./ma.n.ki.tsu./shi.ta.
我們在曼谷充分享受購物和美食。

満たされる
mi.ta.sa.re.ru.

【動】滿足、充實

子供の笑顔を見ているだけで、心が満たされる。
ko.do.mo.no./e.ga.o.o./mi.te./i.ru./da.ke.de./ko.ko.ro.ga./mi.ta.sa.re.ru.
只要看到孩子的笑容，心裡就覺得滿足。

抱怨

MP3 030

必備單字

不満 （ふまん）　　　【名】不滿

fu.ma.n.

彼は給料に不満を感じている。（かれ きゅうりょう ふまん かん）

ka.re.wa./kyu.u.ryo.u.ni./fu.ma.n.o./ka.n.ji.te./i.ru.

他對薪水感到不滿。

舉一反三

文句 （もんく）　　　【名】抱怨、牢騷
　　　　　　　　　　　　【類】愚痴（ぐち）

mo.n.ku.

ホテルの部屋が汚くて、フロントに文句を言った。（へや きたな もんく い）

ho.te.ru.no./he.ya.ga./ki.ta.na.ku.te./fu.ro.n.to.ni./mo.n.ku.o./i.tta.

因為飯店的房間太髒，所以向櫃檯提出抱怨。

不平 （ふへい）　　　【名】不服氣、怨言
　　　　　　　　　　　　【類】不服（ふふく）、不平不満（ふへいふまん）

fu.he.i.

彼は自分の給料が低いと不平をこぼした。（かれ じぶん きゅうりょう ひく ふへい）

ka.re.wa./ji.bu.n.no./kyu.u.ryo.u.ga./hi.ku.i.to./fu.he.i.o./ko.bo.shi.ta.

他抱怨自己的薪資很低。

クレーム　　　　　　【名】客訴、埋怨
　　　　　　　　　　　　【類】苦情（くじょう）、物申す（ものもう）

ku.re.e.mu.

バイト初日で大きなミスをしてしまい、クレームが来ました。（しょにち おお き）

ba.i.to./sho.ni.chi.de./o.o.ki.na./mi.su.o./shi.te./shi.ma.i./ku.re.e.mu.ga./ki.ma.shi.ta.

打工的第1天就犯下很大的錯誤，收到了客訴。

高興

必備單字

嬉しい　　　　　【形】高興、開心

u.re.shi.i.

お会いできて嬉しいです。

o.a.i./de.ki.te./u.re.shi.i.de.su.

很高興見到你。

舉一反三

ハッピー　　　　　【形】開心

ha.ppi.i.

体重が減ってきて、とてもハッピーだよ。

ta.i.ju.u.ga./he.tte./ki.te./to.te.mo./ha.ppi.i.da.yo.

體重漸漸降下來，覺得十分開心。

上機嫌　　　　　【名、形】心情很好、興高采烈

jo.u.ki.ge.n.　　　　　【類】機嫌がいい、ご機嫌

兄は久しぶりに試合に勝って上機嫌で帰ってきた。

a.ni.wa./hi.sa.shi.bu.ri.ni./shi.a.i.ni./ka.tte./jo.u.ki.ge.n.de./ka.e.tte./ki.ta.

哥哥久違地贏了比賽，興高采烈地回來了。

喜び　　　　　【名】喜悅、愉快、樂趣

yo.ro.ko.bi.

皆で勝利の喜びを味わいたい。

mi.na.de./sho.u.ri.no./yo.ro.ko.bi.o./a.ji.wa.i.ta.i.

想和大家一起品嘗勝利的喜悅。

心情低落

必備單字

MP3
031

落ち込む　　　　　【動】鬱悶、心情低落
お　こ

o.chi.ko.mu.　　　　　【類】へこむ

彼は先生に叱られて、落ち込んだ。
かれ　せんせい　しか　　　　　お　こ

ka.re.wa./se.n.se.i.ni./shi.ka.ra.re.te./o.chi.ko.n.da.

他被老師罵了，所以心情低落。

舉一反三

打ちのめされる　　　【動】備受打擊
う

u.chi.no.me.sa.re.ru.

彼は悲しい知らせに打ちのめされた。
かれ　かな　　　　し　　　　う

ka.re.wa./ka.na.shi.i./shi.ra.se.ni./u.chi.no.me.sa.re.ta.

他因悲傷的消息而備受打擊。

テンションが下がる　　【常】心情急轉直下
さ

te.n.sho.n.ga./sa.ga.ru.　　【類】テンションが低い
ひく

仕事のミスでテンションが下がった。
しごと　　　　　　　　　　　さ

shi.go.to.no./mi.su.de./te.n.sho.n.ga./sa.ga.tta.

因為工作上的疏失，心情急轉直下。

ネガティブ　　　　　【形、名】負面想法、負面思考

ne.ga.ti.bu.　　　　　【類】消極的
しょうきょくてき

失敗を恐れてついついネガティブに考えてしまった。
しっぱい　おそ　　　　　　　　　　　　　　かんが

shi.ppa.i.o./o.so.re.te./tsu.i.tsu.i./ne.ga.ti.bu.ni./ka.n.ga.e.te./shi.ma.tta.

因為害怕失敗，忍不住有了負面思考。

樂意

MP3
032

必備單字

喜んで
よろこ

yo.ro.ko.n.de.

【常】我很樂意

【類】お安いご用
やす　　　よう

A:「相談に乗ってもらえますか？」
　　そうだん　の

so.u.da.n.ni./no.tte./mo.ra.e.ma.su.ka.

可以和你商量一下嗎？

B:「もちろん、喜んで。」
　　　　　　　　　よろこ

mo.chi.ro.n./yo.ro.ko.n.de.

當然可以，我很樂意。

舉一反三

快い
こころよ

ko.ko.ro.yo.i.

【形】爽快、快意

【類】快諾する
かいだく

課長は快く承諾してくれた。
かちょう　こころよ　しょうだく

ka.cho.u.wa./ko.ko.ro.yo.ku./sho.u.da.ku./shi.te./ku.re.ta.

課長很爽快地答應了。

二つ返事
ふた　へんじ

fu.ta.tsu.he.n.ji.

【名】連聲答應、爽快答應

彼女は友達の頼みを二つ返事で引き受けた。
かのじょ　ともだち　たの　ふた　へんじ　ひ　う

ka.no.jo.wa./to.mo.da.chi.no./ta.no.mi.o./fu.ta.tsu.e.n.ji.de./hi.ki.u.ke.ta.

她爽快地答應，接受了朋友的請託。

不情願

必備單字

MP3
032

しぶしぶ
渋々　　　　　　　　【副】勉為其難、勉強

shi.bu.shi.bu.　　　　　【類】嫌々
　　　　　　　　　　　　　　　いやいや

がくせい　　　　　しぶしぶせんせい　　し じ　　したが
学生たちは渋々先生の指示に 従 った

ga.ku.se.i.ta.chi.wa./shi.bu.shi.bu./se.n.se.i.no./shi.ji.ni./shi.ta.ga.tta.

學生們勉為其難地遵照老師的指示。

舉一反三

き　おも
気が重い　　　　　　【常】心情沉重、鬱悶

ki.ga./o.mo.i.

あした し　き　　　　　　　しごと　　た　　　　　　　　　　　き おも
明日締め切りなのに、仕事はまだ溜まっていて、なんだか気が重い。

a.shi.ta./shi.me.ki.ri./na.no.ni./shi.go.to.wa./ma.da./ta.ma.tte./i.te./na.n.da.ka./
ki.ga./o.mo.i.na.

明明是截止日，但工作還堆積如山，總覺得心情沉重。

めんどう
面倒くさがる　　　　【動】嫌麻煩、覺得厭煩

me.n.do.u.ku.sa.ga.ru.

こども　　りょうしん はなし めんどう　　　　　　　　てきとう あい　　う
子供が両親の話を面倒くさがって適当に相づちを打っている。

ko.do.mo.ga./ryo.u.shi.n.no./ha.na.shi.o./me.n.do.u.ku.sa.ga.tte./te.ki.to.u.ni./
a.i.zu.chi.o./u.tte./i.ru.

孩子們對父母的話感到厭煩，正隨便回答著。

え
やむを得ず　　　　　【常】不得不

ya.mu.o./e.zu.

ようじ　　　　　　え　　やす
用事でやむを得ず休ませていただきます。

yo.u.ji.de./ya.mu.o./e.zu./ya.su.ma.se.te./i.ta.da.ki.ma.su.

因為有事不得不請假。

害怕

必備單字

恐る恐る　　　　　　【副】害怕地、小心翼翼
（おそ　おそ）

o.so.ru.o.so.ru.

彼女は恐る恐るその怪しい箱を開けた。
（かのじょ　おそ　おそ　　　あや　はこ　あ）

ka.no.jo.wa./o.so.ru.o.so.ru./so.no./a.ya.shi.i./ha.ko.o./a.ke.ta.

她小心翼翼地打開那個可疑的箱子。

舉一反三

怖がる　　　　　　　【動】害怕
（こわ）

ko.wa.ga.ru.

この子は歯医者を怖がることはありません。
（こ　はいしゃ　こわ）

ko.no.ko.wa./ha.i.sha.o./ko.wa.ga.ru./ko.to.wa./a.ri.ma.se.n.

這孩子從不怕牙醫。

びくびく　　　　　　【副】提心吊膽

bi.ku.bi.ku.

弟は叱られるかと思ってびくびくしている。
（おとうと　しか　　　　　　　おも）

o.to.u.to.wa./shi.ka.ra.re.ru.ka.to./o.mo.tte./bi.ku.bi.ku./shi.te./i.ru.

弟弟覺得會被罵而提心吊膽。

心細い　　　　　　　【形】膽怯、不安
（こころぼそ）

ko.ko.ro.bo.so.i.

1人だけで海外へ行くのは心細い。
（ひとり　　　かいがい　い　　　こころぼそ）

hi.to.ri.da.ke.de./ka.i.ga.i.e./i.ku.no.wa./ko.ko.ro.bo.so.i.

獨自1人去國外會覺得膽怯。

勇敢

必備單字

MP3 033

勇気（ゆうき）　　　　【名】勇氣

yu.u.ki.

私（わたし）は勇気（ゆうき）を出（だ）して怖（こわ）い部長（ぶちょう）に相談（そうだん）した。
wa.ta.shi.wa./yu.u.ki.o./da.shi.te./ko.wa.i./bu.cho.u.ni./so.u.da.n./shi.ta.
我鼓起勇氣和可怕的部長商量事情。

舉一反三

度胸（どきょう）　　　　【名】膽量

do.kyo.u.

彼（かれ）は度胸（どきょう）のある人（ひと）だから、このピンチにも対応（たいおう）できるだろう。
ka.re.wa./do.kyo.u.no./a.ru./hi.to.da.ka.ra./ko.no./pi.n.chi.ni.mo./ta.i.o.u./de.ki.ru.da.ro.u.
他是個有膽量的人，應該也能處理這個危機吧。

肝が据わる（きも す）　　　　【常】有膽量、處變不驚

ki.mo.ga./su.w...u.

あの新人（しんじん）は若（わか）いのに、肝（きも）が据（す）わっている。
a.no./shi.n.ji.n.wa./wa.ka.i.no.ni./ki.mo.ga./su.wa.tte./i.ru.
那個新人雖然年輕，但很有膽量。

大胆（だいたん）　　　　【形】膽大、大膽

da.i.ta.n.

彼（かれ）は市民（しみん）と対立（たいりつ）して、ことを大胆（だいたん）に処理（しょり）した。
ka.re.wa./shi.mi.n.to./ta.i.ri.tsu./shi.te./ko.to.o./da.i.ta.n.ni./sho.ri./shi.ta.
他和市民對立，大膽地處理了事情。

爭吵

必備單字

喧嘩する　　　　　　　【動】吵架

けんか

ke.n.ka./su.ru.

私たちは仲がよくて、一度も喧嘩したことがない。

わたし　　　　　　なか　　　　　　　　　いちど　けんか

wa.ta.shi.ta.chi.wa./na.ka.ga./yo.ku.te./i.chi.do.mo./ke.n.ka.shi.ta./ko.to.ga./na.i.

我們的感情很好，從來沒吵過架。

舉一反三

口喧嘩　　　　　　　【名】拌嘴、吵架

くちげんか

ku.chi.ge.n.ka.

姉と兄はいつも些細なことで口喧嘩ばかりしている。

あね　あに　　　　　　　ささい　　　　　　　くちげんか

a.ne.to./a.ni.wa./i.tsu.mo./sa.sa.i.na./ko.to.de./ku.chi.ge.n.ka./ba.ka.ri./shi.te./i.ru.

哥哥姊姊總是為了小事拌嘴。

殴り合い　　　　　　　【名】互毆、打架

なぐ　あ

na.gu.ri.a.i.

彼らは軽い喧嘩から殴り合いになった。

かれ　　かる　けんか　　　なぐ　あ

ka.re.ra.wa./ka.ru.i./ke.n.ka./ka.ra./na.gu.ri.a.i.ni./na.tta.

他們從輕微的吵架演變成互毆。

冷戦状態　　　　　　　【名】冷戰狀態

れいせんじょうたい

re.i.se.n.jo.u.ta.i.

友達と喧嘩して冷戦状態になってしまった。

ともだち　けんか　　　れいせんじょうたい

to.mo.da.chi.to./ke.n.ka./shi.te./re.i.se.n.jo.u.ta.i.ni./na.tte./shi.ma.tta.

和朋友吵架而變成冷戰狀態。

原諒

MP3 034

必備單字

許^{ゆる}す　　　　　【動】原諒

yu.ru.su.

あなたに２度^{にど}と嘘^{うそ}をつかないので、許^{ゆる}してください。
a.na.ta.ni./ni.do.to./u.so.o./tsu.ka.na.i.no.de./yu.ru.shi.te./ku.da.sa.i.
我不會再騙你了，請原諒我。

舉一反三

水^{みず}に流^{なが}す　　　　　【常】一筆勾銷、付之東流

mi.zu.ni./na.ga.su.

お互^{たが}い喧嘩^{けんか}のことは水^{みず}に流^{なが}して仲良^{なかよ}くしようよ。
o.ta.ga.i./ke.n.ka.no./ko.to.wa./mi.zu.ni./na.ga.shi.te./na.ka.yo.ku./shi.yo.u.yo.
彼此就把吵架的事一筆勾銷，好好相處啦。

帳消^{ちょうけ}し　　　　　【名】抵消
　　　　　　　　　　　　　【類】チャラにする

cho.u.ke.shi.

今度^{こんど}こそいい結果^{けっか}を出^だして私^{わたし}のミスを帳消^{ちょうけ}しにしたい。
ko.n.do./ko.so./i.i.ke.kka.o./da.shi.te./wa.ta.shi.no./mi.su.o./cho.u.ke.shi.ni./shi.ta.i.
這次想要拿出好成果，好抵消我犯的錯。

勘弁^{かんべん}　　　　　【名】饒、放過
　　　　　　　　　　　　　【類】勘弁^{かんべん}する、堪忍^{かんにん}する

ka.n.be.n.

次^{つぎ}からちゃんとやりますから、今度^{こんど}だけは勘弁^{かんべん}してください。
tsu.gi.ka.ra./cha.n.to./ya.ri.ma.su.ka.ra./ko.n.do./da.ke.wa./ka.n.be.n./shi.te./ku.da.sa.i.
下次一定會好好做的，這次就饒了我吧。

相信

MP3 035

必備單字

信^{しん}じる 　　　　【動】相信

shi.n.ji.ru.

彼女^{かのじょ}は何^{なん}でも親^{おや}の言^いうことを信^{しん}じる。

ka.no.jo.wa./na.n.de.mo./o.ya.no./i.u.ko.to.o./shi.n.ji.ru.

不管父母說什麼她都會相信。

舉一反三

確信^{かくしん}する 　　　　【動】堅信、確信

ka.ku.shi.n./su.ru.

皆^{みな}の反応^{はんのう}を見^みて、彼^{かれ}は成功^{せいこう}すると確信^{かくしん}している。

mi.na.no./ha.n.no.u.o./mi.te./ka.re.wa./se.i.ko.u./su.ru.to./ka.ku.shi.n./shi.te./i.ru.

看了大家的反應，他堅信一定會成功。

信用^{しんよう}する 　　　　【動】信任

shi.n.yo.u./su.ru.

私^{わたし}は彼^{かれ}を信用^{しんよう}して何^{なん}でも話^{はな}せる。

wa.ta.shi.wa./ka.re.o./shi.n.yo.u./shi.te./na.n.de.mo./ha.na.se.ru.

我很信任他，什麼都能告訴他。

信頼^{しんらい} 　　　　【名】信賴、信任
　　　　　　　　　　【類】信頼^{しんらい}する

shi.n.ra.i.

あの政治家^{せいじか}は収賄^{しゅうわい}で国民^{こくみん}の信頼^{しんらい}を失^{うしな}った。

a.no./se.i.ji.ka.wa./shu.u.wa.i.de./ko.ku.mi.n.no./shi.n.ra.i.o./u.shi.na.tta.

那個政治家因為收賄而失去人民的信任。

懷疑

必備單字

疑う 【動】懷疑
うたが

u.ta.ga.u.

彼は子供が約束を守るか疑っている。
かれ こども やくそく まも うたが

ka.re.wa./ko.to.mo.ga./ya.ku.so.ku.o./ma.mo.ru.ka./u.ta.ga.tte./i.ru.

他懷疑孩子是不是能遵守約定。

舉一反三

推測 【名】推測、猜想
すいそく

su.i.so.ku.

これは何の根拠もない、ただ彼の推測です。
なん こんきょ かれ すいそく

ko.re.wa./na.n.no./ko.n.kyo.mo./na.i./ta.da./ka.re.no./su.i.so.ku.de.su.

這沒有任何依據,單純只是他的推測。

不審 【形】可疑
ふしん

fu.shi.n.

【類】不審がる
ふしん

あの人の証言に不審な点が多い。
ひと しょうげん ふしん てん おお

a.no./hi.to.no./sho.u.ge.n.ni./fu.shi.n.na./te.n.ga./o.o.i.

那人的證詞有很多可疑的地方。

怪しむ 【動】覺得可疑
あや

a.ya.shi.mu.

夕べ、夜釣りに行くとき、警察に怪しまれた。
ゆう よづ い けいさつ あや

yu.u.be./yo.zu.ri.ni./i.ku./to.ki./ke.i.sa.tsu.ni./a.ya.shi.ma.re.ta.

昨晚去夜釣時,警察覺得我很可疑。

誤會

MP3
036

必備單字

誤解 ごかい
go.ka.i.

【名】誤會
【類】誤解する ごかい

私の言い方が悪く、誤解を招いてしまった。
わたし　い　かた　わる　　　ごかい　　まね

wa.ta.shi.no./i.i.ka.ta.ga./wa.ru.ku./go.ka.i.o./ma.ne.i.te./shi.ma.tta.

我的說法太差，以致招來了誤會。

舉一反三

勘違いする かんちが
ka.n.chi.ga.i./su.ru.

【動】誤解、記錯
【類】思い違い おも　ちが

面接の時間を勘違いして1時間前に着いてしまった。
めんせつ　じかん　かんちが　　　　いちじかんまえ　つ

me.n.se.tsu.no./ji.ka.no./ka.n.chi.ga.i./shi.te./i.chi.ji.ka.n.ma.e.ni./tsu.i.te./shi.ma.tta.

記錯了面試時間，而提早1個小時到達。

間違える まちが
ma.chi.ga.e.ru.

【動】搞錯

初めての町だから、何度も道を間違えた。
はじ　　　まち　　　　なんど　みち　まちが

ha.ji.me.te.no./ma.chi.da.ka.ra./na.n.do.mo./mi.chi.o./ma.chi.ga.e.ta.

因為是第1次來到這城市，所以走錯了好幾次路。

混同する こんどう
ko.n.do.u./su.ru.

【動】搞混、混在一起

日本語の初心者はよく「ヨ」と「ユ」の発音を混同する。
にほんご　しょしんしゃ　　　　　　　　　　はつおん　こんどう

ni.ho.n.go.no./sho.shi.n.sha.wa./yo.ku./yo.to./yu.no./ha.tsu.o.n.o./ko.n.do.u./su.ru.

日語的初學者經常搞混「YO」和「YU」的發音。

坦白

MP3
036

必備單字

打ち明ける　　　【動】吐露、坦白

u.chi.a.ke.ru.

私は悩みを打ち明けてほっとした。

wa.ta.shi.wa./na.ya.mi.o./u.chi.a.ke.te./ho.tto.shi.ta.

我吐露了煩惱之後覺得鬆了一口氣。

舉一反三

自白　　　【名】坦白、招認

ji.ha.ku.　　　【類】白状

彼はカンニングのことを先生に自白した。

ka.re.wa./ka.n.ni.n.gu.no./ko.to.o./se.n.se.i.ni./ji.ha.ku.shi.ta.

他向老師坦白了作弊的事。

告白する　　　【動】告白、坦白

ko.ku.ha.ku./su.ru.　　　【類】告る

子供はテレビを壊したことを告白できなかった。

ko.do.mo.wa./te.re.bi.o./ko.wa.shi.ta./ko.to.o./ko.ku.ha.ku./de.ki.na.ka.tta.

孩子沒辦法坦白把電視弄壞的事。

明かす　　　【動】揭露、說出

a.ka.su.

社長が成功の秘訣を明かした。

sha.cho.u.ga./se.i.ko.u.no./hi.ke.tsu.o./a.ka.shi.ta.

社長揭露了成功的祕訣。

誠心

必備單字

誠に　まこと
ma.ko.to.ni.

【副】真心地、誠然
【類】本当に　ほんとう

ご連絡が遅くなり、誠に申し訳ございません。
れんらく　おそ　　　　　まこと　もう　わけ
go.re.n.ra.ku.ga./o.so.ku./na.ri./ma.ko.to.ni./mo.u.shi.wa.ke./go.za.i.ma.se.n.
這麼遲才聯絡，真的感到很抱歉。

舉一反三

実は　じつ
ji.tsu.wa.

【副】其實、事實上

ずっと黙ってたけど、実は私も野球が好きなんです。
だま　　　　　　じつ　わたし　やきゅう　す
zu.tto./da.ma.tte.ta./ke.do./ji.tsu.wa./wa.ta.shi.mo./ya.kyu.u.ga./su.ki./na.n.de.su.
一直沒說，其實我也喜歡棒球。

心底　しんそこ
shi.n.so.ko.

【名】內心深處、內心、心底
【類】本心　ほんしん

友人たちの暖かい心遣いに心底から感謝している。
ゆうじん　あたた　こころづか　しんそこ　かんしゃ
yu.u.ji.n.ta.chi.no./a.ta.ta.ka.i./ko.ko.ro.zu.ka.i.ni./shi.n.so.ko./ka.ra./ka.n.sha.shi.te./i.ru.
打從心底感謝朋友們溫暖的關懷。

誠実　せいじつ
se.i.ji.tsu.

【形】誠實、正直
【類】切実に　せつじつ

そこのスタッフはとても誠実で信用できる。
せいじつ　しんよう
so.ko.no./su.ta.ffu.wa./to.te.mo./se.i.ji.tsu.de./shi.n.yo.u./de.ki.ru.
那裡的工作人員很誠實值得信任。

說謊

必備單字

嘘をつく 【常】說謊
u.so.o./tsu.ku. 【類】嘘つき

彼は両親を喜ばすために嘘をついた。
ka.re.wa./ryo.u.shi.n.o./yo.ro.ko.ba.su./ta.me.ni./u.so.o./tsu.i.ta.
他為了讓雙親高興，而說了謊。

舉一反三

偽り 【名】虛假、虛偽、謊言
i.tsu.wa.ri. 【類】欺き

少年は警察に偽りの名前と住所を告げた。
sho.u.ne.n.wa./ke.i.sa.tsu.ni./i.tsu.wa.ri.no./na.ma.e.to./ju.u.sho.o./tsu.ge.ta.
少年告訴警察假的名字和地址。

捏造する 【動】捏造、假造
ne.tsu.zo.u./su.ru.

あの学生は実験を行わずにデータを捏造した。
a.no./ga.ku.se.i.wa./ji.kke.n.o./o.ko.na.wa.zu.ni./de.e.ta.o./ne.tsu.zo.u./shi.ta.
那個學生沒進行實驗就捏造了數據。

ごまかす 【動】含糊其詞、矇混
go.ma.ka.su.

彼は自分のミスを笑ってごまかした。
ka.re.wa./ji.bu.n.no./mi.su.o./wa.ra.tte./go.ma.ka.shi.ta.
他用笑容含糊掩飾自己的錯誤。

猶豫

MP3
038

必備單字

ためらう　　　　　　【動】猶豫

ta.me.ra.u.

私は海外へ行くかどうか、まだためらっている。

wa.ta.shi.wa./ka.i.ga.i.e./i.ku.ka./do.u.ka./ma.da./ta.me.ta.tte./i.ru.

我還在猶豫該不該出國。

舉一反三

さまよう　　　　　　【動】徘徊

sa.ma.yo.u.

ホームレスは町をあちこちさまよった。

ho.o.mu.re.su.wa./ma.chi.o./a.chi.ko.chi./sa.ma.yo.tta.

無家可歸的街友在城裡到處徘徊。

迷う　　　　　　【動】迷惑、迷惘、煩惱

ma.yo.u.

毎朝何を着ようか迷っている。

ma.i.a.sa./na.ni.o./ki.yo.u.ka./ma.yo.tte./i.ru.

每天早上都煩惱要穿什麼。

尻込みする　　　　　　【動】躊躇、退縮

shi.ri.go.mi./su.ru.

彼は手術と聞いて怖くなって、尻込みした。

ka.re.wa./shu.ju.tsu.to./ki.i.te./ko.wa.ku./na.tte./shi.ri.go.mi./shi.ta.

他聽到手術後覺得害怕而退縮了。

決定

必備單字

決める　き　【動】決定

ki.me.ru.　【類】決定する　けってい

散々迷った結果、彼は白い車に決めた。
さんざんまよ　けっか　かれ　しろ　くるま　き

sa.n.za.n./ma.yo.tta./ke.kka./ka.re.wa./shi.ro.i./ku.ru.ma.ni./ki.me.ta.

猶豫很久的結果，他決定要白色車。

舉一反三

決心　けっしん　【名】下決心、決定

ke.sshi.n.　【類】決断　けつだん

彼は留学する決心をした。
かれ　りゅうがく　けっしん

ka.re.wa./ryu.u.ga.ku./su.ru./ke.sshi.n.o./shi.ta.

他決定要去留學。

決意する　けつい　【動】決定、下決心

ke.tsu.i./su.ru.

医師からの指示で禁煙を決意した。
いし　しじ　きんえん　けつい

i.shi./ka.ra.no./shi.ji.de./ki.n.e.n.o./ke.tsu.i./shi.ta.

因為醫生的指示，決定要戒菸。

覚悟　かくご　【名】心理準備、決心

ka.ku.go.　【類】覚悟する　かくご

夢を叶えるためには人生全体を捧げるくらいの覚悟が必要だ。
ゆめ　かな　じんせいぜんたい　ささ　かくご　ひつよう

yu.me.o./ka.na.e.ru./ta.me.ni.wa./ji.n.se.i.ze.n.ta.i.o./sa.sa.ge.ru./ku.ra.i.no./ka.ku.go.ga./hi.tsu.yo.u.da.

為了實現夢想，就需要有奉獻整個人生的心理準備。

賛成

MP3
039

必備單字

賛成
さんせい

　　　　　　　　【名】賛成

sa.n.se.i.

私も同じ考えで、あなたの意見に賛成です。
わたし　おな　かんが　　　　　　　　いけん　さんせい

wa.ta.shi.mo./o.na.ji./ka.n.ga.e.de./a.na.ta.no./i.ke.n.ni./sa.n.se.i.de.su.

我也有相同的想法，所以贊成你的意見。

舉一反三

認める
みと

　　　　　　　　【動】認可、承認

mi.to.me.ru.

　　　　　　　　【類】支持する
　　　　　　　　　　　しじ

一生懸命考えた企画がやっと社長に認められた。
いっしょうけんめいかんが　きかく　　　　しゃちょう　みと

i.ssho.u.ke.n.me.i./ka.n.ga.e.ta./ki.ka.ku.ga./ya.tto./sha.cho.u.ni./mi.to.me.ra.re.
ta.

竭盡心力想出來的企畫，終於獲得社長的認可。

肩を持つ
かた　　も

　　　　　　　　【常】擁護、偏袒、站在同一邊

ka.ta.o./mo.tsu.

親友だから、私はできるだけあなたの肩を持つよ。
しんゆう　　　　わたし　　　　　　　　　　　かた　も

shi.n.yu.u.da.ka.ra./wa.ta.shi.wa./de.ki.ru.da.ke./a.na.ta.no./ka.ta.o./mo.tsu.yo.

因為是好朋友，我會盡可能站在你這邊的。

納得する
なっとく

　　　　　　　　【動】接受、心服口服

na.tto.ku./su.ru.

部下の説明を聞いて、部長も結果を納得した。
ぶか　せつめい　き　　　　ぶちょう　けっか　なっとく

bu.ka.no./se.tsu.me.i.o./ki.i.te./bu.cho.u.mo./ke.kka.o./na.tto.ku./shi.ta.

聽了屬下的說明，部長也接受結果了。

反對

MP3
039

必備單字

反対 <ruby>はんたい</ruby>

【名】反對

ha.n.ta.i.

【類】断固拒否 <ruby>だんこきょひ</ruby>

<ruby>わたし</ruby> は戦争 <ruby>せんそう</ruby> に反対 <ruby>はんたい</ruby> です。

wa.ta.shi.wa./se.n.so.u.ni./ha.n.ta.i.de.su.

我反對戰爭。

舉一反三

対立 <ruby>たいりつ</ruby>

【名】對立、敵對

ta.i.ri.tsu.

彼 <ruby>かれ</ruby> は対立 <ruby>たいりつ</ruby> を避 <ruby>さ</ruby> けるために課長 <ruby>かちょう</ruby> の指示 <ruby>しじ</ruby> に従 <ruby>したが</ruby> った。

ka.re.wa./ta.i.ri.tsu.o./sa.ke.ru./ta.me.ni./ka.cho.u.no./shi.ji.ni./shi.ta.ga.tta.

他為了避免敵對,而遵從了課長的指示。

反抗期 <ruby>はんこうき</ruby>

【名】叛逆期

ha.n.ko.u.ki.

息子 <ruby>むすこ</ruby> が反抗期 <ruby>はんこうき</ruby> で、私 <ruby>わたし</ruby> の言 <ruby>い</ruby> うことは聞いてくれない。

mu.su.ko.ga./ha.n.ko.u.ki.de./wa.ta.shi.no./i.u.ko.to.wa./ki.i.te./ku.re.na.i.

兒子正處於叛逆期,不肯聽我的話。

反発する <ruby>はんぱつ</ruby>

【動】反彈、抗拒

ha.n.pa.tsu./su.ru.

市長 <ruby>しちょう</ruby> の人 <ruby>ひと</ruby> をバカにしたような態度 <ruby>たいど</ruby> に住民 <ruby>じゅうみん</ruby> は強 <ruby>つよ</ruby> く反発 <ruby>はんぱつ</ruby> した.

shi.cho.u.no./hi.to.o./ba.ka.ni./shi.ta.yo.u.na./ta.i.do.ni./ju.u.mi.n.wa./tsu.yo.ku./
ha.n.pa.tsu./shi.ta.

市長把別人當傻瓜的態度,引起居民強烈反彈。

忍耐

MP3
040

必備單字

我慢
が まん

ga.ma.n.

【名】忍耐

【類】我慢強い
が まん づよ

ダイエットのために、おやつを我慢している。
が まん

da.i.e.tto.no./ta.me.ni./o.ya.tsu.o./ga.ma.n./shi.te./i.ru.

為了減肥，忍著不吃零食。

舉一反三

やせ我慢する
が まん

【動】逞強

ya.se.ga.ma.n./su.ru.

転んじゃって痛かったけど、やせ我慢して平気を装った。
ころ　　　　　　いた　　　　　　　　　　が まん　　　　　　へいき　よそお

ko.ro.n.ja.tte./i.ta.ka.tta.ke.do./ya.se.ga.ma.n./shi.te./he.i.ki.o./yo.so.o.tta.

跌倒了雖然很痛，但逞強假裝沒事。

根性がある
こんじょう

【常】有骨氣、有毅力

ko.n.jo.u.ga./a.ru.

【類】いい根性する
こんじょう

彼の長所は根性があることです。失敗してもくじけない。
かれ　ちょうしょ　こんじょう　　　　　　　　　　　　　　　しっぱい

ka.re.no./cho.u.sho.wa./ko.n.jo.u.ga./a.ru./ko.to.de.su./shi.ppa.i./shi.te.mo./ku.ji.ke.na.i.

他的優點是有毅力。就算失敗也不氣餒。

辛抱強い
しんぼうづよ

【形】有耐心

shi.n.bo.u.zu.yo.i.

彼は怒っていたけれども、辛抱強く妻の言うことを聞いた。
かれ　おこ　　　　　　　　　　　　　しんぼうづよ　つま　い　　　　　　　き

ka.re.wa./o.ko.tte./i.ta.ke.re.do.mo./shi.n.bo.u.zu.yo.ku./tsu.ma.no./i.u./ko.to.o./ki.i.ta.

他雖然生氣，但耐著性子聽妻子講的話。

煩躁

MP3
040

必備單字

いらいらする 【動】心煩

i.ra.i.ra./su.ru.

隣の騒音にいらいらしてきた。

to.na.ri.no./so.u.o.n.ni./i.ra.i.ra./shi.te./ki.ta.

因隔壁的噪音而變得心煩。

舉一反三

苛立つ 【動】焦急、心浮氣躁

i.ra.da.tsu.

彼は短気で、ほんの些細なことでさえすぐ苛立つ。

ka.re.wa./ta.n.ki.de./ho.n.no./sa.sa.i.na./ko.to.de.sa.e./su.gu./i.ra.da.tsu.

他很沒耐性，一點就事就心浮氣躁。

もやもやする 【動】心裡不舒服、不舒暢

mo.ya.mo.ya./su.ru. 【類】うっとうしい

心にわだかまりがあってもやもやしている。

ko.ko.ro.ni./wa.da.ka.ma.ri.ga./a.tte./mo.ya.mo.ya./shi.te./i.ru.

心裡有疙瘩，覺得很不舒暢。

うんざり 【副】厭煩

u.n.za.ri.

彼はいつも言い訳ばかりで、もううんざりだ。

ka.re.wa./i.tsu.mo./i.i.wa.ke./ba.ka.ri.de./mo.u./u.n.za.ri.da.

他總是一堆藉口，我已經厭煩了。

報復

MP3 041

必備單字

仕返し
しかえ
shi.ka.e.shi.

【名】報仇
【反】恩返し(報恩)
おんが

友達に裏切られ、いつか仕返ししてやろうと思っている。
ともだち　うらぎ　　　　　　　しかえ　　　　　　　　　おも
to.mo.da.chi.ni./u.ra.gi.ra.re./i.tsu.ka./shi.ka.e.shi.shi.te./ya.ro.u.to./o.mo.tte./i.ru.
被朋友背叛，想著總有一天要報仇。

舉一反三

見返す
みかえ
mi.ka.e.su.

【動】還以顏色、再看一次

彼はいつか周りを見返してやろうと誓った。
かれ　　　　まわ　　みかえ　　　　　　　　　ちか
ka.re.wa./i.tsu.ka./ma.wa.ri.o./mi.ka.e.shi.te./ya.ro.u.to./chi.ka.tta.
他發誓總有一天要對周遭的人還以顏色。

復讐する
ふくしゅう
fu.ku.shu.u./su.ru.

【動】報仇

私はいつか私を侮辱したやつに復讐する。
わたし　　　　わたし　ぶじょく　　　　　　ふくしゅう
wa.ta.shi.wa./i.tsu.ka./wa.ta.shi.o./bu.jo.ku.shi.ta./ya.tsu.ni./fu.ku.shu.u./su.ru.
我總有一天會向侮辱我的傢伙報仇。

リベンジ
ri.be.n.ji.

【名】再挑戰、報復

準決勝で負けてしまって、次は絶対リベンジしたい。
じゅんけっしょう　　ま　　　　　　　　　つぎ　ぜったい
ju.n.ke.ssho.u.de./ma.ke.te./shi.ma.tte./tsu.gi.wa./ze.tta.i./ri.be.n.ji./shi.ta.i.
在準決賽時輸了，下次一定要復仇。

人格特質篇

親切熱心

MP3 042

必備單字

親切 【形、名】親切

shi.n.se.tsu.

彼は親切に道案内をしてくれた。
ka.re.wa./shi.n.se.tsu.ni./mi.chi.a.n.na.i.o./shi.te./ku.re.ta.

他很親切地為我指路。

舉一反三

世話好き 【名】熱心

se.wa.zu.ki.

私の大家さんはとても世話好きで、いつもよくしてもらってます。
wa.ta.shi.no./o.o.ya.sa.n.wa./to.te.mo./se.wa.zu.ki.de./i.tsu.mo./yo.ku./shi.te./mo.ra.tte./ma.su.

我的房東非常熱心，總是對我很好。

気を配る 【常】照顧、注意、顧全

ki.o./ku.ba.ru.

彼女は優しい性格でいつも周りに気を配っている。
ka.no.jo.wa./ya.sa.shi.i./se.i.ka.ku.de./i.tsu.mo./ma.wa.ri.ni./ki.o./ku.ba.tte./i.ru.

她的個性很善良，總是照顧著周圍的人。

心遣い 【名】關懷、擔心

ko.ko.ro.zu.ka.i. 【類】思いやりがある

私は皆さんの温かい心遣いに感謝しています。
wa.ta.shi.wa./mi.na.sa.n.no./a.ta.ta.ka.i./ko.ko.ro.zu.ka.i.ni./ka.n.sha./shi.te./i.ma.su.

我很感謝大家溫暖的關懷。

冷淡

MP3
042

必備單字

冷たい （つめ） 【形】冷淡、冰冷

tsu.me.ta.i. 【類】つれない、冷淡（れいたん）

彼（かれ）は怒（おこ）っているようで、私（わたし）に冷（つめ）たい態度（たいど）をとっている。

ka.re.wa./o.ko.tte./i.ru./yo.u.de./wa.ta.shi.ni./tsu.me.ta.i./ta.i.do.o./
to.tte./i.ru.

他好像在生氣，用冷淡的態度對待我。

舉一反三

無関心 （むかんしん） 【名】沒興趣

mu.ka.n.shi.n. 【類】無頓着（むとんちゃく）

彼（かれ）は自分（じぶん）の専攻以外（せんこういがい）のことには全（まった）く無関心（むかんしん）だ。

ka.re.wa./ji.bu.n.no./se.n.ko.u.i.ga.i.no./ko.to./ni.wa./ma.tta.ku./mu.ka.n.shi.n.da.

他對自己主修以外的東西完全沒興趣。

素っ気ない （そ）（け） 【形】冷淡

so.kke.na.i.

彼女（かのじょ）は不満（ふまん）そうで素（そ）っ気（け）ない返事（へんじ）をした。

ka.no.jo.wa./fu.ma.n.so.u.de./so.kke.na.i./he.n.ji.o./shi.ta.

她看似不滿地給了冷淡的回答。

他人行儀 （たにんぎょうぎ） 【名】見外、客氣

ta.ni.n.gyo.u.gi. 【類】水くさい（みず）

同級生（どうきゅうせい）なのに、そんな他人行儀（たにんぎょうぎ）な話（はな）し方（かた）はしないでよ。

do.u.kyu.u.se.i./na.no.ni./so.n.na./ta.ni.n.gyo.u.gi.na./ha.na.shi.ka.ta.wa./shi.
na.i.de.yo.

明明是同學，不要用這麼見外的方式講話嘛。

聰明機伶

必備單字

賢い　かしこ
【形】聰明

ka.shi.ko.i.

かれ かしこ あいて い りかい
彼は賢くて、相手の言うことをすぐに理解できる。
ka.re.wa./ka.shi.ko.ku.te./a.i.te.no./i.u.ko.to.o./su.gu.ni./ri.ka.i./de.ki.ru.
他很聰明，對方講什麼都能立刻理解。

舉一反三

気が利く　き き
【常】機靈、懂得察言觀色

ki.ga./ki.ku.
【類】機転がいい　きてん

かれ しごと はんだん はや き き
彼は仕事の判断が早くて、気が利いている。
ka.re.wa./shi.go.to.no./ha.n.da.n.ga./ha.ya.ku.te./ki.ga./ki.i.te./i.ru.
他對工作的判斷很快，十分機靈。

利口　りこう
【形】聰明、機靈

ri.ko.u.

むずか もんだい わ がくせい りこう
そんな難しい問題も分かるなんてこの学生は利口だね。
so.n.na./mu.zu.ka.shi.i./mo.n.da.i.mo./wa.ka.ru./na.n.te./ko.no./ga.ku.se.i.wa./
ri.ko.u./da.ne.
這麼難的問題也知道，真是聰明的學生。

頭がいい　あたま
【常】頭腦很好、聰明

a.ta.ma.ga./i.i.
【類】頭の回転が速い　あたま かいてん はや

かれ あたま べんきょう きら
彼は頭がいいけど、勉強が嫌いみたいだ。
ka.re.wa./a.ta.ma.ga./i.i./ke.do./be.n.kyo.u.ga./ki.ra.i./mi.ta.i.da.
他雖然很聰明，但好像討厭讀書。

遲鈍

必備單字

鈍感
どんかん

【形、名】遲鈍

do.n.ka.n.

彼は鈍感で、いつも仕事のチャンスを逃している。
かれ　どんかん　　　　　　しごと　　　　　　　　　のが

ka.re.wa./do.n.ka.n.de./i.tsu.mo./shi.go.to.no./cha.n.su.o./no.ga.shi.te./i.ru.

他很遲鈍，總是錯失工作機會。

舉一反三

鈍い
にぶ

【形】遲鈍、鈍

ni.bu.i.

眠気で動きと反応が鈍くなった。
ねむけ　うご　　はんのう　にぶ

ne.mu.ke.de./u.go.ki.to./ha.n.no.u.ga./ni.bu.ku./na.tta.

因為想睡，動作和反應都變遲鈍了。

無神経
むしんけい

【形】反應遲鈍、不在乎、不體貼

mu.shi.n.ke.i.

彼女は服装に無神経で、いつもダサい服を着ている。
かのじょ　ふくそう　むしんけい　　　　　　　　　　　　ふく　き

ka.no.jo.wa./fu.ku.so.u.ni./mu.shi.n.ke.i.de./i.tsu.mo./da.sa.i./fu.ku.o./ki.te./i.ru.

她對服裝很沒概念，總是穿著土氣的衣服。

リアクションが遅い
おそ

【常】反應慢

ri.a.ku.sho.n.ga./o.so.i.

【類】反応が遅い
はんのう　おそ

彼はリアクションが遅いから、いつも彼女をいらいらさせる。
かれ　　　　　　　　　おそ　　　　　　　かのじょ

ka.re.wa./ri.a.ku.sho.n.ga./o.so.i./ka.ra./i.tsu.mo./ka.no.jo.o./i.ra.i.ra./sa.se.ru.

他因為反應很慢，總是讓她感到煩躁。

穩健

MP3
044

しっかりする　　　　【動】牢靠、穩健
shi.kka.ri./su.ru.　　　【類】頼_{たよ}りになる

彼_{かれ}はしっかりした性格_{せいかく}で、頼_{たよ}りになるよ。
ka.re.wa./shi.kka.ri./shi.ta./se.i.ka.ku.de./ta.yo.ri.ni./na.ru.yo.
他個性穩健，值得信賴。

舉一反三

気丈_{きじょう}　　　　　　【形】穩重、剛強

ki.jo.u.

息子_{むすこ}のために、弱_{よわ}みも見_みせずに気丈_{きじょう}に振_ふる舞_まっている。
mu.su.ko.no./ta.me.ni./yo.wa.mi.mo./mi.se.zu.ni./ki.jo.u.ni./fu.ru.ma.tte./i.ru.
為了兒子，不讓人看出柔弱之處，表現得很剛強。

堅実_{けんじつ}　　　　　　【形】踏實、腳踏實地

ke.n.ji.tsu.

彼_{かれ}は堅実_{けんじつ}な仕事_{しごと}ぶりで同僚_{どうりょう}や上司_{じょうし}からの信頼_{しんらい}を得_えた。
ka.re.wa./ke.n.ji.tsu.na./shi.go.to./bu.ri.de./do.u.ryo.u.ya./jo.u.shi./ka.ra.no./shi.n.ra.i.o./e.ta.
他因為踏實的工作表現，得到同事和上司的信賴。

芯の強い_{しん つよ}　　　　【常】剛強、穩健

shi.n.no./tsu.yo.i.

彼女_{かのじょ}は芯_{しん}の強_{つよ}い女性_{じょせい}で、常_{つね}に目標_{もくひょう}に向_むかって頑張_{がんば}っている。
ka.ra.jo.wa./shi.n.no./tsu.yo.i./jo.se.i.de./tsu.ne.ni./mo.ku.hyo.u.ni./mu.ka.tte./ga.n.ba.tte./i.ru.
她是很剛強穩健的女性，總是朝著目標努力。

孩子氣

MP3
044

必備單字

子供っぽい 【形】幼稚、像小孩

ko.do.mo.ppo.i.

彼は考え方が幼稚で子供っぽい。

ka.re.wa./ka.n.ga.e.ka.ta.ga./yo.u.chi.de./ko.do.mo.ppo.i.

他的思考方式很幼稚像小孩一樣。

舉一反三

大人気ない 【形】不像大人、不穩重

o.to.na.ge.na.i.

子供を相手に喧嘩するなんて大人気ないな。

ko.do.mo.o./a.i.te.ni./ke.n.ka./su.ru./na.n.te./o.to.na.ge.na.i.na.

和小朋友吵架，真是不像大人。

わがまま 【形】任性

wa.ga.ma.ma.

この子はわがままで、私の言うことを聞かないんです。

ko.no.ko.wa./wa.ga.ma.ma.de./wa.ta.shi.no./i.u./ko.to.o./ki.ka.na.i.n.de.su.

這孩子很任性，不聽我的話。

だだをこねる 【動】任性要求、耍賴要求

da.da.o./ko.ne.ru.

子供はだだをこねて新しいゲームを買ってもらおうとした。

ko.do.mo.wa./da.da.o./ko.ne.te./a.ta.ra.shi.i./ge.e.mu.o./ka.tte./mo.ra.o.u.to./shi.ta.

孩子耍賴要求要我買新玩具給他。

溫順老實

必備單字

おとなしい 　　　【形】老實、溫順

o.to.na.shi.i.

あの人は見かけは荒っぽいが実際はおとなしい。

a.no.hi.to.wa./mi.ka.ke.wa./a.ra.pp.i.ga./ji.ssa.i.wa./o.to.na.shi.i.

那個人外表看來粗野，但實際上是很溫和的人。

舉一反三

温厚 　　　【形】溫厚、敦厚

o.n.ko.u.

社長は温厚な人で、大声を出して怒ることはない。

sha.cho.u.wa./o.n.ko.u.na./hi.to.de./o.o.go.e.o./da.shi.te./o.ko.ru./ko.to.wa./na.i.

社長是很溫厚的人，從沒大聲生氣過。

冷静 　　　【形】冷靜

re.i.se.i.

彼はいつも落ち着いて冷静な人です。

ka.re.wa./i.tsu.mo./o.chi.tsu.i.te./re.i.se.i.na./hi.to./de.su.

他總是很沉著，是很冷靜的人。

穏やか 　　　【形】穩重、安穩、和氣

o.da.ya.ka.

彼は穏やかでおとなしい性格だ。

ka.re.wa./o.da.ya.da.de./o.to.na.shi.i./se.i.ka.ku.da.

他的個性很穩重溫和。

輕浮

MP3 045

必備單字

チャラい

【形】態度輕佻、輕浮

cha.ra.i.

彼は見た目がチャラいけど中身は意外と真面目です。

ka.re.wa./mi.ta.me.ga./cha.ra.i./ke.do./na.ka.mi.wa./i.ga.i.to./ma.ji.me.de.su.

他雖然外表輕浮，但內在意外地很正經。

舉一反三

なれなれしい

【形】裝熟、親膩

na.re.na.re.shi.i.

あの新人は上司になれなれしい冗談を言って怒られたそうだ。

a.no./shi.n.ji.n.wa./jo.u.shi.ni./na.re.na.re.shi.i./jo.u.da.n.o./i.tte./o.ko.ra.re.ta./so.u.da.

那個新人對上司裝熟說了笑話，結果被罵了。

軽い

【形】輕浮、輕

ka.ru.i.

【類】お調子者

彼は性格が軽くて責任感がない人。

ka.re.wa./se.i.ka.ku.ga./ka.ru.ku.te./se.ki.ni.n.ka.n.ga./na.i./hi.to.

他是個性輕浮、沒責任感的人。

図々しい

【形】厚臉皮

zu.u.zu.u.shi.i.

【類】しつこい

彼は両親に図々しく金をくれと言った。

ka.re.wa./ryo.u.shi.n.ni./zu.u.zu.u.shi.ku./o.ka.ne.o./ku.re.to./i.tta.

他厚著臉皮對父母說給我錢。

受歡迎

MP3 046

必備單字

大人気
だいにんき

【名、形】大受歡迎

da.i.ni.n.ki.

このカフェの朝食は今、大人気らしいよ。
ちょうしょく　いま　だいにんき

ko.no./ka.fe.no./cho.u.sho.ku.wa./i.ma./da.i.ni.n.ki./ra.shi.i.yo.

這間咖啡廳的早餐，現在好像很受歡迎喔。

舉一反三

人気がある
にんき

【常】受歡迎、有人氣

ni.n.ki.ga./a.ru.

彼は優しくて部下に人気がある。
かれ　やさ　　　　ぶか　にんき

ka.re.wa./ya.sa.shi.ku.te./bu.ka.ni./ni.n.ki.ga./a.ru.

他很溫柔，很受下屬歡迎。

人望がある
じんぼう

【常】有名望、有聲望

ji.n.bo.u.ga./a.ru.

あの先生は真面目で学生に人望がある。
せんせい　まじめ　がくせい　じんぼう

a.no./se.n.se.i.wa./ma.ji.me.de./ga.ku.se.i.ni./ji.n.bo.u.ga./a.ru.

那位老師很認真，在學生間很有聲望。

人気者
にんきもの

【名】大紅人、當紅

ni.n.ki.mo.no.

彼は俳優として成功し、とても人気者になった。
かれ　はいゆう　　　　せいこう　　　　　　にんきもの

ka.re.wa./ha.i.yu.u./to.shi.te./se.i.ko.u.shi./to.te.mo./ni.n.ki.mo.no.ni./na.tta.

他以演員身分成功，成為大紅人。

個性差

MP3 046

必備單字

性格が悪い　　　【常】個性差
せいかく　わる

se.i.ka.ku.ga./wa.ru.i.

かのじょ　　　　　　　　せいかく　わる
彼女はかわいいけど性格が悪い。

ka.no.jo.wa./ka.wa.i.i.ke.do./se.i.ka.ku.ga./wa.ru.i.

她雖然很可愛但個性很差。

舉一反三

意地悪　　　　　　【名】過分
いじわる

i.ji.wa.ru.

わたし　　　　　　　　　　　　　　　し　　　　　　　　　　　　め　まえ　　　かし
私がダイエットしてるって知ってるのに、わざわざ目の前でお菓子
た　　　　　　　　　　　ほんとう　いじわる
を食べるなんて、本当に意地悪。

wa.ta.shi.ga./da.i.e.tto./shi.te.ru.tte./shi.tte.ru./no.ni./wa.za.wa.za./me.no.
ma.e.de./o.ka.shi.o./ta.be.ru./na.n.te./ho.n.to.u.ni./i.ji.wa.ru.

明明知道我在減肥，還故意在我面前吃零食，真是過分。

天の邪鬼　　　　　【名】個性乖張、個性彆扭
あま　じゃく

a.ma.no./ja.ku.

かれ　あま　じゃく　　　せんせい　かぞく　い　　　　　　　　　したが
彼は天の邪鬼で、先生や家族の言うことに従わない。

ka.re.wa./a.ma.no./ja.ku.de./se.n.se.i.ya./ka.zo.ku.no./i.u./ko.to.ni./shi.ta.ga.wa.
na.i.

他個性乖張，從不聽從老師和家人的話。

嚴格

MP3
047

必備單字

厳しい
きび

【形】嚴格、嚴厲

ki.bi.shi.i.

仕事でミスをして、上司に厳しく叱られた。
しごと　　　　　　　　　　じょうし　きび　　　　しか

shi.go.to.de./mi.su.o./shi.te./jo.u.shi.ni./ki.bi.shi.ku./shi.ka.ra.re.ta.

工作犯了錯，被上司嚴厲地斥責。

舉一反三

手厳しい
てきび

【形】嚴苛

te.ki.bi.shi.i.

新しい企画は手厳しい指摘を受けた。
あたら　　きかく　てきび　　　　してき　う

a.ta.ra.shi.i./ki.ka.ku.wa./te.ki.bi.shi.i./shi.te.ki.o./u.ke.ta.

新企畫受到很嚴苛的指摘。

びしっと
【副】嚴正、嚴厲

bi.shi.tto.

彼は反抗期の息子をびしっと叱った。
かれ　はんこうき　むすこ　　　　　　しか

ka.re.wa./ha.n.ko.u.ki.no./mu.su.ko.o./bi.shi.tto./shi.ka.tta.

他嚴厲斥責了正值叛逆期的兒子。

きつい
【形】嚴厲

ki.tsu.i.

彼は厳しい先生で、学生にきついことを言うこともある。
かれ　きび　　せんせい　　がくせい　　　　　　　　　い

ka.re.wa./ki.bi.shi.i./se.n.se.i.de./ga.ku.se.i.ni./ki.tsu.i./ko.to.o./i.u./ko.to.mo./a.ru.

他是很嚴格的老師，有時會對學生說嚴厲的話。

寬容爽快

MP3
047

必備單字

さらりとする

sa.ra.ri.to./su.ru.

【動】爽快、直率

【類】あっさりとする

田中くんはさらりとした性格でみんなに好かれる。

ta.na.ka.ku.n.wa./sa.ra.ri.to./shi.ta./se.i.ka.ku.de./mi.na.na.ni./su.ka.re.ru.

田中君個性直率，所以大家都喜歡他。

舉一反三

こだわらない

ko.da.wa.ra.na.i.

【常】不拘泥

【類】おおらか

彼は性格がさっぱりしていて、小さいことにこだわらない。

ka.re.wa./se.i.ka.ku.ga./sa.ppa.ri./shi.te./i.te./chi.i.sa.i./ko.to.ni./ko.da.wa.ra.na.i.

他個性爽快，不拘泥小事。

気さく

ki.sa.ku.

【形】平易近人、和藹可親

校長先生は気さくて親しみやすい。

ko.u.cho.u.se.n.se.i.wa./ki.sa.ku.de./shi.ta.shi.mi./ya.su.i.

校長很平易近人容易親近。

器が大きい

u.tsu.wa.ga./o.o.ki.i.

【常】氣度很大、大器

彼は小さな失敗を犯した部下を責めない、器の大きな男だ。

ka.re.wa./chi.i.sa.na./shi.ppa.i.o./o.ka.shi.ta./bu.ka.o./se.me.na.i./u.tsu.wa.no./o.o.ki.na./o.to.ko.da.

他不責備犯了小錯的部下，是個大器的男人。

有能力

MP3
048

必備單字

有能（ゆうのう）　　　【形】有能力

yu.u.no.u.

彼女（かのじょ）のような有能（ゆうのう）な人（ひと）が成功（せいこう）しても不思議（ふしぎ）でない。
ka.no.jo.no./yo.u.na./yu.u.no.u.na./hi.to.ga./se.i.ko.u./shi.te.mo./fu.shi.gi.de.na.i.
像她這麼有能力的人，會成功並不奇怪。

舉一反三

敏腕（びんわん）　　　【形】能幹

bi.n.wa.n.

会社（かいしゃ）の成功（せいこう）には敏腕（びんわん）な経営者（けいえいしゃ）が必要（ひつよう）だ。
ka.i.sha.no./se.i.ko.u.ni.wa./bi.n.wa.n.na./ke.i.e.i.sha.ga./hi.tsu.yo.u.da.
公司成功，必需要有能幹的經營者。

腕利き（うでき）　　　【名】能幹、手腕高明

u.de.ki.ki.

その腕利（うでき）きの医者（いしゃ）は多（おお）くの病気（びょうき）を治療（ちりょう）してきた。
so.no./u.de.ki.ki.no./i.sha.wa./o.o.ku.no./byo.u.ki.o./chi.ryo.u./shi.te./ki.ta.
那個能幹的醫生，至今治療過許多疾病。

てきぱき　　　【副】俐落

te.ki.pa.ki.

彼女（かのじょ）は帰（かえ）ったらすぐてきぱきと家（いえ）の片付（かたづ）けをした。
ka.no.jo.wa./ka.e.tta.ra./su.gu./te.ki.pa.ki.to./i.e.no./ka.ta.zu.ke.o./shi.ta.
她回來後立刻俐落地收拾家裡。

無能

MP3
048

必備單字

下手 【形】笨拙、不擅長
he.ta.

私 は絵を描くのが下手です。
wa.ta.shi.wa./e.o./ka.ku.no.ga./he.ta.de.su.
我不擅長畫畫。

舉一反三

できない 【常】辦不到、做不到
de.ki.na.i.

彼はできないんじゃなくて、やらないんです。
ka.re.wa./de.ki.na.i.n./ja.na.ku.te./ya.ra.na.i.n.de.su.
他不是做不到，而是不肯做。

不器用 【形】笨拙、不俐落
bu.ki.yo.u.

私 は不器用だから、人の倍以上努力しないといけない。
wa.ta.shi.wa./bu.ki.yo.u.da.ka.ra./hi.to.no./ba.i./i.jo.u./do.ryo.ku./shi.na.i.to./i.ke.na.i.
我是笨拙的人，所以要比別人付出加倍以上的努力才行。

不手際 【名】做得不好
fu.te.gi.wa.

私 の不手際で、計画が台無しになった。
wa.ta.shi.no./fu.te.gi.wa.de./ke.i.ka.ku.ga./da.i.na.shi.ni./na.tta.
因為我做得不好，而讓計畫功虧一簣。

坦然

MP3
049

必備單字

まっすぐ　　　　　　　【形、名】正直、直直地

ma.ssu.gu.

かれ　　すなお　　　　　　　　　　ひと
彼は素直でまっすぐな人です。

ka.re.wa./su.na.o.de./ma.ssu.gu.na./hi.to.de.su.

他是誠實正直的人。

舉一反三

うらおもて
裏表がない　　　　　　【常】表裡如一

u.ra.o.mo.te.ga./na.i.

かのじょ　うらおもて　　　　ようき　ひと
彼女は裏表がない、陽気な人です。

ka.no.jo.wa./u.ra.o.mo.te.ga./na.i./yo.u.ki.na./hi.to.de.su.

她是表裡如一，開朗的人。

オープン　　　　　　【名、形】開放、開朗、坦率

o.o.pu.n.

かれ　だれ　　　　　　　　　　　せいかく　　した
彼は誰にもオープンな性格で、親しみやすい。

ka.re.wa./da.re.ni.mo./o.o.pu.n.na./se.i.ka.ku.de./shi.ta.shi.mi.ya.su.i.

他無論對誰都是坦率的個性，很容易親近。

いさぎよ
潔 い　　　　　　　【形】乾脆、爽快

i.sa.gi.yo.i.

ぶちょう　いさぎよ　あやま
部長は潔く謝った。

bu.cho.u.wa./i.sa.gi.yo.ku./a.ya.ma.tta.

部長很乾脆地道了歉。

扭捏不乾脆

MP3 049

必備單字

うじうじする
u.ji.u.ji./su.ru.

【動】磨蹭、拖拖拉拉

【類】ぐずぐず

うじうじしないで、早くやらないと間に合わないよ。
u.ji.u.ji./shi.na.i.de./ha.ya.ku./ya.ra.na.i.to./ma.ni./a.wa.na.i.yo.
不要再拖拖拉拉的，不快做的話會來不及喔。

舉一反三

優柔不断
yu.u.ju.u.fu.da.n.

【形】優柔寡斷

彼の優柔不断で、またチャンスを逃がした。
ka.re.no./yu.u.ju.u.fu.da.n.de./ma.ta./cha.n.su.o./no.ga.shi.ta.
因為他優柔寡斷，又錯失了機會。

意気地なし
i.ku.ji.na.shi.

【名】軟弱、懦弱

あの人は疑われても黙っているような意気地なしだ。
a.no.hi.to.wa./u.ta.ga.wa.re.te.mo./da.ma.tte./i.ru.yo.u.na./i.ku.ji.na.shi.da.
那人懦弱得就算被人懷疑也只是保持沉默。

おどおどする
o.do.o.do./su.ru.

【動】怯生生、戰戰兢兢

彼女は人前ではいつもおどおどしている。
ka.no.jo.wa./hi.to.ma.e.de.wa./i.tus.mo./o.do.o.do./shi.te./i.ru.
她在人前總是怯生生的。

勤勞

必備單字

勤勉（きんべん）　【形】勤奮

ki.n.be.n.

彼は勤勉で真面目だから、いつか成功するだろう。
（かれ きんべん まじめ せいこう）

ka.re.wa./ki.n.be.n.de./ma.ji.me.da.ka.ra./i.tsu.ka./se.i.ko.u./su.ru.da.ro.u.

他很勤奮又認真，總有一天會成功的吧。

舉一反三

こつこつ　【副】孜孜不倦、踏實努力

ko.tsu.ko.tsu.

論文のためにこつこつ勉強し続けている。
（ろんぶん べんきょう つづ）

ro.n.bu.n.no./ta.me.ni./ko.tsu.ko.tsu./be.n.kyo.u./shi.tsu.zu.ke.te./i.ru.

為了論文，孜孜不倦地持續用功著。

働き者（はたら もの）　【名】辛勤工作的人、工作狂

ha.ta.ra.ki.mo.no.

父は働き者で、家でも仕事のことを考えている。
（ちち はたら もの いえ しごと かんが）

chi.chi.wa./ha.ta.ra.ki.mo.no.de./i.e.de.mo./shi.go.to.no./ko.to.o./ka.n.ga.e.te./i.ru.

父親是個工作狂，在家也想著工作的事。

一生懸命（いっしょうけんめい）　【名、形】盡全力、盡心

i.ssho.u.ke.n.me.i.

私たちは今日の試合のために、一生懸命練習してきた。
（わたし きょう しあい いっしょうけんめいれんしゅう）

wa.ta.shi.ta.chi.wa./kyo.u.no./shi.a.i.no./ta.me.ni./i.ssho.u.ke.n.me.i./re.n.shu.u./shi.te./ki.ta.

我們為了今天的比賽，一直以來都盡全力練習。

懶惰

必備單字

MP3
050

怠ける（なま） 【動】懈怠、偷懶
na.ma.ke.ru. 【類】怠ける（なま）

あの人はいつも仕事を怠けてダラダラしている。
（ひと）（しごと）（なま）
a.no./hi.to.wa./i.tsu.mo./shi.go.to.o./na.ma.ke.te./da.ra.da.ra./shi.te./i.ru.
那人工作總是偷懶，一直懶洋洋的。

舉一反三

怠る（おこた） 【動】懈怠、疏忽

o.ko.ta.ru.

学生たちは部活に夢中で勉強を怠った。
（がくせい）（ぶかつ）（むちゅう）（べんきょう）（おこた）
ga.ku.se.i.ta.chi.wa./bu.ka.tsu.ni./mu.chu.u.de./be.n.kyo.u.o./o.ko.ta.tta.
學生們熱衷於社團活動，而疏忽了念書。

だらしない 【形】放蕩、散漫
da.ra.shi.na.i. 【類】ずぼら

嫁は掃除も片付けもしない、とてもだらしない。
（よめ）（そうじ）（かたづ）
yo.me.wa./so.u.ji.mo./ka.ta.zu.ke.mo./shi.na.i./to.te.mo./da.ra.shi.na.i.
我老婆既不打掃也不收拾，很散漫。

手抜き（てぬ） 【名】偷懶
te.nu.ki. 【類】ゆるい

彼は真面目な人で、仕事に手抜きなど決してしない。
（かれ）（まじめ）（ひと）（しごと）（てぬ）（けっ）
ka.re.wa./ma.ji.me.na./hi.to.de./shi.go.to.ni./te.nu.ki./na.do./ke.sshi.te./shi.na.i.
他是認真的人，工作絕對不會偷懶。

一絲不苟

きちんと　　　　　【副】一絲不苟、確實地

ki.chi.n.to.

明日期末だから、きちんと勉強しなさい。
あした　きまつ　　　　　　　　　　　べんきょう

a.shi.ta./ki.ma.tsu.da.ka.ra./ki.chi.n.to./be.n.kyo.u./shi.na.sa.i.

明天就是期末考了，好好地念書！

舉一反三

ちゃんと　　　　　【副】好好地

cha.n.to./su.ru.

部屋の中をちゃんと片付けた。
へや　なか　　　　　　　　かたづ

he.ya.no./na.ka.o./cha.n.to./ka.ta.zu.ke.ta.

好好地把房間裡整理過。

きっちり　　　　　【副】整齊、剛好

ki.cchi.ri.

彼は時間をきっちり守った。
かれ　じかん　　　　　　　まも

ka.re.wa./ji.ka.n.o./ki.cchi.ri./ma.mo.tta.

他一點不差地遵守了時間。

細かい　　　　　【形】細心、細膩
こま

ko.ma.ka.i.

仕事に細かい人は、ミスがなく確実に仕事をこなす。
しごと　こま　ひと　　　　　　　　　かくじつ　しごと

shi.go.to.ni./ko.ma.ka.i./hi.to.wa./mi.su.ga./na.ku./ka.ku.ji.tsu.ni./shi.go.to.o./ko.na.su.

工作細心的人，能一點不出錯地完成工作。

大而化之

MP3
051

大雜把（おおざっぱ）　　　　【形】粗心、粗略

o.o.za.ppa.

彼女（かのじょ）は仕事（しごと）が大雜把（おおざっぱ）で、いつも同（おな）じミスを繰（く）り返（かえ）す。

ka.no.jo.wa./shi.go.to.ga./o.o.za.ppa.de./i.tsu.mo./o.na.ji./mi.su.o./ku.ri.ka.e.su.

她工作很粗心，總是重複犯相同的錯誤。

アバウト　　　　【形】粗心大意、不細心

a.ba.u.to.

私（わたし）はアバウトな性格（せいかく）で、細（こま）かい仕事（しごと）には向（む）いてない。

wa.ta.shi.wa./a.ba.u.to.na./se.i.ka.ku.de./ko.ma.ka.i./shi.go.to.ni.wa./mu.i.te./na.i.

我的個性很粗心，不適合精細的工作。

自由奔放（じゆうほんぽう）　　　　【形、名】自由奔放

jo.yu.u.ho.n.po.u.

たまに彼女（かのじょ）の自由奔放（じゆうほんぽう）な態度（たいど）は無神経（むしんけい）に見（み）えることがある。

ta.ma.ni./ka.no.jo.no./ji.yu.u.ho.n.po.u.na./ta.i.do.wa./mu.shi.n.ke.i.ni./mi.e.ru./ko.to.ga./a.ru.

她自由奔放的態度有時看起來很不體貼別人。

おおまか　　　　【形】粗略、大致

o.o.ma.ka.

じっくり読（よ）んでないけど、おおまかに内容（ないよう）を理解（りかい）できた。

ji.kku.ri./yo.n.de./na.i./ke.do./o.o.ma.ka.ni./na.i.yo.u.o./ri.ka.i./de.ki.ta.

雖沒有仔細讀過，但大致理解內容了。

有恆心毅力

MP3
052

しぶとい　　　　　【形】頑固、強韌

shi.bu.to.i.　　　　　【類】辛抱強い

彼は困難にあっても諦めないしぶとい人です。
ka.re.wa./ko.n.na.n.ni./a.tte.mo./a.ki.ra.me.na.i./shi.bu.to.i./hi.to.de.su.
他是遇到困難也不放棄，有韌性的人。

舉一反三

粘り強い　　　　　【形】有韌性、堅韌

ne.ba.ri.zu.yo.i.

彼は真相を粘り強く追求している。
ka.re.wa./shi.n.so.u.o./ne.ba.ri.zu.yo.ku./tsu.i.kyu.u./shi.te./i.ru.
他很堅韌地追求真相。

根気強い　　　　　【形】有毅力

ko.n.ki.zu.yo.i.

市長は反対者に根気強く説得をし続ける。
shi.cho.u.wa./ha.n.ta.i.sha.ni./ko.n.ki.zu.yo.ku./se.tto.ku.o./shi.tsu.zu.ke.ru.
市長很有毅力地持續說服反對者。

打たれ強い　　　　　【形】不怕困難、堅韌

u.ta.re.zu.yo.i.

私は打たれ強い性格で、どんなショックを受けても、ポジティブに仕事に集中できる。
wa.ta.shi.wa./u.ta.re.zu.yo.i.se.i.ka.ku.de./do.n.na./sho.kku.o./u.ke.te.mo./po.ji.ti.bu.ni./shi.go.to.ni./shu.u.chu.u./de.ki.ru.
我的個性很堅韌，不管遭受什麼打擊，都能積極地集中精神工作。

善變

必備單字

飽きっぽい
a.ki.ppo.i.

【形】容易生厭、沒耐性
【類】飽き性

彼は飽きっぽいから、何事も長くは続かない。
ka.re.wa./a.ki.ppo.i./ka.ra./na.ni.go.to.mo./na.ga.ku.wa./tsu.zu.ka.na.i.
他對什麼都容易生厭，做什麼都不持久。

舉一反三

3日坊主
mi.kka.bo.u.zu.

【名】3分鐘熱度

私は飽き性で、何をしても3日坊主だ。
wa.ta.shi.wa./a.ki.sho.u.de./na.ni.o./shi.te.mo./mi.kka.bo.u.zu.da.
我很容易對事情生厭，做什麼都是3分鐘熱度。

気が多い
ki.ga./o.o.i.

【常】見異思遷、喜好很多不專一

祖父は気が多くて何にでも興味がある。
so.fu.wa./ki.ga./o.o.ku.te./na.n.ni.de.mo./kyo.u.mi.ga./a.ru.
祖父總是見異思遷，對什麼都有興趣。

気分屋
ki.bu.n.ya.

【名】喜怒無常、性情不定
【類】気まぐれ

彼女は気分屋で、よく思いつきで行動する。
ka.no.jo.wa./ki.bu.n.ya.de./yo.ku./o.mo.i.tsu.ki.de./ko.u.do.u./su.ru.
她的性情不定，總是想到什麼就行動。

驕傲

MP3
053

必備單字

偉<ruby>えら</ruby>そう
e.ra.so.u.

【形】自以為了不起、擺架子
【類】上<ruby>うえ</ruby>から目線<ruby>めせん</ruby>

あの人<ruby>ひと</ruby>、仕事<ruby>しごと</ruby>できないくせに、偉<ruby>えら</ruby>そうな態度<ruby>たいど</ruby>をとってる。
a.no.hi.to./shi.go.to./de.ki.na.i./ku.se.ni./e.ra.so.u.na./ta.i.do.o./to.tte.ru.
那個人明明工作都做不好，還一副自以為了不起的樣子。

舉一反三

横柄<ruby>おうへい</ruby>
o.u.he.i.

【形】傲慢、高傲

店長<ruby>てんちょう</ruby>は横柄<ruby>おうへい</ruby>な話<ruby>はな</ruby>し方<ruby>かた</ruby>をするから誰<ruby>だれ</ruby>にでも嫌<ruby>きら</ruby>われるのだ。
te.n.cho.u.wa./o.u.he.i.na./ha.na.shi.ka.ta.o./su.ru./ka.ra./da.re.ni.de.mo./ki.ra.wa.re.ru./no.da.
店長說話的態度很高傲，不管誰都討厭他。

傲慢<ruby>ごうまん</ruby>
go.u.ma.n.

【形】傲慢

店員<ruby>てんいん</ruby>の傲慢<ruby>ごうまん</ruby>な態度<ruby>たいど</ruby>を本当<ruby>ほんとう</ruby>に腹立<ruby>はらだ</ruby>たしく感<ruby>かん</ruby>じた。
te.n.i.n.no./go.u.ma.n.na./ta.i.do.ni./ho.n.to.u.o./ha.ra.da.ta.shi.ku./ka.n.ji.ta.
店員傲慢的態度真讓人覺得很火大。

自慢話<ruby>じまんばなし</ruby>
ji.ma.n.ba.na.shi.

【名】自我吹噓、炫耀

彼女<ruby>かのじょ</ruby>の自慢話<ruby>じまんばなし</ruby>にはうんざりだ。
ka.no.jo.no./ji.ma.n.ba.na.shi.ni.wa./u.n.za.ri.da.
已經厭煩她的吹噓了。

謙虛

MP3 053

必備單字

謙虛　けんきょ　　　　　【形、名】謙虛

ke.n.kyo.

本当の成功者とは、頭がいい人より、謙虛な人なのです。
ほんとう　せいこうしゃ　　　あたま　　　ひと　　　けんきょ　ひと

ho.n.to.u.no./se.i.ko.u.sha.to.wa./a.ta.ma.ga./i.i./hi.to./yo.ri./ke.n.kyo.na./
hi.to./na.no.de.su.

比起聰明的人，謙虛的人才是真正的成功者。

舉一反三

腰が低い　こし　ひく　　　　　【常】謙虛、謙卑

ko.shi.ga./hi.ku.i.

市長は誰に対しても腰が低い。
しちょう　だれ　たい　　　　こし　ひく

shi.cho.u.wa./da.re.ni./ta.i.shi.te.mo./ko.shi.ga./hi.ku.i.

市長不管對誰，態度都很謙虛。

謙遜する　けんそん　　　　　【動】自謙、謙虛

ke.n.so.n./su.ru.

彼女は謙遜して、「英語は全然ダメ」と言った。
かのじょ　けんそん　　　　えいご　ぜんぜん　　　　い

ka.no.jo.wa./ke.n.so.n./shi.te./e.i.go.wa./ze.n.ze.n./da.me./to.i.tta.

她很謙虛地說「我完全不會說英文」。

遠慮がち　えんりょ　　　　　【形】客氣、謙虛、有所顧慮

e.n.ryo.ga.chi.

親友の作品にコメントを言うとき、彼女は遠慮がちだった。
しんゆう　さくひん　　　　　　　　い　　　　かのじょ　えんりょ

shi.n.yu.u.no./sa.ku.hi.n.ni./ko.me.n.to.o./i.u./to.ki./ka.no.jo.wa./e.n.ryo.ga.chi.
da.tta.

要對好朋友的作品做出評論時，她總是多所顧慮。

頑固

MP3 054

必備單字

頑固　がんこ　【形】頑固

ga.n.ko.

かれ　がんこ　じぶん　かんが　しゅちょう
彼は頑固に自分の考えを主張している。

ka.re.wa./ga.n.ko.ni./ji.bu.n.no./ka.n.ga.e.o./shu.cho.u./shi.te./i.ru.

他很頑固地主張自己的想法。

舉一反三

頭が固い　あたま　かた　【常】古板

a.ta.ma.ga./ka.ta.i.

【類】融通が利かない　ゆうずう　き

ひと　ひと　かんが　かた　う　い　あたま　かた
この人、人の考え方を受け入れられなくて、なんだか頭が固いな。

ko.no./hi.to./hi.to.no./ka.n.ga.e.ka.ta.o./u.ke.i.re.ra.re.na.ku.te./na.n.da.ka./a.ta.ma.ga./ka.ta.i.na.

這個人，不接受別人的想法，真是古板。

意地を張る　いじ　は　【常】倔強、堅持己見

i.ji.o.ha.ru.

【類】意固地　いこじ

こども　いじ　は　あやま　なお
子供は意地を張ってどうしても誤りを直さない。

ko.do.mo.wa./i.ji.o./ha.tte./do.u.shi.te.mo./a.ya.ma.ri.o./na.o.sa.na.i.

孩子很倔強，說什麼都不肯改正錯誤。

折れない　お　【常】不讓步

o.re.na.i.

【類】譲らない　ゆず

かれ　けっ　お　せっとく　むだ
彼らは決して折れないだろうから、いくら説得しても無駄だ。

ka.re.ra.wa./ke.sshi.te./o.re.na.i./da.ro.u.ka.ra./i.ku.ra./se.tto.ku./shi.te.mo./mu.da.da.

他們大概絕不會讓步，再怎麼想說服他們也沒用。

知變通

MP3
054

必備單字

機転が利く 【常】機智、知變通

きてん　き

ki.te.n.ga./ki.ku.

このホテルのスタッフは機転が利いている。

きてん　き

ko.no./ho.te.ru.no./su.ta.ffu.wa./ki.te.n.ga./ki.i.te./i.ru.

這間飯店的工作人員很知變通。

舉一反三

頭が切れる 【常】思路清晰

あたま　き

a.ta.ma.ga./ki.re.ru.　【類】頭の回転が速い

あたま　かいてん　はや

彼は頭が切れるだけではなく、人付き合いもうまい。

かれ　あたま　き　ひとづ　あ

ka.re.wa./a.ta.ma.ga./ki.re.ru./da.ke.de.wa.na.ku./hi.to.zu.ki.a.i.mo./u.ma.i.

他不僅思路清晰，也善於交際。

気が回る 【常】用心、周到

き　まわ

ki.ga./ma.wa.ru.　【類】賢い

かしこ

彼は気が回るので店長にぴったりだ。

かれ　き　まわ　てんちょう

ka.re.wa./ki.ga./ma.wa.ru./no.de./te.n.cho.u.ni./pi.tta.ri.da.

他個性周到，很適合當店長。

臨機応変 【名、形】隨機應變

りんきおうへん

ri.n.ki.o.u.he.n.

彼は臨機応変に修正して、予定していた仕事を終わらせた。

かれ　りんきおうへん　しゅうせい　よてい　しごと　お

ka.re.wa./ri.n.ki.o.u.he.n.ni./shu.u.se.i./shi.te./yo.te.i./shi.te./i.ta./shi.go.to.o./o.wa.ra.se.ta.

他隨機應變進行修正，把預定的工作完成了。

成功

必備單字

成功
せいこう
se.i.ko.u.

【名】成功
【類】成功する
せいこう

皆が手術の成功を祈っています。
みな　しゅじゅつ　せいこう　　いの

mi.na.ga./shu.ju.tsu.no./se.i.ko.u.o./i.no.tte./i.ma.su.

大家都在祈禱手術成功。

舉一反三

一人前
いちにんまえ
i.chi.ni.n.ma.e.

【名】能獨當一面的人、夠資格
【類】立派
りっぱ

3 年経って、彼はやっと一人前の美容師になった。
さんねん　た　　　　かれ　　　　　　いちにんまえ　びようし

sa.n.ne.n.ta.tte./ka.re.wa./ya.tto./i.chi.ni.n.ma.e.no./bi.yo.u.shi.ni./na.tta.

經過 3 年，他終於成為能獨當一面的美髮師。

成し遂げる
な　　と
na.shi.to.ge.ru.

【動】完成

彼は 1 人で難しい企画を成し遂げた。
かれ　ひとり　むずか　きかく　な　と

ka.re.wa./hi.to.ri.de./mi.zu.ka.shi.i./ki.ka.ku.o./na.shi.to.ge.ta.

他獨自 1 人完成了困難的企畫。

実る
みの
mi.no.ru.

【動】有成果、見效

彼女の努力が実った。
かのじょ　どりょく　みの

ka.no.jo.no./do.ryo.ku.ga./mi.no.tta.

她的努力有了成果。

失敗

MP3
055

必備單字

失敗
しっぱい
shi.ppa.i.

【名】失敗
【類】失敗する
しっぱい

あに　しっぱい　おそ　　　こうどう　　　　　　　しりご
兄は失敗を恐れて、行動することに尻込みした。

a.ni.wa./shi.ppa.i.o./o.so.re.te./ko.u.do.u./su.ru./ko.to.ni./shi.ri.ko.mi./shi.
ta.

哥哥害怕失敗，而退縮不敢行動。

舉一反三

負ける
ま
ma.ke.ru.

【動】輸
【類】敗れる
やぶ

きのう　しあい　わたし　　　　　　　　　うん　　　　　　　ま
昨日の試合、私たちのチームは運がなくて負けた。

ki.no.u.no./shi.a.i./wa.ta.shi.ta.chi.no./chi.i.mu.wa./u.n.ga.na.ku.te./ma.ke.ta.

昨天的比賽，我們的隊伍運氣不好輸了。

敗北感
はいぼくかん
ha.i.bo.ku.ka.n.

【名】挫折感、失敗感

そうだつせん　はいぼくかん　あじ
ライブチケットの争奪戦で敗北感を味わった。

ra.i.bu./chi.ke.tto.no./so.u.da.tsu.se.n.de./ha.i.bo.ku.ka.n.o./a.ji.wa.tta.

在演唱會門票的爭奪戰中嘗到了失敗的滋味。

完敗
かんぱい
ka.n.pa.i.

【名】大敗
【類】完敗する
かんぱい

しあい　　　ごたいぜろ　かんぱい
試合は 5 対 0 の完敗だった。

shi.a.i.wa./go.ta.i.ze.ro.no./ka.n.pa.i.da.tta.

比賽以 5 比 0 大敗。

優點

MP3
056

必備單字

長所（ちょうしょ） 【名】優點

cho.u.sho.

彼の長所は明るいとこです。
（かれ　ちょうしょ　あか）

ka.re.no./cho.u.sho.wa./a.ka.ru.i./to.ko.de.su.

他的優點是很開朗。

舉一反三

取り柄（と え） 【名】優點、長處

to.ri.e.

自信を持って、人それぞれ取り柄があるんだから。
（じしん　も　ひと　と　え）

ji.shi.n.o./mo.tte./hi.to./so.re.zo.re./to.ri.e.ga./a.ru.n.da.ka.ra.

有點自信吧，每個人都有自己的長處。

特技（とくぎ） 【名】特長、特技

to.ku.gi.

彼の特技は暗記だ。
（かれ　とくぎ　あんき）

ka.re.no./to.ku.gi.wa./a.n.ki.da.

他的特長是背誦。

優れる（すぐ） 【動】優越、優於
【類】勝る（まさ）、際立つ（きわだ）

su.gu.re.ru.

彼はどんな点が優れているんでしょう？
（かれ　てん　すぐ）

ka.re.wa./do.n.na./te.n.ga./su.gu.re.te./i.ru.n.de.sho.u.

他是什麼地方比別人好呢？

缺點

MP3
056

必備單字

短所 （たんしょ） 【名】缺點

ta.n.sho.

私 の短所は心配性なところです。
（わたし　たんしょ　しんぱいしょう）

wa.ta.shi.no./ta.n.sho.wa./shi.n.pa.i.sho.u.na./to.ko.ro.de.su.

我的缺點是愛操心。

舉一反三

欠点 （けってん） 【名】缺點

ke.tte.n.

どんな完璧な人にも欠点がある。
（かんぺき　ひと　けってん）

do.n.na./ka.n.pe.ki.na./hi.to.ni.mo./ke.tte.n.ga./a.ru.

再完美的人都有缺點。

弱み （よわ） 【名】弱點

yo.wa.mi.

彼は自分の欠点や弱みを人に見せない。
（かれ　じぶん　けってん　よわ　ひと　み）

ka.re.wa./ji.bu.n.no./ke.tte.n.ya./yo.wa.mi.o./hi.to.ni./mi.se.na.i.

他不讓人看自己的缺點或弱點。

弱点 （じゃくてん） 【名】弱點

ja.ku.te.n.

彼女は自分の弱点を克服するために、個人レッスンを受けている。
（かのじょ　じぶん　じゃくてん　こくふく　こじん　う）

ka.no.jo.wa./ji.bu.n.no./ja.ku.te.n.o./ko.ku.fu.ku./su.ru./ta.me.ni./ko.ji.n.re.ssu.n.o./u.ke.te./i.ru.

她為了克服自己的弱點，正在上個人課程。

細心

必備單字

丁寧
ていねい

【形】仔細、客氣

te.i.ne.i.

彼女は丁寧に部屋を掃除した。
かのじょ　ていねい　へ　や　そうじ

ka.no.jo.wa./te.i.ne.i.ni./he.ya.o./so.u.ji./shi.ta.

她仔細地打掃了房間。

舉一反三

念入り
ねんいり

【形、名】周密、細密、慎重

ne.n.i.ri.

【類】慎重に
しんちょう

彼女はメールの内容を念入りに確認した。
かのじょ　　　　　ないよう　ねんいり　かくにん

ka.no.jo.wa./me.e.ru.no./na.i.yo.u.o./ne.n.i.ri.ni./ka.ku.ni.n./shi.ta.

她很慎重地確認了郵件的內容。

きめ細かい
こま

【形】細緻、細微

ki.me.ko.ma.ka.i.

彼はお客さんの要望に応じて、商品の成分をきめ細かく調整した。
かれ　きゃく　　　ようぼう　おう　　しょうひん　せいぶん　こま　ちょうせい

ka.re.wa./o.kya.ku.sa.n.no./yo.u.bo.u.ni./o.u.ji.te./sho.u.hi.n.no./se.i.bu.n.no./ki.me.ko.ma.ka.ku./cho.u.se.i./shi.ta.

他順應客人的要求，將商品的成分做了細微的調整。

丁重
ていちょう

【形】鄭重其事、誠摯

te.i.cho.u.

【類】入念
にゅうねん

商品に傷がつかないように丁重に扱った。
しょうひん　きず　　　　　　　　　ていちょう　あつか

sho.u.hi.n.ni./ki.zu.ga./tsu.ka.na.i./yo.u.ni./te.i.cho.u.ni./a.tsu.ka.tta.

為了不傷到商品，很鄭重小心地處理。

粗心粗魯

必備單字

MP3
057

うっかり 　　　　　　【副】不小心、一不留神

u.kka.ri.

友達の傘をうっかり持って帰ってしまった。
to.mo.da.chi.no./ka.sa.o./u.kka.ri./mo.tte./ka.e.tte./shi.ma.tta.
不小心把朋友的傘帶回家了。

舉一反三

ぼんやりする 　　　　　【動】發呆、模糊、出神

bo.n.ya.ri./su.ru. 　　　　【類】注意不足

ぼんやり運転していたら、道に迷ってしまった。
bo.n.ya.ri./u.n.te.n./shi.te./i.ta.ra./mi.chi.ni./ma.yo.tte./shi.ma.tta.
駕駛時一個出神,不小心就迷路了。

おっちょこちょい 　　　【形】迷糊

o.ccho.ko.cho.i.

彼女はおっちょこちょいな性格で、仕事で失敗ばかりしている。
ka.no.jo.wa./o.ccho.ko.cho.i.na./se.i.ka.ku.de./shi.go.to.de./shi.ppa.i.ba.ka.ri./shi.te./i.ru.
她的個性迷糊,工作老是犯錯。

ぞんざい 　　　　　　　【形】粗魯、馬虎、草率

zo.n.za.i.

仕事相手にぞんざいに扱われ、本当に腹が立つ!
shi.go.to.a.i.te.ni./zo.n.za.i.ni./a.tsu.ka.wa.re./ho.n.to.u.ni./ha.ra.ga.ta.tsu.
被工作夥伴很粗魯地對待,真的很生氣。

有品味

MP3
058

必備單字

上品
じょうひん
jo.u.hi.n.

【形】有品味、有格調、優雅

【反】下品(低級)
げひん

先生は言葉遣いがきれいで上品な人です。
せんせい　　ことばづか　　　　　　　　じょうひん　ひと

se.n.se.i.wa./ko.to.ba.zu.ka.i.ga./ki.re.i.de./jo.u.hi.n.na./hi.to.de.su.

老師說話用字遣詞很優美，是很有格調的人。

舉一反三

センスがある

se.n.su.ga./a.ru.

【常】有品味

【類】センスがいい

こういう着こなしができる人は本当に服のセンスがある人だな。
　　　　　き　　　　　　　　ひと　ほんとう　ふく　　　　　　　　　ひと

ko.u.i.u./ki.ko.na.shi.ga./de.ki.ru./hi.to.wa./ho.n.to.u.ni./fu.ku.no./se.n.su.ga./a.ru./hi.to.da.na.

能這樣穿搭的人是真的對衣服有品味的人。

ダンディー

da.n.di.i.

【名、形】(男性)瀟灑有魅力、紳士

校長先生は気品のあるダンディーな人です。
こうちょうせんせい　きひん　　　　　　　　　　にん

ko.u.cho.u.se.n.se.i.wa./ki.hi.n.no./a.ru./da.n.di.i.na./hi.to.de.su.

校長是有品味的紳士。

品がある
ひん

hi.n.ga./a.ru.

【常】有氣質

【類】気品がある
きひん

奥さんはきれいで品がありますね。
おく　　　　　　　　　ひん

o.ku.sa.n.wa./ki.re.i.de./hi.n.ga./a.ri.ma.su.ne.

夫人真是美麗又有氣質呢。

動作篇

見面、集合

必備單字

会う
【動】見面、碰面

a.u.

今朝、駅でたまたま友達に会った。

ke.sa./e.ki.de./ta.ma.ta.ma./to.mo.da.chi.ni./a.tta.

今天早上，碰巧在車站遇見朋友。

舉一反三

待ち合わせ
【名】集合、碰頭

ma.chi.a.wa.se.
【類】待ち合わせる

寝坊して待ち合わせに遅れそうになった。

ne.bo.u./shi.te./ma.chi.a.wa.se.ni./o.ku.re.so.u.ni./na.tta.

睡過頭差點趕不上碰面時間。

集まる
【動】集合

a.tsu.ma.ru.

子供達が講堂に集まった。

ko.do.mo.ta.chi.ga./ko.u.do.u.ni./a.tsu.ma.tta.

小朋友們在禮堂集合。

集合
【名】集合

shu.u.go.u.

7時に駅前に集合ね。

shi.chi.ji.ni./e.ki.ma.e.ni./shu.u.go.u.ne.

7點在車站前集合喔。

分開

MP3
059

必備單字

離れる　　　　　　　【動】離開、分開
ha.na.re.ru.　　　　　　【類】立ち去る

彼は家族から離れて暮らしている。
ka.re.wa./ka.zo.ku./ka.ra./ha.na.re.te./ku.ra.shi.te./i.ru.
他離開了家人生活。

舉一反三

離れ離れ　　　　　　【形】分離、分隔兩地

ha.na.re.ba.na.re.

上京して、友達と離れ離れになったのが寂しい。
jo.u.kyo.u./shi.te./to.mo.da.chi.to./ha.na.re.ba.na.re.ni./na.tta./no.ga./sa.bi.shi.i.
來到東京，和朋友分隔兩地覺得很孤單。

別れる　　　　　　　【動】分手、分開

wa.ka.re.ru.

先週彼氏と別れた。
se.n.shu.u./ka.re.shi.to./wa.ka.re.ta.
上星期和男友分手了。

解散する　　　　　　【動】解散

ka.i.sa.n./su.ru.

あのアイドルグループが解散するそうだ。
a.no./a.i.do.ru./gu.ru.u.pu.ga./ka.i.sa.n./su.ru./so.u.da.
那個偶像團體好像要解散了。

到、來

MP3
060

必備單字

来る　　　　　【動】來
く

ku.ru.

あの人はアメリカから来た。
ひと　　　　　　　き

a.no./hi.to.wa./a.me.ri.ka./ka.ra./ki.ta.

那人是從美國來的。

舉一反三

やってくる　　　　　【動】到來、來臨

ya.tte./ku.ru.

夕べ、田中くんが突然うちにやってきた。
ゆう　たなか　　　　とつぜん

yu.u.be./ta.na.ka.ku.n.ga./to.tsu.ze.n./u.chi.ni./ya.tte./ki.ta.

昨天晚上，田中君突然來我家。

着く　　　　　【動】到達
つ

tsu.ku.

課長はもう空港に着いたそうだ。
かちょう　　　　くうこう　つ

ka.cho.u.wa./mo.u./ku.u.ko.u.ni./tsu.i.ta./so.u.da.

課長好像已經到機場了。

いらっしゃる　　　　　【動】蒞臨

i.ra.ssha.ru.　　　　　【類】いらっしゃいませ

ようこそ台湾にいらっしゃいました。
たいわん

yo.u.ko.so./ta.i.wa.n.ni./i.ra.ssha.i.ma.shi.ta.

歡迎蒞臨台灣。

去

MP3 060

必備單字

行く 【動】去

i.ku.

昨日、映画を見に行った。
ki.no.u./e.i.ga.o./mi.ni./i.tta.
昨天去看了電影。

舉一反三

出席する 【動】出席
【類】参加する

shu.sse.ki./su.ru.

彼は会議に出席しなかった。
ka.re.wa./ka.i.gi.ni./shu.sse.ki./shi.na.ka.tta.
他沒有出席會議。

寄る 【動】繞道
【類】立ち寄る

yo.ru.

帰り道にコンビニに寄って雑誌を買った。
ka.e.ri.mi.chi.ni./ko.n.bi.ni.ni./yo.tte./za.sshi.o./ka.tta.
回家路上繞到便利商店買了雜誌。

進む 【動】前進

su.su.mu.

この道を進んでください。 すぐにバス停が見えてきます。
ko.no./mi.chi.o./su.su.n.de./ku.da.sa.i./su.gu.ni./ba.su.te.i.ga./mi.e.te./ki.ma.su.
順著這條路前進。馬上就可以看到公車站。

站

MP3
061

必備單字

立つ　　　　　　　【動】站
ta.tsu.　　　　　　【類】立ち上がる

お客さんが来たら、席から立って挨拶した方がいいです。
o.kya.ku.sa.n.ga./ki.ta.ra./se.ki.ka.ra./ta.tte./a.i.sa.tsu.shi.ta./ho.u.ga./i.i.de.su.
客人來的話，從位子上站起來打招呼比較好。

舉一反三

突っ立つ　　　　　　【動】呆立

tsu.tta.tsu.

あまりのショックで、彼は呆然として突っ立ったままだった。
a.ma.ri.no./sho.kku.de./ka.re.wa./bo.u.ze.n.to./shi.te./tsu.tta.tta./ma.ma.da.tta.
打擊太大了，他就這樣呆站著。

つま先立ちする　　　　【常】踮起腳尖

tsu.ma.sa.ki.da.chi./su.ru.

不審な男がつま先立ちして外から家の中をのぞきこんでいた。
fu.shi.n.na./o.to.ko.ga./tsu.ma.sa.ki.da.chi./shi.te./so.to./ka.ra./i.e.no./na.ka.o./no.zo.ki.ko.n.de./i.ta.
可疑的男性踮起腳尖從外面偷窺房子裡。

背伸びする　　　　　【動】伸長脖子、踮起腳尖

se.no.bi./su.ru.

このテーブルは高くて、子供が背伸びしても届かない。
ko.no./te.e.bu.ru.wa./ta.ka.ku.te./ko.do.mo.ga./se.no.bi./shi.te.mo./to.do.ka.na.i.
這個桌子很高，小孩伸長了脖子也搆不著。

坐

MP3
061

必備單字

座る　　　　　　　【動】坐
su.wa.ru.　　　　　　【類】腰掛ける

彼女はドアの近くに座った。
ka.no.jo.wa./do.a.no./chi.ka.ku.ni./su.wa.tta.
她在門的附近坐下。

舉一反三

居座る　　　　　　【動】盤踞
i.su.wa.ru.

階段を登りたいのに、居座っている犬が怖くて登れない。
ka.i.da.no./no.bo.ri.ta.i./no.ni./i.su.wa.tte./i.ru./i.nu.ga./ko.wa.ku.te./no.bo.re.na.i.
想要上樓梯，但害怕盤踞在那裡的狗所以沒上去。

あぐら　　　　　　【名】盤腿坐
a.gu.ra.

彼はあぐらをかいて床に座った。
ka.re.wa./a.gu.ra.o./ka.i.te./yu.ka.ni./su.wa.tta.
他盤腿坐在地板上。

正座する　　　　　【動】端坐、跪坐
se.i.za./su.ru.

ずっと正座していたから、足がしびれちゃった。
zu.tto./se.i.za./shi.te./i.ta./ka.ra./a.shi.ga./shi.bi.re.cha.tta.
一直跪坐著，腳麻了。

吃喝

MP3
062

必備單字

食べる　　　　　【動】吃

ta.be.ru.

出かける前に、ご飯を食べた。

de.ka.ke.ru./ma.e.ni./go.ha.n.o./ta.be.ta.

出門前，吃了飯。

舉一反三

飲む　　　　　【動】喝

no.mu.

喉が渇いた。お水が飲みたい。

no.do.ga./ka.wa.i.ta./o.mi.zu.ga./no.mi.ta.i.

口渴了，想要喝水。

噛む　　　　　【動】咬、咀嚼

ka.mu.

彼は集中するために、いつもガムを噛みながら勉強している。

ka.re.wa./shu.u.chu.u./su.ru./ta.me.ni./i.tsu.mo./ga.mu.o./ka.mi.na.ga.ra./be.n.kyo.u./shi.te./i.ru.

他為了集中精神，總是嚼著口香糖念書。

食いしん坊　　　　　【名】貪吃鬼、愛吃鬼

ku.i.shi.n.bo.u.

彼女はいつも食べ物の話ばかりしているので食いしん坊だと思われた。

ka.no.jo.wa./i.tsu.mo./ta.be.mo.no.no./ha.na.shi./ba.ka.ri./shi.te.i.ru.no.de./ku.i.shi.n.bo.u.da.to./o.mo.wa.re.ta.

她老是說食物的話題，讓人覺得她是愛吃鬼。

運動

必備單字

MP3
062

スポーツ 　　　　【名】運動
su.po.o.tsu. 　　　　【類】運動

どんなスポーツが好きですか？
do.n.na./su.po.o.tsu.ga./su.ki./de.su.ka.
喜歡什麼樣的運動呢？

舉一反三

運動する 　　　　【動】運動
u.n.do.u./su.ru.

仕事が忙しいから、普段あまり運動しない。
shi.go.to.ga./i.so.ga.shi.i./ka.ra./fu.da.n./a.ma.ri./u.n.do.u./shi.na.i.
因為工作很忙，平常不太運動。

筋トレ 　　　　【名】肌力訓練
ki.n.to.re.

最近ダイエット目的で筋トレを始めた。
sa.i.ki.n./da.i.e.tto./mo.ku.te.ki.de./ki.n.to.re.o./ha.ji.me.ta.
最近為了減肥，開始肌力訓練。

鍛える 　　　　【動】鍛鍊
ki.ta.e.ru.

私たちはジムで体を鍛えている。
wa.ta.shi.ta.chi.wa./ji.mu.de./ka.ra.da.o./ki.ta.e.te./i.ru.
我們在健身房鍛鍊身體。

走、跑

MP3 063

必備單字

歩く 【動】走、步行

a.ru.ku.

私は歩いて会社に行く。

wa.ta.shi.wa./a.ru.i.te./ka.i.sha.ni./i.ku.

我用走的去公司。

舉一反三

走る 【動】跑

ha.shi.ru.

もうこんな時間、急いで走らないと。

mo.u./ko.n.na./ji.ka.n./i.so.i.de./ha.shi.ra.na.i.to.

已經這麼晚了！要快點跑才行。

散歩する 【動】散步

sa.n.po./su.ru.

食事の後、家族と公園を散歩した。

sho.ku.ji.no./a.to./ka.zo.ku.to./ko.u.e.n.o./sa.n.po./shi.ta.

飯後，和家人去公園散了步。

ダッシュ 【名】快跑、衝

da.sshu.

いきなり雨が降ってきたからダッシュで帰った。

i.ki.na.ri./a.me.ga./fu.tte./ki.ta./ka.ra./da.sshu.de./ka.e.tta.

突然下雨了所以用衝的回家。

停止

MP3 063

必備單字

止まる 【動】停止
と

to.ma.ru.

地震で電車が止まった。
じしん　でんしゃ　と

ji.shi.n.de./de.n.sha.ga./to.ma.tta.

因為地震，電車停下來了。

舉一反三

止める 【動】停下
と

to.me.ru.

名前を呼ばれたような気がして私は足を止めた。
なまえ　よ　　　　　　　き　　　わたし　あし　と

na.ma.e.o./yo.ba.re.ta./yo.u.na./ki.ga./shi.te./wa.ta.shi.wa./a.shi.o./to.me.ta.

好像有人叫我名字，所以停下了腳步。

やめる 【動】停止、放棄

ya.me.ru.

父は最近タバコをやめた。
ちち　さいきん

chi.chi.wa./sa.i.ki.n./ta.ba.ko.o./ya.me.ta.

爸爸最近戒菸了。

中止 【名】中止、取消
ちゅうし

chu.u.shi. 【類】絶つ
た

コンサートは雨で中止になった。
あめ　ちゅうし

ko.n.sa.a.to.wa./a.me.de./chu.u.shi.ni./na.tta.

演唱會因為下雨而中止。

睡眠

MP3
064

必備單字

寝る　　　　　　　　【動】睡、躺

ne.ru.　　　　　　　　　【類】横になる

子供はまだ寝ている。

ko.do.mo.wa./ma.da./ne.te./i.ru.

孩子還在睡。

舉一反三

居眠りする　　　　　【動】打瞌睡

i.ne.mu.ri./su.ru.

映画があまりにもつまらなかったので、彼は居眠りしてしまった。

e.i.ga.ga./a.ma.ri.ni.mo./tsu.ma.ra.na.ka.tta./no.de./ka.re.wa./i.ne.mu.ri./shi.te./
shi.ma.tta.

電影太無聊了，他忍不住打瞌睡。

眠る　　　　　　　　【動】睡

ne.mu.ru.

昨日 10 時間も眠った。

ki.no.u./ju.u.ji.ka.n.mo./ne.mu.tta.

昨天睡了 10 小時。

眠い　　　　　　　　【形】想睡

ne.mu.i.

今日はとても疲れて眠い。

kyo.u.wa./to.te.mo./tsu.ka.re.te./ne.mu.i.

今天非常想睡。

醒來

起きる　　　　　【動】起來、起床
お

o.ki.ru.

いつも 5 時に起きる。
ご じ　　お

i.tsu.mo./go.ji.ni./o.ki.ru.

總是在 5 點起床。

舉一反三

目が覚める　　　　【常】醒來、睜開眼
め さ

me.ga./sa.me.ru.

今朝咳で早く目が覚めた。
け さ せき　はや　め さ

ke.sa./se.ki.de./ha.ya.ku./me.ga./sa.me.ta.

今早因咳嗽很早就醒來。

目覚まし時計　　　　【名】鬧鐘
め ざ　　どけい

me.za.ma.shi.do.ke.i.

目覚まし時計を朝の 5 時にセットしてくれない？
め ざ　　どけい　あさ　ご じ

me.za.ma.shi.do.ke.i.o./a.sa.no./go.ji.ni./se.tto./shi.te./ku.re.na.i.

可以幫我設定早上 5 點的鬧鐘嗎？

起こす　　　　　【動】叫醒、喚醒
お

o.ko.su.

6 時に起こしてください。
ろくじ　お

ro.ku.ji.ni./o.ko.shi.te./ku.da.sa.i.

請在 6 點叫醒我。

脫衣

必備單字

脱ぐ　　　　　　　【動】脫
ぬ

nu.gu.

暑くてセーターを脱いだ。
あつ　　　　　　　ぬ

a.tsu.ku.te./se.e.ta.a.o./nu.i.da.

很熱所以脫掉毛衣。

舉一反三

着替える　　　　　【動】換衣服
き が

ki.ga.e.ru.

動きやすい服装に着替えてください。
うご　　　　ふくそう　き が

u.go.ki.ya.su.i./fu.ku.so.u.ni./ki.ga.e.te./ku.da.sa.i.

請換成方便活動的衣服。

取る　　　　　　　【動】拿、取下
と

to.ru.

彼は室内に入るとすぐマフラーを取った。
かれ　しつない　はい　　　　　　　　　と

ka.re.wa./shi.tsu.na.i.ni./ha.i.ru.to./su.gu./ma.fu.ra.a.o./to.tta.

他進入室內後馬上就把圍巾取下。

履き替える　　　　【動】換穿、換上
は　か

ha.ki.ka.e.ru.

学校に着くと、まず靴を上履きに履き替えた。
がっこう　つ　　　　　　くつ　うわば　　は　か

ga.kko.u.ni./tsu.ku.to./ma.zu./ku.tsu.o./u.wa.ba.ki.ni./ha.ki.ka.e.ta.

到了學校後，先把鞋子換成室內鞋。

穿衣

MP3
065

必備單字

着る
ki.ru.

【動】穿

【類】つける

金曜日には制服を着なくてもいいです。
ki.n.yo.u.bi.ni.wa./se.i.fu.ku.o./ki.na.ku.te.mo./i.i.de.su.

星期五可以不必穿制服。

舉一反三

かぶる
ka.bu.ru.

【動】戴

教授はいつも帽子をかぶっている。
kyo.u.ju.wa./i.tsu.mo./bo.u.shi.o./ka.bu.tte./i.ru.

教授總是戴著帽子。

履く
ha.ku.

【動】穿 (鞋、褲或襪)

彼女は靴下を履いて寝る。
ka.no.jo.wa./ku.tsu.shi.ta.o./ha.i.te./ne.ru.

她穿著襪子睡。

巻く
ma.ku.

【動】圍、捲

マフラーで顔と首をぐるぐる巻く。
ma.fu.ra.a.de./ka.o.to./ku.bi.o./gu.ru.gu.ru./ma.ku.

用圍巾把臉和脖子層層圍住。

借

MP3
066

必備單字

借りる　　　　　　　【動】借入、借來

ka.ri.ru.

友達からたくさんの漫画を借りた。
to.mo.da.chi./ka.ra./ta.ku.sa.n.no./ma.n.ga.o./ka.ri.ta.
向朋友借了很多漫畫。

舉一反三

貸す　　　　　　　【動】借給人

ka.su.

親友にお金を貸した。
shi.n.yu.u.ni./o.ka.ne.o./ka.shi.ta.
把錢借給好友。

借り　　　　　　　【名】債、(欠)人情

ka.ri.

私は人に借りを作りたくないから、何でも自分で解決する。
wa.ta.shi.wa./hi.to.ni./ka.ri.o./tsu.ku.ri.ta.ku.na.i./ka.ra./na.n.de.mo./ji.bu.n.de./
ka.i.ke.tsu./su.ru.
我不想欠人情，所以不管什麼都自己解決。

貸し出し　　　　　　【名】出借

ka.shi.da.shi.

この駅でベビーカーの貸し出しはできますか？
ko.no./e.ki.de./be.bi.i.ka.a.no./ka.shi.da.shi.wa./de.ki.ma.su.ka.
這個車站有出借嬰兒車的服務嗎？

歸還

MP3
066

必備單字

返す 【動】歸還
かえ

ka.e.su.

私 は借りたゲームを返した。
わたし か かえ
wa.ta.shi.wa./ka.ri.ta./ge.e.mu.o./ka.e.shi.ta.
我歸還了借來的遊戲。

舉一反三

返却する 【動】歸還(租借來的東西)
へんきゃく

he.n.kya.ku./su.ru.

空港でレンタカーを返却した。
くうこう へんきゃく
ku.u.ko.u.de./re.n.ta.ka.a.o./he.n.kya.ku./shi.ta.
在機場歸還了租來的車。

払い戻し 【名】退款
はら もど

ha.ra.i.mo.do.shi.

このチケットの払い戻しはできません。
はら もど
ko.no./chi.ke.tto.no./ha.ra.i.mo.do.shi.wa./de.ki.ma.se.n.
這張票不能退款。

戻す 【動】放回、回歸
もど

mo.do.su.

彼はそのオルゴールを棚に戻した。
かれ たな もど
ka.re.wa./so.no./o.ru.go.o.ru.o./ta.na.ni./mo.do.shi.ta.
他把那個音樂盒放回架子上。

贈送

必備單字

MP3
067

贈る　　　　　　　　【動】送
おく

o.ku.ru.

父に名刺入れを贈った。
ちち　めいしいれ　　おく

chi.chi.ni./me.i.shi.i.re.o./o.ku.tta.

送了名片夾給父親。

舉一反三

あげる　　　　　　　　【動】給

a.ge.ru.

彼は自分の傘をあの子供にあげた。
かれ　じぶん　かさ　　　こども

ka.re.wa./ji.bu.n.no./ka.sa.o./a.no./ko.do.mo.ni./a.ge.ta.

他把自己的傘給了那個孩子。

プレゼント　　　　　　【名】禮物

pu.re.ze.n.to.

妻に誕生日プレゼントをあげるのを忘れてしまった。
つま　たんじょうび　　　　　　　　　　　　わす

tsu.ma.ni./ta.n.jo.u.bi./pu.re.ze.n.to.o./a.ge.ru./no.o./wa.su.re.te./shi.ma.tta.

忘了送老婆生日禮物。

おまけ　　　　　　　　【名】小禮物、贈品

o.ma.ke.

この雑誌を買うと、トートバッグがおまけでついてくるらしいよ。
ざっし　か

ko.no./za.sshi.o./ka.u.to./to.o.to.ba.ggu.ga./o.ma.ke.de./tsu.i.te./ku.ru./ra.shi.i.yo.

買這本雜誌好像會送托特包當贈品喔。

接受

MP3
067

必備單字

受(う)け取(と)る　　　　【動】收到、領取
u.ke.to.ru.

お返事(へんじ)を待(ま)っているのですが、まだ受(う)け取(と)っていません。
o.he.n.ji.o./ma.tte./i.ru.no./de.su.ga./ma.da./u.ke.to.tte./i.ma.se.n.
我正等待回覆，但還沒有收到。

舉一反三

受(う)け入(い)れる　　　　【動】接受
u.ke.i.re.ru.

コーチは彼(かれ)の提案(ていあん)を受(う)け入(い)れた。
ko.o.chi.wa./ka.re.no./te.i.a.n.o./u.ke.i.re.ta.
教練接受了他的提議。

受(う)け止(と)める　　　　【動】接受、理解
u.ke.to.me.ru.

そろそろテストの結果(けっか)を受(う)け止(と)めて前(まえ)を向(む)かないと。
so.ro.so.ro./te.su.to.no./ke.kka.o./u.ke.to.me.te./ma.e.o./mu.ka.na.i.to.
是時候該接受考試的結果，繼續前進了。

引(ひ)き取(と)る　　　　【動】接手
hi.ki.to.ru.

リサイクルショップにいらないものを全部(ぜんぶ)引(ひ)き取(と)ってもらった。
ri.sa.i.ku.ru.sho.ppu.ni./i.ra.na.i.mo.no.o./ze.n.bu./hi.ki.to.tte./mo.ra.tta.
把不需要的東西全都交給二手商店接手。

發生

MP3
068

必備單字

起きる 　　　　　　　【動】發生

お

o.ki.ru.

何が起きたの？

なに　　お

na.ni.ga./o.ki.ta.no.

發生了什麼事？

舉一反三

起こす 　　　　　　　【動】引發、造成

お

o.ko.su.

彼らは奇跡を起こした。

かれ　　きせき　　お

ka.re.ra.wa./ki.se.ki.o./o.ko.shi.ta.

他們創造了奇蹟。

現れる 　　　　　　　【動】出現

あらわ

a.ra.wa.re.ru.

また新たな問題が現れた。

あら　　もんだい　あらわ

ma.ta./a.ra.ta.na./mo.n.da.i.ga./a.ra.wa.re.ta.

又出現了新的問題。

生み出す 　　　　　　【動】產出、創造出

う　だ

u.mi.da.su. 　　　　　　【類】生じる

しょう

あの小説家はたくさんの名作を生み出した。

しょうせつか　　　　　めいさく　う　だ

a.no./sho.u.se.tsu.ka.wa./ta.ku.sa.n.no./me.i.sa.ku.o./u.mi.da.shi.ta.

那位小說家創造出許多名作。

消失

MP3
068

必備單字

消<ruby>き</ruby>える
ki.e.ru.

【動】消失
【類】消え去<ruby>き さ</ruby>る

その料理<ruby>りょうり</ruby>はいつのまにかメニューから消<ruby>き</ruby>えた。
so.no./ryo.u.ri.wa./i.tsu.no.ma.ni.ka./me.nyu.u./ka.ra./ki.e.ta.
那道料理不知何時從菜單上消失了。

舉一反三

なくなる
na.ku.na.ru.

【動】用盡、不見、失去

車<ruby>くるま</ruby>のガソリンがなくなりそうでハラハラした。
ku.ru.ma.no./ga.so.ri.n.ga./na.ku.na.ri.so.u.de./ha.ra.ha.ra./shi.ta.
車子快沒油了，捏了一把冷汗。

潰<ruby>つぶ</ruby>れる
tsu.bu.re.ru.

【動】倒閉、垮台

不況<ruby>ふきょう</ruby>で会社<ruby>かいしゃ</ruby>が潰<ruby>つぶ</ruby>れた。
fu.kyo.u.de./ka.i.sha.ga./tsu.bu.re.ta.
因為不景氣，公司倒了。

ぶっ飛<ruby>と</ruby>ぶ
bu.tto.bu.

【動】飛走

酔<ruby>よ</ruby>っ払<ruby>ぱら</ruby>って記憶<ruby>きおく</ruby>がぶっ飛<ruby>と</ruby>んだ。
yo.ppa.ra.tte./ki.o.ku.ga./bu.tto.n.da.
因為喝醉，全都不記得了。

上升

必備單字

上がる
あ

a.ga.ru.

【動】上升、上揚

【類】上昇する
じょうしょう

物価が上がってきている。
ぶっか　あ

bu.kka.ga./a.ga.tte./ki.te./i.ru.

物價正在上揚。

舉一反三

昇る
のぼ

no.bo.ru.

【動】上升、爬上

太陽が昇ってきた。
たいよう　のぼ

ta.i.yo.u.ga./no.bo.tte./ki.ta.

太陽升起了。

アップ

a.ppu.

【名】上升

【類】高まる
たか

資格が取れれば、給料もアップです。
しかく　と　　　きゅうりょう

shi.ka.ku.ga./to.re.re.ba./kyu.u.ryo.u.mo./a.ppu.de.su.

取得證照的話，薪資也會上升。

うなぎのぼり

u.na.gi.no.bo.ri.

【常】直線上升、急速上揚

うなぎのぼりに株価が上がった。
かぶか　あ

u.na.gi.no.bo.ri.ni./ka.bu.ka.ga./a.ga.tta.

股價急速上揚。

下降

必備單字

MP3
069

下がる 【動】下降、下跌
sa.ga.ru.

これから物価が下がるとは思わない。
ko.re.ka.ra./bu.kka.ga./sa.ga.ru.to.wa./o.mo.wa.na.i.
不認為今後物價會下跌。

舉一反三

低下する 【動】下滑、變差
te.i.ka./su.ru.

このごろ視力が低下している。
ko.no.go.ro./shi.ryo.ku.ga./te.i.ka./shi.te./i.ru.
最近視力越變越差。

減る 【動】減少
he.ru. 【類】減少する

どの学校も生徒の数がだんだん減ってきた。
do.no./ga.kko.u.mo./se.i.to.no./ka.zu.ga./da.n.da.n./he.tte./ki.ta.
每個學校的學生數都逐漸減少了。

落ちる 【動】下降
o.chi.ru.

食事に気をつけているのに、なぜかなかなか体重が落ちない。
sho.ku.ji.ni./ki.o./tsu.ke.te./i.ru./no.ni./na.ze.ka./na.ka.na.ka./ta.i.ju.u.ga./o.chi.na.i.
明明很注意飲食，為什麼體重還是不太下降。

加入

必備單字

参加する

sa.n.ka./su.ru.

【動】參加

【類】参与する

私もこの企画に参加した。

wa.ta.shi.mo./ko.no./ki.ka.ku.ni./sa.n.ka./shi.ta.

我也參加了這個企畫。

舉一反三

入れる

i.re.ru.

【動】加入、放入

【類】仲間に入れる

私も仲間に入れてください。

wa.ta.shi.mo./na.ka.ma.ni./i.re.te./ku.da.sa.i.

也讓我加入成為一員。

加わる

ku.wa.wa.ru.

【動】加入、加上

村長もお祭りに加わった。

so.n.cho.u.mo./o.ma.tsu.ri.ni./ku.wa.wa.tta.

村長也加入了慶典。

仲間入り

na.ka.ma.i.ri.

【名】加入行列、加入團體

【類】メンバーになる

皆が話しをしていても彼は仲間入りしない。

mi.na.ga./ha.na.shi.o./shi.te./i.te.mo./ka.re.wa./na.ka.ma.i.ri./shi.na.i.

大家一起說話時他也不肯加入。

退出

MP3 070

必備單字

辞める　　　　　　　　【動】辭退、退出
や

ya.me.ru.

春に専門学校を辞めた。
はる　　せんもんがっこう　　や

ha.ru.ni./se.n.mo.n.ga.kko.u.o./ya.me.ta.

春天時從職業學校休學了。

舉一反三

退く　　　　　　　　　【動】後退、退出
しりぞ

shi.ri.zo.ku.

彼は来年政界から退く。
かれ　らいねんせいかい　　しりぞ

ka.re.wa./ra.i.ne.n./se.i.ka.i./ka.ra./shi.ri.zo.ku.

他將在明年退出政壇。

退任する　　　　　　　【動】卸任、退職
たいにん

ta.i.ni.n./su.ru.　　　　　【類】退職する
　　　　　　　　　　　　　　　たいしょく

彼は部長を退任した。
かれ　ぶちょう　たいにん

ka.re.wa./bu.cho.u.o./ta.i.ni.n./shi.ta.

他從部長的職位卸任。

辞任する　　　　　　　【動】辭職
じにん

ji.ni.n./su.ru.　　　　　　【類】引退する
　　　　　　　　　　　　　　　いんたい

彼女は取締＼役を辞任するよう求められた。
かのじょ　とりしま　　く　じにん　　　　　　もと

ka.no.jo.wa./to.ri.shi.ma.ri.ya.ku.o./ji.ni.n./su.ru.yo.u./mo.to.me.ra.re.ta.

她被要求辭掉董事。

放下

必備單字

置く 【動】放置、放在
o.ku.

私はチケットを彼の机の上に置いた。
wa.ta.shi.wa./chi.ke.tto.o./ka.re.no./tsu.ku.e.no./u.e.ni./o.i.ta.
我把票放在他的桌上。

舉一反三

残す 【動】剩下、留下
no.ko.su. 　　　　　　【類】取り残す

犬を残して部屋を出た。
i.nu.o./no.ko.shi.te./he.ya.o./de.ta.
把狗留在房間出去了。

手放す 【動】放手、放棄
te.ba.na.su.

ずっと担当してきた企画を手放したくない。
zu.tto./ta.n.to.u./shi.te./ki.ta./ki.ka.ku.o./ta.ba.na.shi.ta.ku.na.i.
不想放棄一直負責的企畫。

ポイ捨て 【名】亂丟、隨手丟
po.i.su.te.

吸い殻のポイ捨てはよくない。
su.i.ga.ra.no./po.i.su.te.wa./yo.ku.na.i.
隨手亂丟菸蒂是不好的行為。

拿起

必備單字

持つ
【動】拿著、帶著

mo.tsu.

彼女はタオルを持ってきた。
ka.no.jo.wa./ta.o.ru.o./mo.tte./ki.ta.
她把毛巾帶來了。

舉一反三

持ち上げる
【動】舉起、拿起、抬起
【類】ピックアップ、取る

mo.chi.a.ge.ru.

彼はそのダンボールを持ち上げた。
ka.re.wa./so.no./da.n.bo.o.ru.o./mo.chi.a.ge.ta.
他抬起了那個紙箱。

拾う
【動】撿起、撿到

hi.ro.u.

私は地面に落ちてたゴミを拾った。
wa.ta.shi.wa./ji.me.n.ni./o.chi.te.ta./go.mi.o./hi.ro.tta.
我撿起掉在地上的垃圾。

背負う
【動】背負、肩負、承擔
【類】担う

se.o.u.

彼は重い荷物を背負っている。
ka.re.wa./o.mo.i./ni.mo.tsu.o./se.o.tte./i.ru.
他背負著很重的行李。

打開

必備單字

開ける（あ）　　　　　　【動】打開
a.ke.ru.

誰がドアを開けましたか？（だれ、あ）
da.re.ga./do.a.o./a.ke.ma.shi.ta.ka.
是誰把門打開的？

舉一反三

開く（ひら）　　　　　　【動】翻開、打開
hi.ra.ku.

学生は本をパッと開いた。（がくせい、ほん、ひら）
ga.ku.se.i.wa./ho.n.o./pa.tto./hi.ra.i.ta.
學生一下子翻開書。

開けっ放し（あ、ばな）　　【名、形】一直開著
a.ke.ppa.na.shi.

冷蔵庫を開けっ放しにしないで。（れいぞうこ、あ、ばな）
re.i.zo.u.ko.o./a.ke.ppa.na.shi.ni./shi.na.i.de.
冰箱不要一直開著。

封を切る（ふう、き）　　　【常】開封、開箱、拆開包裝
fu.u.o./ki.ru.　　　　　　【類】封切り（ふうき）

カレーの袋の封を切って電子レンジで温めた。（ふくろ、ふう、き、でんし、あたた）
ka.re.e.no./fu.ku.ro.no./fu.u.o./ki.tte./de.n.shi.re.n.ji.de./a.ta.ta.me.ta.
把咖哩的包裝打開，用微波爐加熱。

關上

必備單字

閉める 【動】關上、拉上
し

shi.me.ru.

彼は教室のカーテンを閉めた。
かれ　きょうしつ　　　　　　　　　し

ka.re.wa./kyo.u.shi.tsu.no./ka.a.te.n.o./shi.me.ta.

他拉上了教室的窗簾。

舉一反三

閉じる 【動】關、閉、結束
と

to.ji.ru.

保存し忘れてファイルを閉じてしまった。
ほぞん　わす　　　　　　　　　　と

ho.zo.n./shi.wa.su.re.te./fa.i.ru.o./to.ji.te./shi.ma.tta.

忘了存檔就把檔案關掉了。

塞ぐ 【動】阻塞、塞住
ふさ

fu.sa.gu.

木が倒れて道路を塞いでしまった。
き　たお　　　　どうろ　ふさ

ki.ga./ta.o.re.te./do.u.ro.o./fu.sa.i.de./shi.ma.tta.

樹木倒下來，阻塞了道路。

閉鎖する 【動】封閉
へいさ

he.i.sa./su.ru.

警察が出口を閉鎖した。
けいさつ　でぐち　へいさ

ke.i.sa.tsu.ga./de.gu.chi.o./he.i.sa./shi.ta.

警察將出口封閉了。

請託

必備單字

お願いする　　　　　【常】拜託、請多指教
o.ne.ga.i./su.ru.　　　　【類】お願い

念のため、確認をお願いします。
ne.n.no./ta.me./ka.ku.ni.n.o./o.ne.ga.i./shi.ma.su.
保險起見，請你做一下確認。

舉一反三

一生のお願い　　　　【常】千萬拜託、只求你這次了
i.ssho.u.no./o.ne.ga.i.

一生のお願いです、聞いてください。
i.ssho.u.no./o.ne.ga.i.de.su./ki.i.te./ku.da.sa.i.
我只求你這次，拜託聽我說。

頼む　　　　　　　　【動】請託
ta.no.mu.　　　　　　　【類】依頼する

私は友達に手伝いを頼んだ。
wa.ta.shi.wa./to.mo.da.chi.ni./te.tsu.da.i.o./ta.no.n.da.
我拜託朋友幫忙。

任せる　　　　　　　【動】交付、託付
ma.ka.se.ru.　　　　　　【類】お任せ

この仕事は田中くんに任せるつもりだ。
ko.no./shi.go.to.wa./ta.na.ka.ku.n.ni./ma.ka.se.ru./tsu.mo.ri.da.
這個工作打算要交給田中君。

禁止

必備單字

ダメ　　　　　　　　【名】不行、不可以

da.me.

お酒を飲んだんだから、車の運転しちゃダメだよ。
o.sa.ke.o./no.n.da.n.da.ka.ra./ku.ru.ma.no./u.n.te.n./shi.cha./da.me.da.yo.
因為喝了酒，所以不可以開車喔。

舉一反三

禁止　　　　　　　　【名】禁止
ki.n.shi.　　　　　　　【類】禁止する

ここは飲食禁止です。
ko.ko.wa./i.n.sho.ku.ki.n.shi.de.su.
這裡禁止飲食。

ルール　　　　　　　【名】規定、規則
ru.u.ru.　　　　　　　【類】規則

彼らはゲームのルールを守っていない。
ka.re.ra.wa./ge.e.mu.no./ru.u.ru.o./ma.mo.tte./i.na.i.
他們沒遵守遊戲的規則。

制限する　　　　　　【動】限制
se.i.ge.n./su.ru.

1日で遊べる時間は制限されている。
i.chi.ni.chi.de./a.so.be.ru./ji.ka.n.wa./se.i.ge.n./sa.re.te./i.ru.
被限制1天可以玩的時間。

毀損

必備單字

壊す
こわ

ko.wa.su.

【動】弄壞

【類】破壊する、ぶち壊す
はかい　　　　　　　こわ

子供が私のタブレットを壊してしまった。
こども　わたし　　　　　　　　　　　こわ

ko.do.mo.ga./wa.ta.shi.no./ta.bu.re.tto.o./ko.wa.shi.te./shi.ma.tta.

小孩把我的平板電腦弄壞了。

舉一反三

毀損
きそん

ki.so.n.

【名】損毀、損害

【類】損壊
そんかい

彼女は名誉毀損で訴えられた。
かのじょ　めいよきそん　うった

ka.no.jo.wa./me.i.yo.ki.so.n.de./u.tta.e.ra.re.ta.

她被控損害名譽。

壊れる
こわ

ko.wa.re.ru.

【動】壞掉

【類】ぶっ壊れる
こわ

エアコンはいつ壊れたの？
こわ

e.a.ko.n.wa./i.tsu./ko.wa.re.ta.no.

空調是什麼時候壞的？

破る
やぶ

ya.bu.ru.

【動】撕破、撕毀

彼は契約書を破ってしまった。
かれ　けいやくしょ　やぶ

ka.re.wa./ke.i.ya.ku.sho.o./ya.bu.tte./shi.ma.tta.

他不小心把合約撕破了。

修理

MP3
074

必備單字

直す
なお

【動】修改、修理

na.o.su.

先生は私の作文を直してくれた。
せんせい わたし さくぶん なお

se.n.se.i.wa./wa.ta.shi.no./sa.ku.bu.n.o./na.o.shi.te./ku.re.ta.

老師幫我修改作文。

舉一反三

修理する
しゅうり

【動】修理

shu.u.ri./su.ru.

【類】修繕、修理に出す
しゅうぜん しゅうり だ

このバッグを修理してもらえますか？
しゅうり

ko.no./ba.ggu.o./shu.u.ri./shi.te./mo.ra.e.ma.su.ka.

可以幫我修理這個包包嗎？

メンテナンス

【名】維修、維護、保養

me.n.te.na.n.su.

彼はシステムのメンテナンスをするつもりです。
かれ

ka.re.wa./shi.su.te.mu.no./me.n.te.na.n.su.o./su.ru./tsu.mo.ri.de.su.

他打算要維修系統。

リニューアル

【名】更新、重新改裝

ri.nyu.u.a.ru.

【類】リフォーム

靴売り場は今リニューアル中です。
くつう ば いま ちゅう

ku.tsu.u.ri.ba.wa./i.ma./ri.nyu.u.a.ru.chu.u.de.su.

鞋子賣場現在正在重新改裝。

學習

必備單字

学ぶ　　　　　　　　【動】學習
まな

ma.na.bu.

私は3年間ずっとドイツ語を学んでいる。
わたし　さんねんかん　　　　　　　　ご　まな

wa.ta.shi.wa./sa.n.ne.n.ka.n./zu.tto./do.i.tsu.go.o./ma.na.n.de./i.ru.

我3年來一直都在學習德語。

舉一反三

勉強する　　　　　　　【動】學習、用功
べんきょう
　　　　　　　　　　　　　　【類】学習する
be.n.kyo.u./su.ru.　　　　　　　がくしゅう

日本についてもっと勉強したいです。
にほん　　　　　　　　べんきょう

ni.ho.n.ni./tsu.i.te./mo.tto./be.n.kyo.u./shi.ta.i.de.su.

想學習更多關於日本的東西。

教わる　　　　　　　　【動】向...學習
おそ

o.so.wa.ru.

小さい頃から母に料理を教わっています。
ちい　ころ　　　はは　りょうり　おそ

chi.i.sa.i./ko.ro./ka.ra./ha.ha.ni./ryo.u.ri.o./o.so.wa.tte./i.ma.su.

從小就向母親學習做菜。

習う　　　　　　　　　【動】學習
なら

na.ra.u.

私は最初ピアノを習ってそれからバイオリンを習った。
わたし　さいしょ　　　　　なら　　　　　　　　　　　なら

wa.ta.shi.wa./sa.i.sho./pi.a.no.o./na.ra.tte./so.re.ka.ra./ba.i.o.ri.n.o./na.ra.tta.

我一開始學習鋼琴，然後學習小提琴。

教導

MP3 075

必備單字

教える
おし

o.shi.e.ru.

【動】教導、告訴
【類】伝授
でんじゅ

父は高校で英語を教えている。
ちち　こうこう　えいご　おし

chi.chi.wa./ko.u.ko.u.de./e.i.go.o./o.shi.e.te./i.ru.

父親在高中教英文。

舉一反三

指導
しどう

shi.do.u.

【名】指導、指揮

私たちは先生の指導に従って行動した。
わたし　　せんせい　しどう　したが　　こうどう

wa.ta.shi.ta.chi.wa./se.n.se.i.no./shi.do.u.ni./shi.ta.ga.tte./ko.u.do.u./shi.ta.

我們遵從老師的指揮行動。

教育係
きょういくがかり

kyo.u.i.ku.ga.ka.ri.

【名】負責教導的人

彼がついに新人の教育係を任された。
かれ　　　　しんじん　きょういくがかり　まか

ka.re.ga./tsu.i.ni./shi.n.ji.n.no./kyo.u.i.ku.ga.ka.ri.o./ma.ka.sa.re.ta.

他終於被任命負責帶新人。

授業
じゅぎょう

ju.u.gyo.u.

【名】授課、課

今日の授業はもう終わった。
きょう　じゅぎょう　　　お

kyo.u.no./ju.gyo.u.wa./mo.u./o.wa.tta.

今天的課程已經結束了。

遺失

MP3 076

必備單字

なくす
na.ku.su.

【動】弄丟、遺失
【類】紛失（ふんしつ）する

借（か）りたカメラをなくしてしまった。
ka.ri.ta./ka.me.ra.o./na.ku.shi.te./shi.ma.tta.
不小心把借來的相機弄丟了。

舉一反三

落（お）とす
o.to.su.

【動】弄掉、弄丟
【類】落（お）し物（もの）

手（て）を滑（すべ）らせてスマホを落（お）としてしまった。
te.o./su.be.ra.se.te./su.ma.ho.o./o.to.shi.te./shi.ma.tta.
手一滑不小心把手機弄掉了。

置（お）き忘（わす）れる
o.ki.wa.su.re.ru.

【動】忘在、放在

電車（でんしゃ）に傘（かさ）を置（お）き忘（わす）れた。
de.n.sha.ni./ka.sa.o./o.ki.wa.su.re.ta.
把雨傘忘在電車上了。

忘（わす）れ物（もの）
wa.su.re.mo.no.

【名】遺失物、遺忘的東西

忘（わす）れ物（もの）をしないように気（き）を付（つ）けてください。
wa.su.re.mo.no.o./shi.na.i./yo.u.ni./ki.o./tsu.ke.te./ku.da.sa.i.
請小心不要忘了東西。

尋找

MP3 076

必備單字

探_{さが}す 【動】尋找

sa.ga.su.

彼_{かれ}は部屋_{へや}の前_{まえ}でカギを探_{さが}している。
ka.re.wa./he.ya.no./ma.e.de./ka.gi.o./sa.ga.shi.te./i.ru.
他正在房間前面找鑰匙。

舉一反三

求_{もと}める 【動】尋求、要求
mo.to.me.ru. 【類】求_{もと}む

私_{わたし}たちは説明_{せつめい}を求_{もと}めています。
wa.ta.shi.ta.chi.wa./se.tsu.me.i.o./mo.to.me.te./i.ma.su.
我們要求說明。

調_{しら}べる 【動】調査
shi.ra.be.ru.

私_{わたし}はそのデータを調_{しら}べた。
wa.ta.shi.wa./so.no./de.e.ta.o./shi.ra.be.ta.
我們調查了那個資料。

検索_{けんさく}する 【動】搜尋
ke.n.sa.ku./su.ru.

ネットでその商品_{しょうひん}の価格_{かかく}を検索_{けんさく}した。
ne.tto.de./so.no./sho.u.hi.n.no./ka.ka.ku.o./ke.n.sa.ku./shi.ta.
在網路上搜尋那項商品的價格。

旅行

MP3 077

必備單字

旅行する　　　　　【動】旅行

ryo.ko.u./su.ru.

私は１人で旅行するのが好き。
wa.ta.shi.wa./hi.to.ri.de./ryo.ko.u./su.ru./no.ga./su.ki.

我喜歡１個人旅行。

舉一反三

ツアー　　　　　　【名】旅行、旅行團、巡演

tsu.a.a.

そのツアーはどこを回りますか？
so.no./tsu.u.a.a.wa./do.ko.o./ma.wa.ri.ma.su.ka.

那個旅行團是去哪些地方呢？

日帰り　　　　　　【名】當日往返

hi.ga.e.ri.

日帰りで大阪へ出張してきた。
hi.ga.e.ri.de./o.o.sa.ka.e./shu.ccho.u./shi.te./ki.ta.

當日往返去大阪出差。

宿泊　　　　　　　【名】住宿

shu.ku.ha.ku.

今夜はこのホテルに宿泊する予定です。
ko.n.ya.wa./ko.no./ho.te.ru.ni./shu.ku.ha.ku./su.ru./yo.te.i.de.su.

今晚打算住宿這間飯店。

生理狀態篇

健康

MP3
078

必備單字

健康 【名】健康
けんこう

ke.n.ko.u.

ちち けんこう き
父は健康に気をつけるようになった。
chi.chi.wa./ke.n.ko.u.ni./ki.o.tsu.ke.ru./yo.u.ni./na.tta.
父親變得注意健康。

舉一反三

健やか 【形】健康、健壯
すこ

su.ko.ya.ka.

こども すこ せいちょう いの
子供の健やかな成長を祈っています。
ko.do.mo.no./su.ko.ya.ka.na./se.i.cho.u.o./i.no.tte./i.ma.su.
祈禱孩子能茁壯成長。

丈夫 【形】結實、健康
じょうぶ

jo.u.bu. 【類】頑丈
がんじょう

かれ からだ じょうぶ げんき ひと
彼は体が丈夫でとても元気な人です。
ka.re.wa./ka.ra.da.ga./jo.u.bu.de./to.te.mo./ge.n.ki.na./hi.to.de.su.
他身體很健壯是很健康的人。

体調がいい 【常】身體狀況很好
たいちょう

ta.i.cho.u.ga./i.i.

たいちょう はだ
体調がいいと肌もよくなる。
ta.i.cho.u.ga./i.i.to./ha.da.mo./yo.ku./na.ru.
身體狀況好的話，皮膚也變好。

體弱多病

MP3 078

必備單字

弱い　よわ　　　　　　　【形】虛弱、弱

yo.wa.i.

この子は昔から体が弱いです。
こ　むかし　　からだ　よわ

ko.no.ko.wa./mu.ka.shi./ka.ra./ka.ra.da.ga./yo.wa.i.de.su.

這孩子以前身體很虛弱。

舉一反三

病気がち　びょうき　　　【常】容易生病

byo.u.ki.ga.chi.　　　　　【類】病弱　びょうじゃく

彼は体が弱くて病気がちのようです。
かれ　からだ　よわ　　　びょうき

ka.re.wa./ka.ra.da.ga./yo.wa.ku.te./byo.u.ki.ga.chi.no./yo.u.de.su.

他好像很體弱多病。

衰える　おとろ　　　　　　【動】衰退、衰弱

o.to.ro.e.ru.

年とともに私の体力は衰えた。
とし　　　　わたし　たいりょく　おとろ

to.shi.to./to.mo.ni./wa.ta.shi.no./ta.i.ryo.ku.wa./o.to.ro.e.ta.

隨著年紀增長，我的體力也衰退了。

弱々しい　よわよわ　　　　【形】軟弱、無力、虛弱

yo.wa.yo.wa.shi.i.　　　　【類】か弱い、弱まる　よわ　　よわ

患者は弱々しい声で話している。
かんじゃ　よわよわ　　こえ　はな

ka.n.ja.wa./yo.wa.yo.wa.shi.i./ko.e.de./ha.na.shi.te./i.ru.

病人用著虛弱無力的聲音講話。

有精神

MP3
079

必備單字

元気
げんき

【名、形】有精神、身體好

ge.n.ki.

スタッフはいつも元気に挨拶してくれる。
げんき　あいさつ

su.ta.ffu.wa./i.tsu.mo./ge.n.ki.ni./a.i.sa.tsu./shi.te./ku.re.ru.

工作人員總是很有精神地向我打招呼。

舉一反三

生き生き
い　い

【副】活潑、朝氣蓬勃

i.ki.i.ki.

子供たちは生き生きと学校生活を送っている。
こども　　　い　い　　がっこうせいかつ　おく

ko.do.mo.ta.chi.wa./i.ki.i.ki.to./ga.kko.u.se.i.ka.tsu.o./o.ku.tte./i.ru.

孩子們朝氣蓬勃地度過校園生活。

はつらつ

【副】朝氣蓬勃

ha.tsu.ra.tsu.

野球少年たちは元気はつらつとしていた。
やきゅうしょうねん　　　　げんき

ya.kyu.u.sho.u.ne.n.ta.chi.wa./ge.n.ki.ha.tsu.ra.tsu.to./shi.te./i.ta.

棒球少年們朝氣蓬勃。

活気
かっき

【名】活力、朝氣

ga.kki.

この職場は活気が溢れている。
しょくば　かっき　あふ

ko.no./sho.ku.ba.wa./ga.kki.ga./a.fu.re.te./i.ru.

這個職場充滿了朝氣。

疲勞

MP3
079

必備單字

つか
疲れる　　　　　　　【動】疲勞、累

tsu.ka.re.ru.

てつや　　つか
徹夜して疲れた。

te.tsu.ya./shi.te./tsu.ka.re.ta.

因為熬夜而覺得累。

舉一反三

つか　　は
疲れ果てる　　　　　【動】精疲力竭、疲勞不堪

tsu.ka.re.ha.te.ru.　　　　ひろうこんぱい
　　　　　　　　　　　　【類】疲労困憊

なが　　はし　　　　　つか　　は
長く走ったので疲れ果てた。

na.ga.ku./ha.shi.tta./no.de./tsu.ka.re.ha.te.ta.

跑了很長的距離，已經精疲力竭。

へとへと　　　　　　【副】精疲力竭

he.to.he.to.　　　　　　　【類】ぐったり

しごと　　あと　　わたし　　　　　　　　つか
仕事の後、私はへとへとに疲れた。

shi.go.to.no./a.to./wa.ta.shi.wa./he.to.he.to.ni./tsu.ka.re.ta.

工作過後，我已精疲力竭。

くたびれる　　　　　【動】勞累、疲乏

ku.ta.bi.re.ru.

ひとり　　しごと
1人で仕事をこなしてひどくくたびれた。

hi.to.ri.de./shi.go.to.o./ko.na.shi.te./hi.do.ku./ku.ta.bi.re.ta.

1個人完成工作，非常勞累。

疼痛

MP3
080

必備單字

痛い　　　　　【形】痛

i.ta.i.

頭が痛い。

a.ta.ma.ga./i.ta.i.

頭很痛。

舉一反三

痛む　　　　　【動】疼痛

i.ta.mu.

腕が痛んで野球ができない。

u.de.ga./i.ta.n.de./ya.kyu.u.ga./de.ki.na.i.

手臂很痛不能打棒球。

ひりひりする　　【動】熱辣辣的、刺痛

hi.ri.hi.ri./su.ru.　　【類】ずきずき痛む、ちくちくする

日焼けで背中がひりひりしている。

hi.ya.ke.de./se.na.ka.ga./hi.ri.hi.ri./shi.te./i.ru.

因為晒傷，背上熱辣辣的。

苦しむ　　　　　【動】為...所苦

ku.ru.shi.mu.

彼は頭痛に苦しんでいる。

ka.re.wa./zu.tsu.u.ni./ku.ru.shi.n.de./i.ru.

他為頭痛所苦。

治癒

必備單字

MP3
080

治す <small>なお</small>　　　【動】治癒、治療

na.o.su.

夕べよく眠って頭痛を治した。
<small>ゆう　　　　　ねむ　　　　ずつう　　　　なお</small>

yu.u.be./yo.ku./ne.mu.tte./zu.tsu.u.o./na.o.shi.ta.

昨晚好好睡了一覺，把頭痛治好了。

舉一反三

治療 <small>ちりょう</small>　　　【名】治療

chi.ryo.u.

田中選手は怪我のため治療を受けている。
<small>たなかせんしゅ　けが　　　　　ちりょう　　う</small>

ta.na.ka.se.n.shu.wa./ke.ga.no./ta.me./chi.ryo.u.o./u.ke.te./i.ru.

田中選手因為受傷，正在接受治療。

回復する <small>かいふく</small>　　　【動】恢復

ka.i.fu.ku./su.ru.

彼女は健康が回復した。
<small>かのじょ　けんこう　かいふく</small>

ka.no.jo.wa./ke.n.ko.u.ga./ka.i.fu.ku./shi.ta.

她恢復了健康。

癒す <small>いや</small>　　　【動】治癒、療癒

i.ya.su.

私は音楽を聞くと癒される。
<small>わたし　おんがく　き　　いや</small>

wa.ta.shi.wa./o.n.ga.ku.o./ki.ku.to./i.ya.sa.re.ru.

我聽音樂就覺得被治癒了(心靈得到慰藉)。

受傷

MP3
081

怪我する 【動】受傷
ke.ga./su.ru. 【類】負傷

彼は事故で怪我をした。
ka.re.wa./ji.ko.de./ke.ga.o./shi.ta.
他因意外而受傷。

舉一反三

傷 【名】傷

ki.zu.

傷が浅いからすぐに治ると思う。
ki.zu.ga./a.sa.i./ka.ra./su.gu.ni./na.o.ru.to./o.mo.u.
傷口很淺，我想馬上就會好了。

傷跡 【名】傷痕、傷疤
ki.zu.a.to. 【類】傷口

彼女の額に傷跡がある。
ka.no.jo.no./hi.ta.i.ni./ki.zu.a.to.ga./a.ru.
她的額頭上有傷疤。

ダメージ 【名】損害、傷害、衝擊

da.me.e.ji.

その言葉で私は精神的にダメージを受けた。
so.no./ko.to.ba.de./wa.ta.shi.wa./se.i.shi.n.te.ki.ni./da.me.e.ji.o./u.ke.ta.
那句話讓我受到精神上的傷害。

包紮

MP3
081

必備單字

手当て 【名】治療、措施

te.a.te.

病院で怪我の手当てをしてもらった。

byo.u.i.n.de./ke.ga.no./te.a.te.o./shi.te./mo.ra.tta.

在醫院接受受傷的治療。

舉一反三

薬を塗る 【常】抹藥、塗藥

ku.su.ri.o./nu.ru.

傷口に薬を塗ってガーゼで覆った。

ki.zu.gu.chi.ni./ku.su.ri.o./nu.tte./ga.a.ze.de./o.o.tta.

在傷口抹藥，再蓋上紗布。

絆創膏 【名】OK 繃

ba.n.so.u.ko.u. 【類】バンドエイド

怪我した指に絆創膏を貼った。

ke.ga./shi.ta./yu.bi.ni./ba.n.so.u.ko.u.o./ha.tta.

在受傷的手指上貼了 OK 繃。

ギプス 【名】石膏

gi.pu.su.

彼は骨折で腕にギプスをしている。

ka.re.wa./ko.sse.tsu.de./u.de.ni./gi.pu.su.o./shi.te./i.ru.

他因骨折，手臂上了石膏。

生病

MP3
082

必備單字

病気 【名】疾病
びょうき

byo.u.ki.

彼女は留学中に病気にかかってしまった。
かのじょ　りゅうがくちゅう　びょうき

ka.no.jo.wa./ryu.u.ga.ku.chu.u.ni./byo.u.ki.ni./ka.ka.tte./shi.ma.tta.

她在留學時生病了。

舉一反三

持病 【名】宿疾
じびょう

ji.byo.u.

私は高血圧の持病がある。
わたし　こうけつあつ　じびょう

wa.ta.shi.wa./ko.u.ke.tsu.a.tsu.no./ji.byo.u.ga./a.ru.

我有高血壓的慢性病。

倒れる 【動】倒下
たお

ta.o.re.ru.

彼は過労で倒れた。
かれ　かろう　たお

ka.re.wa./ka.ro.u.de./ta.o.re.ta.

他因為過勞而倒下。

うつる 【動】傳染

u.tsu.ru.

周りの人に風邪がうつらないように、マスクをしている。
まわ　ひと　かぜ

ma.wa.ri.no./hi.to.ni./ka.ze.ga./u.tsu.ra.na.i./yo.u.ni./ma.su.ku.o./shi.te./i.ru.

為了不把感冒傳染給別人，所以戴著口罩。

服藥

必備單字

くすり
薬　　　　　【名】藥

ku.su.ri.

びょういん　い　　いっしゅうかんぶん　くすり
病院に行って1週間分の薬をもらった。
byo.u.i.n.ni./i.tte./i.sshu.u.ka.n.bu.n.no./ku.su.ri.o./mo.ra.tta.
去醫院拿了1週的藥。

舉一反三

くすり　　の
薬を飲む　　　　　【常】吃藥

ku.su.ri.o./no.mu.

くすり　の　　　　さけ　の　　　　ほう
薬を飲んだらお酒は飲まない方がいい。
ku.su.ri.o./no.n.da.ra./o.sa.ke.wa./no.ma.na.i./ho.u.ga./i.i.
吃藥之後最好別喝酒。

の　こ
飲み込む　　　　　【動】吞下、咽下

no.mi.ko.mu.

こども　はな　　　　　　くすり　の　こ
子供が鼻をつまんで薬を飲み込んだ。
ko.do.mo.ga./ha.na.o./tsu.ma.n.de./ku.su.ri.o./no.mi.ko.n.da.
孩子捏著鼻子把藥吞下去。

こなぐすり
粉薬　　　　　【名】藥粉

ko.na.gu.su.ri.

こなぐすり　　こども　　の
粉薬を子供に飲ませた。
ko.na.gu.su.ri.o./ko.do.mo.ni./no.ma.se.ta.
給孩子吃藥粉。

出生活著

MP3
083

生^うまれる　　　　【動】出生

u.ma.re.ru.

先^{せんしゅう}週、あの夫^{ふうふ}婦に赤^{あか}ちゃんが生まれた。

se.n.shu.u./a.no.fu.u.fu.ni./a.ka.cha.n.ga./u.ma.re.ta.

上星期，那對夫妻的孩子出生了。

舉一反三

生^いきる　　　　【動】生存、生活

i.ki.ru.

私^{わたし}たちは同^{おな}じ時^{じだい}代を生^いきている。

wa.ta.shi.ta.chi.wa./o.na.ji./ji.da.i.o./i.ki.te./i.ru.

我們活在同一個時代。

出^{しゅっしん}身　　　　【名】出生地、籍貫、來自

shu.sshi.n.

鈴^{すずき}木さんは愛^{あいちけんしゅっしん}知県出身です。

su.zu.ki.sa.n.wa./a.i.chi.ke.n./shu.sshi.n.de.su.

鈴木先生來自愛知縣。

誕^{たんじょうび}生日　　　　【名】生日

ta.n.jo.u.bi.

私^{わたし}の誕^{たんじょうび}生日は6月^{ろくがつ}10^{とおか}日です。

wa.ta.shi.no./ta.n.jo.u.bi.wa./ro.ku.ga.tsu./to.o.ka.de.su.

我的生日是6月10日。

死亡

必備單字

死ぬ　　　　　　【動】死亡

shi.nu.

寒くて死にそうだ。
sa.mu.ku.te./shi.ni./so.u.da.
快冷死了。

舉一反三

亡くなる　　　　　【動】過世

na.ku.na.ru.

先月祖父が亡くなった。
se.n.ge.tsu./so.fu.ga./na.ku.na.tta.
上個月祖父過世了。

息を引き取る　　　【常】過世

i.ki.o./hi.ki.to.ru.　　　　【類】他界する

患者は今朝、静かに息を引き取った。
ka.n.ja.wa./ke.sa./shi.zu.ka.ni./i.ki.o./hi.ki.to.tta.
病人在今早平靜地過世了。

命を落とす　　　　【常】喪命

i.no.chi.o./o.to.su.

たくさんの人がその事故で命を落とした。
ta.ku.sa.n.no./hi.to.ga./so.no./ji.ko.de./i.no.chi.o./o.to.shi.ta.
很多人在那個意外中喪命。

年輕

必備單字

若い 【形】年輕
わか

wa.ka.i.

私たちは若いときに結婚した。
わたし　　　　わか　　　　　　　　けっこん

wa.ta.shi.ta.chi.wa./wa.ka.i./to.ki.ni./ke.kko.n./shi.ta.

我們在年輕時就結婚了。

舉一反三

若々しい 【形】年輕
わかわか

wa.ka.wa.ka.shi.i.

若々しい装いはオシャレですが 若作りは避けた方がいいです。
わかわか　よそお　　　　　　　　　　　　わかづく　　　さ　　　　ほう

wa.ka.wa.ka.shi.i./yo.so.o.i.wa./o.sha.re.de.su.ga./wa.ka.zu.ku.ri.wa./sa.ke.ta./ho.u.ga./i.i.de.su.

雖然年輕的裝扮看來時尚，但最好避免裝年輕。

若者 【名】年輕人
わかもの

wa.ka.mo.no.

このブランドは若者を対象としている。
わかもの　たいしょう

ko.no./bu.ra.n.do.wa./wa.ka.mo.no.o./ta.i.sho.u./to.shi.te./i.ru.

這個牌子是以年輕人為對象。

幼い 【形】稚嫩、幼小、幼稚
おさな

o.sa.na.i.

私は幼いときから大学までサッカーをしていた。
わたし　おさな　　　　　　　　だいがく

wa.ta.shi.wa./o.sa.na.i./to.ki./ka.ra./da.i.ga.ku./ma.de./sa.kka.a.o./shi.te./i.ta.

我從童年到大學都在踢足球。

衰老

MP3 084

必備單字

老ける 【動】老化、上年紀
fu.ke.ru.

彼は前に会ったときより老けて見えた。
ka.re.wa./ma.e.ni./a.tta./to.ki./yo.ri./fu.ke.te./mi.e.ta.
他比上次見面時看來更老了。

舉一反三

老い 【名】年老、衰老
o.i. 【類】年老いる

最近両親の老いを感じてきました。
sa.i.ki.n./ryo.u.shi.n.no./o.i.o./ka.n.ji.te./ki.ma.shi.ta.
最近感到父母老了。

年寄り 【名】老人、長者
to.shi.yo.ri. 【類】年配

お年寄りに席を譲る。
o.to.shi.yo.ri.ni./se.ki.o./yu.zu.ru.
把位子讓給老人。

年を取る 【常】長歲數、變老
to.shi.o./to.ru.

お互い年を取ったな。
o.ta.ga.i./to.shi.o./to.tta.na.
我們都老了啊。

飽

MP3
085

必備單字

お腹がいっぱい 　　　【常】很飽
なか

o.na.ka.ga./i.ppa.i. 　　　【類】腹いっぱい
なか

お腹がいっぱいで、もう食べられない。
なか　　　　　　　　　　　　た

o.na.ka.ga./i.ppa.i.de./mo.u./ta.be.ra.re.na.i.

已經很飽，再也吃不下了。

舉一反三

満腹 　　　　　　　　　【名】吃飽
まんぷく

ma.n.pu.ku.

もうすでに満腹だったのに、ケーキが出された。
　　　　　　まんぷく　　　　　　　　　　　だ

mo.u./su.de.ni./ma.n.pu.ku./da.tta./no.ni./ke.e.ki.ga./da.sa.re.ta.

明明已經吃飽了，還送了蛋糕上來。

食べ過ぎ 　　　　　　【名】吃太多
た　す

ta.be.su.gi.

食べ過ぎに気をつけてくださいね。
た　す　　　　き

ta.be.su.gi.ni./ki.o./tsu.ke.te./ku.da.sa.i.ne.i.

請小心不要吃太多喔。

食事する 　　　　　　【常】吃飯、用餐
しょくじ

sho.ku.ji./su.ru.

友達とおしゃべりしながら食事した。
ともだち　　　　　　　　　　　しょくじ

to.mo.da.chi.to./o.sha.be.ri./shi.na.ga.ra./sho.ku.ji.shi.ta.

和朋友邊聊天邊吃了飯。

餓

MP3 085

必備單字

腹ペコ
はら

【名、形】餓得要命

ha.ra.pe.ko.

【類】ぺこぺこ

今日お昼を食べ損ねたから、腹ペコなんだ。
きょう　ひる　た　そこ　　　　　　　はら

kyo.u./o.hi.ru./ta.be.so.ko.ne.ta./ka.ra./ha.ra.pe.ko./na.n.da.

今天沒吃午餐，餓得到命。

舉一反三

お腹が空く
なか　す

【常】肚子餓

o.na.ka.ga./su.ku.

【類】腹が減る
はら　へ

今朝沢山食べたので、今はとくにお腹が空いていません。
けさたくさんた　　　　　　　　いま　　　　　なか　す

ke.sa./ta.ku.sa.n./ta.be.ta./no.de./i.ma.wa./to.ku.ni./o.na.ka.ga./su.i.te./i.ma.se.n.

早上吃了很多，所以現在不太餓。

空腹
くうふく

【名】空腹、餓

ku.u.fu.ku.

サッカーした後で空腹を感じた。
あと　くうふく　かん

sa.kka.a./shi.ta./a.to.de./ku.u.fu.ku.o./ka.n.ji.ta.

踢完足球後，覺得很餓。

お腹が鳴る
なか　な

【常】肚子叫

o.na.ka.ga./na.ru.

デート中にお腹がグーグー鳴っちゃって恥ずかしかった。
ちゅう　なか　　　　　　　　な　　　　　　は

de.e.to.chu.u.ni./o.na.ka.ga./gu.u.gu.u./na.ccha.tte./ha.zu.ka.shi.ka.tta.

約會時肚子咕咕叫，好丟臉。

懷孕

MP3
086

必備單字

にんしん
妊娠
ni.n.shi.n.

【名】懷孕

にんしん
【類】妊娠する

かのじょ　にんしん　さん　げつ
彼女は妊娠 3 か月だ。

ka.no.jo.wa./ni.n.shi.n./sa.n.ka.ge.tsu.da.

她懷孕 3 個月。

舉一反三

にんぷ
妊婦
ni.n.pu.

【名】孕婦

かのじょ　にんしん　ろっ　げつ　　　　にんぷ　み
彼女は妊娠 6 か月でも妊婦に見えない。

ka.no.jo.wa./ni.n.shi.n./ro.kka.ge.tsu.de.mo./ni.n.pu.ni./mi.e.na.i.

她即使懷孕 6 個月看起來也不像孕婦。

しゅっさん
出 産
shu.ssa.n.

【名】生產

しゅっさんよていび
【類】出産予定日

かのじょ　はる　しゅっさん　よてい
彼女は春に出産の予定です。

ka.no.jo.wa./ha.ru.ni./shu.ssa.n.no./yo.te.i.de.su.

她預計在春天生產。

りんげつ
臨月
ri.n.ge.tsu.

【名】快生了、即將臨盆

りんげつ　はい　　あか　　　　　　　　　　う
臨月に入って赤ちゃんがいつ産まれるのかとワクワクしている。

ri.n.ge.tsu.ni./ha.i.tte./a.ka.cha.n.ga./i.tsu./u.ma.re.ru.no.ka.to./wa.ku.wa.ku./shi.
te.i.ru.

進入即將臨盆的時期，對於孩子何時出生興奮期待著。

育兒

必備單字

MP3
086

育つ 【動】養育
そだ

so.da.tsu.

彼は厳しい家庭に育った。
かれ　きび　　　かてい　そだ

ka.re.wa./ki.bi.shi.i./ka.te.i.ni./so.da.tta.

他成長在嚴格的家庭。

舉一反三

子育て 【名】育兒
こそだ

ko.so.da.te.

毎日子育てで忙しいけれど、とても楽しんでいます。
まいにちこそだ　　　いそが　　　　　　　　　たの

ma.i.ni.chi./ko.so.da.te.de./i.so.ga.shi.i./ke.re.do./to.te.mo./ta.no.shi.n.de./i.ma.
su.

每天雖然為育兒而忙碌，但非常開心。

子煩悩 【名】很為孩子著想
こぼんのう

ko.bo.n.no.u.

佐藤さんは子煩悩で優しい父親です。
さとう　　　　こぼんのう　やさ　　ちちおや

sa.to.u.sa.n.wa./ko.bo.n.no.u.de./ya.sa.shi.i./chi.chi.o.ya.de.su.

佐藤是個為孩子著想的溫柔父親。

手離れ 【名】放手、不需照顧孩子
てばな

te.ba.na.re.

子供が手離れしてから、世界１周したい。
こども　　てばな　　　　　　せかいいっしゅう

ko.do.mo.ga./te.ba.na.re.shi.te./ka.ra./se.ka.i.i.sshu.u./shi.ta.i.

不需照顧孩子後，想要環遊世界。

飲酒

必備單字

酒好き
さけずき

sa.ke.zu.ki.

【名】愛喝酒的人

【類】酒飲み、のんべえ
さけの

彼は酒好きでいつも飲みすぎてしまう。
かれ　さけずき　　　　　　　　の

ka.re.wa./sa.ke.zu.ki.de./i.tsu.mo./no.mi.su.gi.te./shi.ma.u.

他很愛喝酒，總是喝太多。

舉一反三

泣き上戸
な　じょうご

na.ki.jo.u.go.

【名】喝醉就哭

彼女はお酒を飲むと泣き上戸になる。
かのじょ　さけ　の　　　な　じょうご

ka.no.jo.wa./o.sa.ke.o./no.mu.to./na.ki.jo.u.go.ni./na.ru.

她喝了酒後就會變得愛哭。

下戸
げこ

ge.ko.

【名】不喝酒

【類】シラフ

下戸なので飲み会は退屈だ。
げこ　　　　　の　かい　たいくつ

ge.ko./na.no.de./no.mi.ka.i.wa./ta.i.ku.tsu.da.

因為不喝酒，所以覺得飲酒聚會很無聊。

乾杯する
かんぱい

ka.n.pa.i./su.ru.

【動】乾杯

今年の目標達成に乾杯しましょう！
ことし　もくひょうたっせい　かんぱい

ko.to.shi.no./mo.ku.hyo.u.ta.sse.i.ni./ka.n.pa.i./shi.ma.sho.u.

為達成今年目標乾杯！

飲食習慣

必備單字

しょくじせいげん
食事制限 　　　　　【名】節食

sho.ku.ji.se.i.ge.n.

や　　　　　　　　しょくじせいげん　　うんどう
痩せるために食事制限と運動をしている。
ya.se.ru./ta.me.ni./sho.ku.ji.se.i.ge.n.to./u.n.do.u.o./shi.te./i.ru.
為了變瘦正在節食和運動。

舉一反三

おおぐ
大食い 　　　　　　【名】大胃王

o.o.gu.i.
　　　　　　　　　　　しょうしょく
　　　　　　　　　　【反】少 食 (食量小)

わたし　おおぐ　　　み　　　　　　　　　　じつ　　　　　　　　　た
私 は大食いに見えますが、実はそんなに食べません。
wa.ta.shi.wa./o.o.gu.i.ni./mi.e.ma.su.ga./ji.tsu.wa./so.n.na.ni./ta.be.ma.se.n.
我看來像大胃王，但其實沒吃那麼多。

ベジタリアン 　　　　【名】素食主義者、蔬食主義者

be.ji.ta.ri.a.n.
　　　　　　　　　　　にくしょく
　　　　　　　　　　【反】肉食 (肉食)

　　　　　　　　　　　　　　　　　　　にく　　えんりょ
ベジタリアンなので、できればお肉は遠慮したい。
be.ji.ta.ri.a.n./na.no.de./de.ki.re.ba./o.ni.ku.wa./e.n.ryo./shi.ta.i.
我吃素，可以的話不想碰肉。

がいしょく
外食 　　　　　　　【名】外食

ga.i.sho.ku.
　　　　　　　　　　　しょくしゅうかん
　　　　　　　　　　【類】食 習 慣

いそが　　　　　　　まいにちがいしょく
忙 しいから毎日外食をしている。
i.so.ga.shi.i./ka.ra./ma.i.ni.chi./ga.i.sho.ku.o./shi.te./i.ru.
因為很忙，每天都外食。

失去意識

MP3 088

必備單字

気を失う
き を うしな

ki.o./u.shi.na.u.

【常】失去意識、昏倒
【類】気が遠くなる
　　　き　とお

患者は気を失って床に倒れた。
かんじゃ　き　うしな　　　ゆか　たお

ka.n.ja.wa./ki.o./u.shi.na.tte./yu.ka.ni./ta.o.re.ta.

病人失去意識，倒在地上。

舉一反三

失神
しっしん

shi.sshi.n.

【名】昏過去、不省人事
【反】我に返る(回神)
　　　われ　かえ

彼女は血を見て失神した。
かのじょ　ち　み　しっしん

ka.no.jo.wa./chi.o./mi.te./shi.sshi.n./shi.ta.

她看見血就昏了過去。

意識を失う
いしき　うしな

i.shi.ki.o./u.shi.na.u.

【常】失去意識
【反】意識を取り戻す(恢復意識)
　　　いしき　と　もど

事故で彼は意識を失った。
じこ　かれ　いしき　うしな

ji.ko.de./ka.re.wa./i.shi.ki.o./u.shi.na.tta.

他因為意外失去意識。

気絶
きぜつ

ki.ze.tsu.

【名】昏厥、暈倒
【類】卒倒
　　　そっとう

歯が痛くて気絶しそう。
は　いた　きぜつ

ha.ga./i.ta.ku.te./ki.ze.tsu./shi.so.u.

牙齒痛得快暈了。

常用名詞篇

人

必備單字

人 【名】人
ひと
hi.to.

しゅにん　　　　　　　ひと
主任はどんな人ですか？
shu.ni.n.wa./do.n.na./hi.to.de.su.ka.
主人是怎麼樣的人？

舉一反三

人間 【名】人、人類
にんげん
ni.n.ge.n.

にんげん　みぢか　　　　　　　たいしつ　　　　　ちが
ペットは人間の身近にいるが、体質はまったく違う。
pe.tto.wa./ni.n.ge.n.no./mi.ji.ka.ni./i.ru.ga./ta.i.shi.tsu.wa./ma.tta.ku./chi.ga.u.
寵物雖然就 (生活) 在人類的身邊，但體質完全不同。

男 【名】男性、男人
おとこ
o.to.ko. 【類】男性
だんせい

せ　たか　おとこ　だれ
あの背の高い男は誰ですか？
a.no./se.no./ta.ka.i./o.to.ko.wa./da.re./de.su.ka.
那個長得很高的男人是誰？

女 【名】女性、女人
おんな
o.n.na. 【類】女性
じょせい

きょねんおんな　こ　　う
去年女の子が生まれた。
kyo.ne.n./o.n.na.no.ko.ga./u.ma.re.ta.
去年生了女孩。

動物

必備單字

MP3
089

どうぶつ
動物　　　　　　　　　【名】動物

do.u.bu.tsu.　　　　　　　　【類】動物園
　　　　　　　　　　　　　　　　　どうぶつえん

わたし　しゅるい　　と　　　　　　　　　　どうぶつ　　　す
私 は種類を問わず、どんな動物でも好きです。
wa.ta.shi.wa./shu.ru.i.o./to.wa.zu./do.n.na./do.u.bu.tsu./de.mo./su.ki.de.su.

不管什麼種類，什麼動物我都喜歡。

舉一反三

ペット　　　　　　　　　【名】寵物

pe.tto.

どうぶつ　　す　　　　　　　　　　　か
動物が好きだからペットを飼いたい。
do.u.bu.tsu.ga./su.ki./da.ka.ra./pe.tto.o./ka.i.ta.i.

因為喜歡動物，所以想養寵物。

やじゅう
野獣　　　　　　　　　【名】野獸
　　　　　　　　　　　　　　　　　けもの
ya.ju.u.　　　　　　　　　　【類】獣

かれ　もり　なか　やじゅう　　おそ
彼は森の中で野獣に襲われた。
ka.re.wa./mo.ri.no./na.ka.de./ya.ju.u.ni./o.so.wa.re.ta.

他在森林中被野獸攻擊。

のらいぬ
野良犬　　　　　　　　　【名】流浪狗
　　　　　　　　　　　　　　　　　のらねこ
no.ra.i.nu.　　　　　　　　　【類】野良猫

のらいぬ　ひろ　　　ほご
野良犬を拾って保護した。
no.ra.i.nu.o./hi.ro.tte./ho.go./shi.ta.

撿到流浪狗後將牠留下照顧。

蔬果

MP3 090

必備單字

野菜（やさい）
ya.sa.i.

【名】蔬菜
【類】植物（しょくぶつ）

ベランダで野菜（やさい）を育（そだ）ててみた。
be.ra.n.da.de./ya.sa.i.o./so.da.te.te./mi.ta.
試著在陽台種蔬菜。

舉一反三

野菜不足（やさいぶそく）
ya.sa.i.bu.so.ku.

【名】蔬菜攝取不足

外食（がいしょく）が多（おお）くて野菜不足（やさいぶそく）に悩（なや）まされている。
ga.i.sho.ku.ga./o.o.ku.te./ya.sa.i.bu.so.ku.ni./na.ya.ma.sa.re.te./i.ru.
因經常外食，而為蔬菜攝取不足而煩惱。

旬（しゅん）
shu.n.

【名】盛產期、正好吃的時節

きのこは秋（あき）が旬（しゅん）です。
ki.no.ko.wa./a.ki.ga./shu.n.de.su.
菇類的盛產期是秋天。

フルーツ
fu.ru.u.tsu.

【名】水果
【類】果物（くだもの）

私（わたし）は毎朝（まいあさ）フルーツを食（た）べている。
wa.ta.shi.wa./ma.i.a.sa./fu.ru.u.tsu.o./ta.be.te./i.ru.
我每天早上都吃水果。

營養素

必備單字

MP3
090

栄養素
え い よ う そ
e.i.yo.u.so.

【名】營養素
【類】栄養
　　　えいよう

トマトにはどんな栄養素が含まれているの？
　　　　　　　　えいようそ　ふく
to.ma.to./ni.wa./do.n.na./e.i.yo.u.so.ga./fu.ku.ma.re.te./i.ru.no.
番茄裡包含了哪些營養素呢？

舉一反三

ビタミン
bi.ta.mi.n.

【名】維他命、維生素

緑色の濃い野菜にはビタミンが多く含まれる。
みどりいろ　こ　やさい　　　　　　　　おお　ふく
mi.do.ri.i.ro.no./ko.i./ya.sa.i./ni.wa./bi.ta.mi.n.ga./o.o.ku./fu.ku.ma.re.ru.
深綠色的蔬菜含有很多維他命。

カロリー
ka.ro.ri.i.

【名】熱量

カロリーを気にしすぎて栄養バランスが崩れてしまった。
　　　　　き　　　　　　　えいよう　　　　　くず
ka.ro.ri.i.o./ki.ni./shi.su.gi.te./e.i.yo.u./ba.ra.n.su.ga./ku.zu.re.te./shi.ma.tta.
太在乎熱量，導致營養失調。

摂取
せっしゅ
se.sshu.

【名】攝取

貧血予防には鉄分を摂取した方がいい。
ひんけつよぼう　　てつぶん　せっしゅ　　ほう
hi.n.ke.tsu.yo.bo.u.ni.wa./te.tsu.bu.n.no./se.sshu./shi.ta./ho.u.ga./i.i.
為了預防貧血，最好攝取鐵質。

樹木

木　　　　　　　　　　【名】樹、木
^き

ki.

自宅の庭に桜の木を植えている。
^{じたく}　^{にわ}　^{さくら}　^き　^う

ji.ta.ku.no./ni.wa.ni./sa.ku.ra.no./ki.o./u.e.te./i.ru.

在自家的院子種櫻花。

舉一反三

森　　　　　　　　　　【名】森林
^{もり}

mo.ri.　　　　　　　　【類】ジャングル

この町は森に囲まれている。
^{まち}　^{もり}　^{かこ}

ko.no./ma.chi.wa./mo.ri.ni./ka.ko.ma.re.te./i.ru.

這城市被森林包圍著。

木材　　　　　　　　　【名】木材
^{もくざい}

mo.ku.za.i.　　　　　　【類】木製
^{もくせい}

この棚は天然木材で作られた。
^{たな}　^{てんねんもくざい}　^{つく}

ko.no./ta.na.wa./te.n.ne.n.mo.ku.za.i.de./tsu.ku.ra.re.ta.

這個架子是天然木做成的。

木登り　　　　　　　　【名】爬樹
^{きのぼ}

ki.no.bo.ri.

子供が木登りして降りられなくなった。
^{こども}　^{きのぼ}　^お

ko.do.mo.ga./ki.no.bo.ri./shi.te./o.ri.ra.re.na.ku./na.tta.

孩子爬上樹後下不來。

花草

MP3
091

必備單字

草
くさ

ku.sa.

【名】草
【類】雑草
ざっそう

父が庭の草を刈ってくれた。
ちち　にわ　くさ　か

chi.chi.ga./ni.wa.no./ku.sa.o./ka.tte./ku.re.ta.

父親幫大家除了院子裡的草。

舉一反三

芝生
しばふ

shi.ba.fu.

【名】草皮、草坪
【類】芝
しば

芝生の上を歩かないで。
しばふ　うえ　ある

shi.ba.fu.no./u.e.o./a.ru.ka.na.i.de.

請勿走在草皮上。

盆栽
ぼんさい

bo.n.sa.i.

【名】盆栽
【類】園芸
えんげい

盆栽を枯らしてしまった。
ぼんさい　か

bo.n.sa.i.o./ko.ra.shi.te./shi.ma.tta.

不小心讓盆栽枯了。

花
はな

ha.na.

【名】花
【類】花畑
はなばたけ

花で一番好きなのはやっぱりバラだ。
はな　いちばんす

ha.na.de./i.chi.ba.n./su.ki./na.no.wa./ya.ppa.ri./ba.ra.da.

花裡面最喜歡的果然是玫瑰。

習慣

MP3
092

必備單字

習慣　　　　　　　【名】習慣
しゅうかん

shu.u.ka.n.

彼女は手で口元を隠す習慣がある。
かのじょ　て　くちもと　かく　しゅうかん

ka.no.jo.wa./te.de./ku.chi.mo.to.o./ka.ku.su./shu.u.ka.n.ga./a.ru.

她有用手遮嘴的習慣。

舉一反三

慣れる　　　　　　【動】習慣、習於
な

na.re.ru.

今の仕事に慣れましたか？
いま　しごと　な

i.ma.no./shi.go.to.ni./na.re.ma.shi.ta.ka.

習慣現在的工作了嗎？

決まり　　　　　　【名】規定、固定習慣
き

ki.ma.ri.

お気に入りの紅茶を飲むのが朝のお決まりだ。
き　い　こうちゃ　の　あさ　き

o.ki.ni./i.ri.no./ko.u.cha.o./no.mu.no.ga./sa.sa.no./o.ki.ma.ri.da.

早上的老規矩是喝喜歡的紅茶。

癖　　　　　　　　【名】習慣、習性
くせ

ku.se.

子供の爪を噛む癖を早くやめさせてあげたい。
こども　つめ　か　くせ　はや

ko.do.mo.no./tsu.me.o./ka.mu./ku.se.o./ha.ya.ku./ya.me.sa.se.te./a.ge.ta.i.

想要快點改掉孩子咬指甲的習慣。

興趣

MP3
092

必備單字

趣味 （しゅみ）　【名】嗜好

kyo.u.mi.

私 の趣味はゴルフです。（わたし しゅみ）
wa.ta.shi.no./shu.mi.wa./go.ru.fu.de.su.
我的嗜好是打高爾夫。

舉一反三

興味 （きょうみ）　【名】(有) 興趣

kyo.u.mi.

ミュージカルに興味がある。（きょうみ）
myu.u.ji.ka.ru.ni./kyo.u.mi.ga./a.ru.
對音樂劇有興趣。

夢中 （むちゅう）　【名】熱衷

mu.chu.u.

子供は新しいゲームに夢中です。（こども あたら むちゅう）
ko.do.mo.wa./a.ta.ra.shi.i./ge.e.mu.ni./mu.chu.u.de.su.
孩子熱衷於新遊戲。

ハマる　【動】迷上

ha.ma.ru.

数年前からワインにハマっている。（すうねんまえ）
su.u.ne.n.ma.e./ka.ra./wa.i.n.ni./ha.ma.tte./i.ru.
從幾年前就迷上紅酒。

外國

必備單字

かいがい
海外　　　　　　　　【名】國外、海外
ka.i.ga.i.　　　　　　　【類】外国（がいこく）

にほん　　　　　　かいがい　　　　にんき
日本のアニメは海外でも人気がある。
ni.ho.n.no./a.ni.me.wa./ka.i.ga.i./de.mo./ni.n.ki.ga./a.ru.
日本的動畫在國外也很受歡迎。

舉一反三

がいこくじん
外国人　　　　　　　【名】外國人
ga.i.ko.ku.ji.n.

かれ　おく　　　　　がいこくじん
彼の奥さんは外国人らしい。
ka.re.no./o.ku.sa.n.wa./ga.i.ko.ku.ji.n./ra.shi.i.
他的妻子好像是外國人。

がいらいご
外来語　　　　　　　【名】外來語 (直接援用外語發音的單字)
ga.i.ra.i.go.　　　　　　【類】外国語（がいこくご）

ことば　　　がいらいご
プレゼントという言葉は外来語です。
pu.re.ze.n.to./to.i.u./ko.to.ba.wa./ga.i.ra.i.go.de.su.
日語的「プレゼント」是由外語發音而來的外來語。

がいしゃ
外車　　　　　　　　【名】進口車
ga.i.sha.

かれ　がいしゃ　も
彼は外車を持っている。
ka.re.wa./ga.i.sha.o./mo.tte./i.ru.
他擁有進口車。

本國

必備單字

MP3
093

国内 (こくない)　【名】國內

ko.ku.na.i.

この動画は日本国内でしか視聴できない。
(どうが) (にほんこくない) (しちょう)

ko.no./do.u.ga.wa./ni.ho.n.ko.ku.na.i.de./shi.ka./shi.cho.u./de.ki.na.i.

這影片只能在日本國內收看。

舉一反三

国語 (こくご)　【名】國語

ko.ku.go.

私 は国語の授業を担当している。
(わたし) (こくご) (じゅぎょう) (たんとう)

wa.ta.shi.wa./ko.ku.go.no./ju.u.gyo.u.o./ta.n.to.u./shi.te./i.ru.

我負責教授國語。

邦人 (ほうじん)　【名】國人 (通常指在海外的日本人)

ho.u.ji.n.　【類】国民 (こくみん)

現地の日本大使館は邦人の安否を確認している。
(げんち) (にほんたいしかん) (ほうじん) (あんぴ) (かくにん)

ge.n.chi.no./ni.ho.n./ta.i.shi.ka.n.wa./ho.u.ji.n.no./a.n.pi.o./ka.ku.ni.n./shi.te./i.ru.

當地的日本大使館正在確認國人的安全。

和製 (わせい)　【名】日本製

wa.se.i.　【類】日本製 (にほんせい)

この時計は和製です。
(とけい) (わせい)

ko.no./to.ke.i.wa./wa.se.i.de.su.

這個手錶是日本製。

社會

MP3
094

必備單字

社会
しゃかい

【名】社會

sha.ka.i.

今の日本社会をどう思いますか？
いま　にほんしゃかい　　　　　　おも

i.ma.no./ni.ho.n.sha.ka.i.o./do.u./o.mo.i.ma.su.ka.

覺得現在的日本社會如何？

舉一反三

社会人
しゃかいじん

【名】社會人士

sha.ka.i.ji.n.

社会人になっても勉強が必要だと思う。
しゃかいじん　　　　　　　　　　べんきょう　ひつよう　　　　おも

sha.ka.i.ji.n.ni./na.tte.mo./be.n.kyo.u.ga./hi.tsu.yo.u.da.to./o.mo.u.

我認為即使成為社會人士，也需要學習。

庶民
しょみん

【名】平民

sho.mi.n.

政治家は庶民の暮らしを守ることが使命です。
せいじか　　しょみん　く　　　　まも　　　　　　　しめい

se.i.ji.ka.wa./sho.mi.n.no./ku.ra.shi.o./ma.mo.ru./ko.to.ga./shi.me.i.de.su.

政治家的使命是守護平民的生活。

世間
せけん

【名】世上、社會

se.ke.n.

【類】世の中
　　　よ　なか

あの芸能人は失言で世間から批判された。
げいのうじん　しつげん　せけん　　ひはん

a.no./ge.n.no.u.ji.n.wa./shi.tsu.ge.n.de./se.ke.n./ka.ra./hi.ha.n./sa.re.ta.

那個藝人因為講錯話而受到社會的批評。

家庭

必備單字

MP3
094

家
いえ
【名】家、房子
i.e.
【類】うち

かれ　　　いえ　　かえ
彼はもう家に帰った。
ka.re.wa./mo.u./i.e.ni./ka.e.tta.
他已經回家了。

舉一反三

家族
かぞく
【名】家人
ka.zo.ku.

わたし　かぞく　　　　　　　　なか
私の家族はとても仲がいいです。
wa.ta.shi.no./ka.zo.ku.wa./to.te.mo./na.ka.ga./i.i.de.su.
我的家人感情很好。

身内
みうち
【名】親人
mi.u.chi.
【類】ファミリー

わたし　　　けっこんしき　みうち　　　　おこな
私たちの結婚式は身内だけで行った。
wa.ta.shi.ta.chi.no./ke.kko.n.shi.ki.wa./mi.u.chi./da.ke.de./o.ko.na.tta.
我們的婚禮只請了親人。

所帯
しょたい
【名】家庭
sho.ta.i.

しょたい　も　　　　　　　　　　　　　こうしんひんど　　へ
所帯を持ってからはブログの更新頻度が減ってしまった。
sho.ta.i.o./mo.tte./ka.ra.wa./bu.ro.gu.no./ko.u.shi.n.hi.n.do.ga./he.tte./shi.ma.tta.
有了家庭之後，部落格更新的頻率就減少了。

親屬

MP3 095

必備單字

親子
o.ya.ko.
【名】親子、父子、母子

あの２人、親子に見えるけど実は兄弟です。
a.no.fu.ta.ri./o.ya.ko.ni./mi.e.ru./ke.do./ji.tsu.wa./kyo.u.da.i.de.su.
那２個人，看來像親子，其實是手足。

舉一反三

親戚
shi.n.se.ki.
【名】親戚
【類】親族

引っ越し祝いに親戚が家に集まった。
hi.kko.shi./i.wa.i.ni./shi.n.se.ki.ga./i.e.ni./a.tsu.ma.tta.
為了慶祝搬家，親戚都聚集到家裡。

両親
ryo.u.shi.n.
【名】父母、雙親

彼は両親にいろいろ心配させた。
ka.re.wa./ryo.u.shi.n.ni./i.ro.i.ro./shi.n.pa.i./sa.se.ta.
他讓父母操了許多心。

兄弟
kyo.u.da.i.
【名】兄弟、姊妹、手足
【類】姉妹

兄弟は何人いますか？
kyo.u.da.i.wa./na.n.ni.n./i.ma.su.ka.
有幾個兄弟姊妹？

朋友

MP3
095

必備單字

友達（ともだち）
to.mo.da.chi.

【名】朋友
【類】仲間（なかま）

大学（だいがく）で友達（ともだち）を作（つく）りたい。
da.i.ga.ku.de./to.mo.da.chi.o./tsu.ku.ri.ta.i.
想在大學交到朋友。

舉一反三

知り合い（しあ）
shi.ri.a.i.

【名】認識的人、朋友
【類】知人（ちじん）

どうやって彼女（かのじょ）と知（し）り合（あ）いになったのですか？
do.u.ya.tte./ka.no.jo.to./shi.ri.a.i.ni./na.tta.no./de.su.ka.
怎麼認識她的呢？

友人（ゆうじん）
yu.u.ji.n.

【名】朋友

昨日（きのう）、大学時代（だいがくじだい）の友人（ゆうじん）が遊（あそ）びに来（き）てくれた。
ki.no.u./da.i.ga.ku.ji.da.i.no./yu.u.ji.n.ga./a.so.bi.ni./ki.te./ku.re.ta.
昨天，大學時代的朋友來玩。

親友（しんゆう）
shi.n.yu.u.

【名】好朋友

彼女（かのじょ）と私（わたし）は子供（こども）の頃（ころ）からの親友（しんゆう）です。
ka.no.jo.to./wa.ta.shi.wa./ko.do.mo.no./ko.ro./ka.ra.no./shi.n.yu.u.de.su.
她和我是從孩堤時代以來的好朋友。

職場

MP3
096

必備單字

しょくば
職場　　　　　　　　【名】職場

sho.ku.ba.

きのう　　ぎんこう　まえ　しょくば　どうりょう　あ
昨日、銀行で前の職場の同僚に会った。
ki.no.u./gi.n.ko.u.de./ma.e.no./sho.ku.ba.no./do.u.ryo.u.ni./a.tta.
昨天，在銀行碰到以前職場的同事。

舉一反三

かいしゃ
会社　　　　　　　　【名】公司

ka.i.sha.

かれ　しょうにんずう　かいしゃ　けいえい
彼は少人数の会社を経営している。
ka.re.wa./sho.u.ni.n.zu.u.no./ka.i.sha.o./ke.i.e.i./shi.te./i.ru.
他經營著少人數的公司。

きんむさき
勤務先　　　　　　　【名】工作地點、工作單位
ki.n.mu.sa.ki.　　　　　　つと　さき
　　　　　　　　　　　　【類】勤め先
まいにちつま　くるま　きんむさき　　おく
毎日妻を車で勤務先まで送る。
ma.i.ni.chi./tsu.ma.o./ku.ru.ma.de./ki.n.mu.sa.ki./ma.de./o.ku.ru.
每天都開車送妻子到工作地點。

しごとば
仕事場　　　　　　　【名】職場、工作室

shi.go.to.ba.

　　　　　　　　いっしつ　しごとば　　　　つか
マンションの一室を仕事場として使っている。
ma.n.sho.n.no./i.sshi.tsu.o./shi.go.to.ba./to.shi.te./tsu.ka.tte./i.ru.
把大樓的其中一間當作工作室。

學校

必備單字

学校 【名】學校
がっこう

ga.kko.u.

今日は風邪で学校を休んだ。
きょう　かぜ　がっこう　やす

kyo.u.wa./ka.ze.de./ga.kko.u.o./ya.su.n.da.

今天因為感冒所以向學校請假。

舉一反三

クラス 【名】班級

ku.ra.su.

彼女は頭がよくて、明るくて、クラスの人気者になった。
かのじょ　あたま　　　　　あか　　　　　　　　にんきもの

ka.no.jo.wa./a.ta.ma.ga./yo.ku.te./a.ka.ru.ku.te./ku.ra.su.no./ni.n.ki.mo.no.ni./na.tta.

她頭腦很好又開朗，成為了班上的風雲人物。

同級生 【名】同學
どうきゅうせい

do.u.kyu.u.se.i. 【類】クラスメート

今日は同級生の結婚式に行ってきた。
きょう　どうきゅうせい　けっこんしき　い

kyo.u.wa./do.u.kyu.u.se.i.no./ke.kko.n.shi.ki.ni./i.tte./ki.ta.

今天去了同學的婚禮。

先輩 【名】前輩
せんぱい

se.n.pa.i. 【反】後輩 (晚輩、學弟妹)
こうはい

大学の先輩から教科書を譲ってもらった。
だいがく　せんぱい　きょうかしょ　ゆず

da.i.ga.ku.no./se.n.pa.i.ka.ra./kyo.u.ka.sho.o./yu.zu.tte./mo.ra.tta.

大學前輩把課本讓給我。

方位

MP3
097

必備單字

方向
ほうこう

ho.u.ko.u.

【名】方向
【類】方角
ほうがく

美術館はどの方向ですか？
びじゅつかん　　　　ほうこう

bi.ju.tsu.ka.n.wa./do.no./ho.u.ko.u.de.su.ka.

美術館是在哪個方向？

舉一反三

向き
む

mu.ki.

【名】面向、朝著

この部屋は西向きで昼間は結構明るいです。
へ や　　にしむ　　　ひるま　けっこうあか

ko.no./he.ya.wa./ni.shi.mu.ki.de./hi.ru.ma.wa./ke.kko.u./a.ka.ru.i.de.su.

這個房間是朝西的，白天很明亮。

向かい
む

mu.ka.i.

【名】對面

そのカフェは銀行の向かいにある。
ぎんこう　む

so.no./ka.fe.wa./gi.n.ko.u.no./mu.ka.i.ni./a.ru.

那間咖啡廳在銀行的對面。

順路
じゅんろ

ju.n.ro.

【名】行進方向、行進路線
【類】ルート

駐車場内は、順路に従ってお進みください。
ちゅうしゃじょうない　　じゅんろ　したが　　　すす

chu.u.sha.jo.u.na.i.wa./ju.n.ro.ni./shi.ta.ga.tte./o.su.su.mi./ku.da.sa.i.

在停車場內，請依行進路線前進。

上下

MP3
097

必備單字

上 【名】上
うえ

u.e.

棚の上に猫がいる。
たな　うえ　ねこ

ta.na.no./u.e.ni./ne.ko.ga./i.ru.

架子上有貓。

舉一反三

下 【名】下
した

shi.ta.

木の下にある自転車は私のです。
き　した　じてんしゃ　わたし

ki.no./shi.ta.ni./a.ru./ji.te.n.sha.wa./wa.ta.shi.no.de.su.

在樹下的腳踏車是我的。

てっぺん 【名】山頂、頂峰

te.ppe.n. 【類】頂上
　　　　　　　ちょうじょう

私たちはその山のてっぺんまで登った。
わたし　　　　　やま　　　　　　　　のぼ

wa.ta.shi.ta.chi.wa./so.no./ya.ma.no./te.ppe.n./ma.de./no.bo.tta.

我們爬上了那座山的山頂。

上下 【名】上下
じょうげ

jo.u.ge.

この写真は上下が逆になっている。
しゃしん　じょうげ　ぎゃく

ko.no./sha.shi.n.wa./jo.u.ge.ga./gya.ku.ni./na.tte./i.ru.

這張照片上下顛倒了。

左

必備單字

左 ひだり

hi.da.ri.

【名】左邊

【類】左側 ひだりがわ

矢印に従って、左へ進んでください。
やじるし したが　　　　ひだり　すす

ya.ji.ru.shi.ni./shi.ta.ga.tte./hi.da.ri.e./su.su.n.de./ku.da.sa.i.

請依箭頭所示，往左邊前進。

舉一反三

左折 させつ

sa.se.tsu.

【名】左轉

前を走っていた車が急に左折した。
まえ はし　　　　　くるま きゅう させつ

ma.e.o./ha.shi.tte./i.ta./ku.ru.ma.ga./kyu.u.ni./sa.se.tsu./shi.ta.

開在前面的車突然左轉。

左利き ひだりき

hi.da.ri.ki.ki.

【名】左撇子、慣用左手

【類】サウスポー

私は食事するときは左利きです。
わたし しょくじ　　　　　　ひだりき

wa.ta.shi.wa./sho.ku.ji.su.ru./to.ki.wa./hi.da.ri.ki.ki.de.su.

我吃飯時習慣用左手。

左向き ひだりむ

hi.da.ri.mu.ki.

【名】向左

私、たいてい左向きに寝ている。
わたし　　　　　ひだりむ　　　ね

wa.ta.shi./ta.i.te.i./hi.da.ri.mu.ki.ni./ne.te./i.ru.

我大概都是向著左邊睡。

右

MP3
098

必備單字

右 【名】右
みぎ

mi.gi.

あのバス停を過ぎたら、右に曲がってください。
てい　す　　　　　　　　みぎ　ま

a.no./ba.su.te.i.o./su.gi.ta.ra./mi.gi.ni./ma.ga.tte./ku.da.sa.i.

過了那個公車站後，請右轉。

舉一反三

右折 【名】右轉
うせつ

u.se.tsu.

そこの交差点を右折してください。
こうさてん　　うせつ

so.ko.no./ko.u.sa.te.n.o./u.se.tsu./shi.te./ku.da.sa.i.

請在那個路口右轉。

右手 【名】右手
みぎて

mi.gi.te.

彼は左利きなのに右手で箸を持つ。
かれ　ひだりき　　　　　みぎて　はし　も

ka.re.wa./hi.da.ri.ki.ki./na.no.ni./mi.gi.te.de./ha.shi.o./mo.tsu.

他雖然是左撇子，卻用右手拿筷子。

右側 【名】右邊
みぎがわ

mi.gi.ga.wa.

世界のほとんどの国は右側通行です。
せかい　　　　　　　くに　みぎがわつうこう

se.ka.i.no./ho.to.n.do.no./ku.ni.wa./mi.gi.ga.wa.tsu.u.ko.u.de.su.

世界上大部分的國家都是右側通行。

星座

MP3
099

必備單字

星座
せいざ

【名】星座

se.i.za.

私は星座について詳しくない。
わたし　せいざ　　　　　　　　くわ

wa.ta.shi.wa./se.i.za.ni./tsu.i.te./ku.wa.shi.ku.na.i.

我對星座不熟悉。

舉一反三

天体観測
てんたいかんそく

【名】觀星

te.n.ta.i.ka.n.so.ku.

天体望遠鏡を使って天体観測をしたいと思っている。
てんたいぼうえんきょう　つか　　てんたいかんそく　　　　　　おも

te.n.ta.i.bo.u.e.n.kyo.u.o./tsu.ka.tte./te.n.ta.i.ka.n.so.ku.o./shi.ta.i.to./o.mo.tte./i.ru.

想用天文望遠鏡來觀星。

星
ほし

【名】星星

ho.shi.

【類】星空
　　　ほしぞら

満天の星が輝いている。
まんてん　ほし　かがや

ma.n.te.n.no./ho.shi.ga./ka.ga.ya.i.te./i.ru.

滿天的星星正閃閃發亮。

双眼鏡
そうがんきょう

【名】望遠鏡

so.u.ga.n.kyo.u.

【類】望遠鏡
　　　ぼうえんきょう

観客はスタンドから双眼鏡で競馬を見る。
かんきゃく　　　　　　　　そうがんきょう　けいば　み

ka.n.kya.ku.wa./su.ta.n.do./ka.ra./so.u.ga.n.kyo.u.de./ke.i.ba.o./mi.ru.

觀眾從看台上拿望遠鏡看賽馬。

生肖

必備單字

MP3
099

干支
え と
e.to.

【名】生肖

【類】十二支
じゅうにし

来年の干支は何ですか？
らいねん え と なん

ra.i.ne.n.no./e.to.wa./na.n.de.su.ka.

明年是什麼年？

あなたの干支は何ですか？
え と なん

a.na.ta.no./e.to.wa./na.n.de.su.ka.

你是什麼生肖？

舉一反三

年
とし

【名】年

to.shi.

来年はネズミ年です。
らいねん どし

ra.i.ne.n.wa./ne.zu.mi.do.shi.de.su.

明年是鼠年。

ひと回り
まわ

【名】1 輪

hi.to.ma.wa.ri.

旦那は私より 1 回り年上です。
だんな わたし ひとまわ としうえ

da.n.na.wa./wa.ta.shi./yo.ri./hi.to.ma.wa.ri./to.shi.u.e.de.su.

老公的年紀比我大 1 輪。

通訊

必備單字

でんわ
電話　　　　　【名】電話

de.n.wa.

かれ　　でんわ　　　　　　　つな
彼に電話したけど繋がらなかった。
ka.re.ni./de.n.wa./shi.ta./ke.do./tsu.na.ga.ra.na.ka.tta.
雖然打了電話給他，但是不通。

舉一反三

けいたいでんわ
携帯電話　　　　　【名】手機

ke.i.ta.i.de.n.wa.

けいたいでんわ　　しようきんし
ここでは携帯電話は使用禁止です。
ko.ko.de.wa./ke.i.ta.i.de.n.wa.wa./sho.yo.u.ki.n.shi.de.su.
這裡禁用手機。

スマホ　　　　　【名】智慧型手機

su.ma.ho.　　　　　【類】スマートフォン

　　　　　　か　　　　　　　　　　　つか
スマホを買ったけどいまいち使いこなせていない。
su.ma.ho.o./ka.tta./ke.do./i.ma.i.chi./tsu.ka.i.ko.na.se.te./i.na.i.
雖然買了智慧型手機，但不太會活用。

るすでん
留守電　　　　　【名】手機留言

ru.su.de.n.

かのじょ　るすでん　　　　　　　　　　　のこ
彼女の留守電にメッセージを残した。
ka.no.jo.no./ru.su.de.n.ni./me.sse.e.ji.o./no.ko.shi.ta.
在她的手機留言了。

網路

MP3
100

インターネット 【名】網際網路

i.n.ta.a.ne.tto.　　　　　【類】ネット

いま じだい せいかつ か
今の時代、インターネットは生活に欠かせないものです。
i.ma.no./ji.da.i./i.n.ta.a.ne.tto.wa./se.i.ka.tsu.ni./ka.ka.se.na.i./mo.no.de.
su.
現在的時代，網路是生活中不可欠缺的。

つうはん
通販サイト 【名】購物網站

tsu.u.ha.n.sa.i.to.

しょうひん つうはん やす か
この商品は通販サイトで安く買えるよ。
ko.no./sho.u.hi.n.wa./tsu.u.ha.n.sa.i.to.de./ya.su.ku./ka.e.ru.yo.
這個商品在購物網站買比較便宜喔。

つな
繋ぐ 【動】連繫、連接

tsu.na.gu.　　　　　　せつぞく
　　　　　　　　　　　【類】接続する

つな
ネットが繋がらない。
ne.tto.ga./tsu.na.ga.ra.na.i.
連不上網路。

オンライン 【名】線上

o.n.ra.i.n.　　　　　　つうしん
　　　　　　　　　　　【類】通信

なつやす
夏休みはずっとオンラインゲームをやっていた。
na.tsu.ya.su.mi.wa./zu.tto./o.n.ra.i.n.ge.e.mu.o./ya.tte./i.ta.
暑假時都在玩線上遊戲。

信仰

MP3 101

必備單字

信念 〔しんねん〕　　　【名】信念

shi.n.ne.n.

山田選手は強い信念を持って全力で戦っている。 〔やまだせんしゅ　つよ　しんねん　も　ぜんりょく　たたか〕

ya.ma.da.se.n.shu.wa./tsu.yo.i./shi.n.ne.n.o./mo.tte./ze.n.ryo.ku.de./ta.ta.ka.tte./i.ru.

山田選手帶著很強的信念，全力奮鬥著。

舉一反三

宗教 〔しゅうきょう〕　　　【名】宗教

shu.u.kyo.u.

私は宗教に興味がない。 〔わたし　しゅうきょう　きょうみ〕

wa.ta.shi.wa./shu.u.kyo.u.ni./kyo.u.mi.ga./na.i.

我對宗教沒興趣。

参る 〔まい〕　　　【動】參拜

ma.i.ru.

初詣に出雲大社へ参ってきました。 〔はつもうで　いずもたいしゃ　まい〕

ha.tsu.mo.u.de.ni./i.zu.mo.da.i.sha.e./ma.i.tte./ki.ma.shi.ta.

元旦參拜時到出雲大社參拜了。

祈る 〔いの〕　　　【動】祈禱、祈求

i.no.ru.

受験生は神社で合格を祈った。 〔じゅけんせい　じんじゃ　ごうかく　いの〕

ju.ke.n.se.i.wa./ji.n.ja.de./go.u.ka.ku.o./i.no.tta.

考生在神社祈求能考上。

教誨

必備單字

MP3
101

教え
おし

o.shi.e.

【名】教誨

【類】教訓
きょうくん

彼女は先生の教えに従って芸術の道を歩んでいる。
かのじょ　せんせい　おし　　したが　　げいじゅつ　みち　あゆ

ka.no.jo.wa./se.n.se.i.no./o.shi.e.ni./shi.ta.ga.tte./ge.i.ju.tsu.no./mi.chi.o./
a.yu.n.de./i.ru.

她遵從老師的教誨，走上藝術之途。

舉一反三

忠告
ちゅうこく

【名】忠告

chu.u.ko.ku.

部長は新人に忠告を与えた。
ぶちょう　しんじん　ちゅうこく　あた

bu.cho.u.wa./shi.n.ji.n.ni./chu.u.ko.ku.o./a.ta.e.ta.

部長給了新人忠告。

指導
しどう

【名】指導

shi.do.u.

環境問題について専門家の指導を受けたい。
かんきょうもんだい　　せんもんか　しどう　う

ka.n.kyo.u.mo.n.da.i.ni./tsu.i.te./se.n.mo.n.ka.no./shi.do.u.o./u.ke.ta.i.

關於環保問題，想接受專家的指導。

教育
きょういく

【名】教育

kyo.u.i.ku.

子どもには、教育を受ける権利がある。
こ　　　　きょういく　う　　けんり

ko.do.mo./ni.wa./kyo.u.i.ku.o./u.ke.ru./ke.n.ri.ga./a.ru.

孩子有接受教育的權利。

學問

MP3
102

必備單字

知識　ちしき　　　　　　　【名】知識

chi.shi.ki.

じゅぎょう　せんもんてき　ちしき　え
授業で専門的な知識を得た。

ju.gyo.u.de./se.n.mo.n.te.ki.na./chi.shi.ki.o./e.ta.

藉由上課得到專業知識。

舉一反三

学問　がくもん　　　　　　　【名】學問

ga.ku.mo.n.

かれ　がくもん　ねっしん
彼は学問に熱心です。

ka.re.wa./ga.ku.mo.n.ni./ne.sshi.n./de.su.

他很熱衷於學習學問。

雑学　ざつがく　　　　　　　【名】生活小常識、課本外的知識

za.tsu.ga.ku.　　　　　　　　　まめちしき
　　　　　　　　　　　　　　　【類】豆知識、うんちく

かのじょ　ざつがく　　　　し
彼女は雑学をたくさん知っている。

ka.no.jo.wa./za.tsu.ga.ku.o./ta.ku.sa.n./shi.tte./i.ru.

她知道很多生活小常識。

知恵　ちえ　　　　　　　　　【名】智慧

chi.e.

　　　　　　　せいかつ　ちえ　ほうふ
おばあちゃんは生活の知恵が豊富です。

o.ba.a.cha.n.wa./se.i.ka.tsu.no./chi.e.ga./ho.u.fu.de.su.

祖母有豐富的生活智慧。

技能

MP3 102

必備單字

才能 【名】才能
さいのう

sa.i.no.u.

この子は音楽の才能がある。
こ　　おんがく　さいのう

ko.no.ko.wa./o.n.ga.ku.no./sa.i.no.u.ga./a.ru.

這孩子有音樂才能。

舉一反三

技術 【名】技術
ぎじゅつ

gi.ju.tsu.

海外でデザインの技術を磨きたい。
かいがい　　　　　　ぎじゅつ　みが

ka.i.ga.i.de./de.za.i.n.no./gi.ju.tsu.o./mi.ga.ki.ta.i.
想去國外磨練設計的技術。

資格 【名】證照、資格
しかく

shi.ka.ku.

講師になるには、どんな資格が必要ですか？
こうし　　　　　　　　　　　しかく　ひつよう

ko.u.shi.ni./na.ru./ni.wa./do.n.na./shi.ka.ku.ga./hi.tsu.yo.u.de.su.ka.
要成為講師，需要什麼樣的證照嗎？

免許 【名】執照
めんきょ

me.n.kyo.

去年車の免許を取った。
きょねんくるま　めんきょ　と

kyo.ne.n./ku.ru.ma.no./me.n.kyo.o./to.tta.
去年拿到了駕照。

專家

MP3
103

必備單字

せんもんか
専門家 【名】專家

se.n.mo.n.ka. 【類】学者
がくしゃ

かた　　けいざい　　せんもんか
あの方は経済の専門家です。
a.no./ka.ta.wa./ke.i.za.i.no./se.n.mo.n.ka.de.su.
那位是經濟方面的專家。

舉一反三

しょくにん
職人 【名】工匠、專家、師傅

sho.ku.ni.n. 【類】匠、名人
たくみ　めいじん

わたし　　わがししょくにん
私は和菓子職人になりたい。
wa.ta.shi.wa./wa.ka.shi.sho.ku.ni.n.ni./na.ri.ta.i.
我想成為日式甜點的師傅。

ベテラン 【名】老手、有經驗的人

be.te.ra.n.

かれ
彼はベテランのパイロットです。
ka.re.wa./be.te.ra.n.no./pa.i.ro.tto.de.su.
他是有經驗的機師。

プロ 【名】專家

pu.ro.

そうじ
わあ、きれい。さすが掃除のプロだね。
wa.a./ki.re.i./sa.su.ga./so.u.ji.no./pu.ro.da.ne.
哇，好乾淨。不愧是打掃的專家。

門外漢

MP3
103

必備單字

素人 しろうと 　　　　　　　　【名】門外漢

shi.ro.u.to.

これは素人の分析で参考にならない。
しろうと　　ぶんせき　さんこう

ko.re.wa./shi.ro.u.to.no./bu.n.se.ki.de./sa.n.ko.u.ni./na.ra.na.i.

這只是門外漢的分析，不值得參考。

舉一反三

アマチュア 　　　　　　　　【名】業餘者

a.ma.chu.a.

翻訳者としては、まだアマチュアなので、収入はそんなに高くな
ほんやくしゃ　　　　　　　　　　　　　　　しゅうにゅう　　　　　　　たか
いです。

ho.n.ya.ku.sha./to.shi.te.wa./ma.da./a.ma.chu.a./na.no.de./shu.u.nyu.u.wa./so.n.na.ni./ta.ka.ku.na.i.de.su.

身為譯者，我還只是業餘，薪水沒那麼高。

初心者 しょしんしゃ 　　　　　　　　【名】初學者

sho.shi.n.sha. 　　　　　　　　【類】ビギナー、

私たちはゴルフの初心者です。
わたし　　　　　　　しょしんしゃ

wa.ta.shi.ta.chi.wa./go.ru.fu.no./sho.shi.n.sha.de.su.

我們是高爾夫的初學者。

新米 しんまい 　　　　　　　　【名】新手

shi.n.ma.i.

課長は今年3月に新米パパになった。
かちょう　　ことしさんがつ　しんまい

ka.cho.u.wa./ko.to.shi.sa.n.ga.tsu.ni./shi.n.ma.i.pa.pa.ni./na.tta.

課長今年3月成為新手爸爸。

事實

MP3
104

必備單字

事実　じじつ
ji.ji.tsu.

【名】事實
【類】真相　しんそう

調査で新たな事実が判明した。
ちょうさ　あら　　じじつ　はんめい
cho.u.sa.de./a.ra.ta.na./ji.ji.tsu.ga./ha.n.me.i./shi.ta.
透過調查發現了新的事實。

舉一反三

実は　じつ
ji.tsu.wa.

【副】其實、事實上
【類】本当に　ほんとう

国際結婚していますが、実は英語が苦手なのです。
こくさいけっこん　　　　　じつ　えいご　にがて
ko.ku.sa.i.ke.kko.n./shi.te./i.ma.su.ga./ji.tsu.wa./e.i.go.ga./ni.ga.te./na.no.de.su.
雖然和外國人結婚，但其實不擅長英語。

真実　しんじつ
shi.n.ji.tsu.

【名】真相

蘭ちゃんは真実を知っていたようだ。
らん　　　　しんじつ　し
ra.n.cha.n.wa./shi.n.ji.tsu.o./shi.tte./i.ta./yo.u.da.
小蘭好像知道真相。

実際　じっさい
ji.ssa.i.

【名】實際

それは実際の歴史的な出来事だそうです。
じっさい　れきしてき　できごと
so.re.wa./ji.ssa.i.no./re.ki.shi.te.ki.na./de.ki.go.to./da.so.u.de.su.
那好像是歷史上實際發生的事。

舉一反三的
日語單字書

時間篇

現在

MP3
105

必備單字

今 (いま)
i.ma.

【名】現在
【類】目下 (もっか)、現下 (げんか)

疲 (つか) れて今 (いま) すぐ帰 (かえ) りたいです。
tsu.ka.re.te./i.ma.su.gu./ka.e.ri.ta.i.de.su.
因為累了想現在立刻回家。

舉一反三

今日 (きょう)
kyo.u.

【名】今天
【類】本日 (ほんじつ)

今日 (きょう) は母 (はは) の日 (ひ) です。
kyo.u.wa./ha.ha.no.hi.de.su.
今天是母親節。

今 (いま) のところ
i.ma.no./to.ko.ro.

【常】目前
【類】現時点 (げんじてん)

仕事 (しごと) は今 (いま) のところすべて順調 (じゅんちょう) です。
shi.go.to.wa./i.ma.no./to.ko.ro./su.be.te./ju.n.cho.u.de.su.
目前工作上全都很順利。

ただ今 (いま)
ta.da.i.ma.

【常】現在、剛才

ただ今 (いま) 戻 (いまもど) りました
ta.da.i.ma./mo.do.ri.ma.shi.ta.
我 (現在) 回來了。

未来

必備單字

MP3
105

未来　みらい 【名】未來

mi.ra.i.

私たちには明るい未来が待っている。
wa.ta.shi.ta.chi./ni.wa./a.ka.ru.i./mi.ra.i.ga./ma.tte./i.ru.
光明的未來在等著我們。

舉一反三

将来　しょうらい 【名】將來

sho.u.ra.i.

彼は将来、政治家になるでしょう。
ka.re.wa./sho.u.ra.i./se.i.ji.ka.ni./na.ru.de.sho.u.
他將來應該會成為政治家吧。

後日　ごじつ 【名】改天

go.ji.tsu.

必要な書類は後日送ります。
hi.tsu.yo.u.na./sho.ru.i.wa./go.ji.tsu./o.ku.ri.ma.su.
需要的文件改天再送上。

これから 【常】即將要
ko.re.ka.ra. 【類】今後　こんご

私はこれから出かけます。
wa.ta.shi.wa./ko.re.ka.ra./de.ka.ke.ma.su.
我即將要出門。

已經

MP3
106

必備單字

もう 【副】已經

mo.u.

宿題はもう出した。

shu.ku.da.i.wa./mo.u./da.shi.ta.

功課已經交了。

舉一反三

すでに 【副】已、已經
su.de.ni. 【類】とっくに

注文した商品はすでに届いた。

chu.u.mo.n./shi.ta./sho.u.hi.n.wa./su.de.ni./to.do.i.ta.

訂購的商品早已寄到了。

とっくの昔に 【常】老早、很久以前
to.kku.no./mu.ka.shi.ni.

オンライゲームなんかとっくの昔に卒業しちゃったよ。

o.n.ra.i.n.ge.e.mu./na.n.ka./to.kku.no./mu.ka.shi.ni./so.tsu.gyo.u./shi.cha.tta.yo.

線上遊戲什麼的，老早就不玩了。

済む 【動】完成
su.mu. 【類】済み

工事は無事に済んだ。

ko.u.ji.wa./mu.ji.ni./su.n.da.

工程順利完成了。

尚未

MP3
106

必備單字

まだ　　　　　　　　【副】還沒

ma.da.

その問題はまだ解決されていない。

so.no./mo.n.da.i.wa./ma.da./ka.i.ke.tsu./sa.re.te./i.na.i.

那個問題還沒解決。

舉一反三

いまだに　　　　　　【副】現在還

i.ma.da.ni.　　　　　　【類】いまだ

その傷はいまだに直らない。

so.no./ki.zu.wa./i.ma.da.ni./na.o.ra.na.i.

那個傷到現在還沒好。

時期尚早　　　　　　【名】言之過早

ji.ki.sho.u.so.u.　　　　【類】尚早

彼が市長に立候補するのは、時期尚早です。

ka.re.ga./shi.cho.u.ni./ri.kko.u.ho./su.ru.no.wa./ji.ki.sho.u.so.u.de.su.

他要參選市長，還言之過早。

早とちり　　　　　　【常】太倉促決定造成錯誤

ha.ya.to.chi.ri.　　　　【類】早合点

今行動するのは早とちりになるかもしれない 。。

i.ma./ko.u.do.u./su.ru./no.wa./ha.ya.to.chi.ri.ni./na.ru./ka.mo.shi.re.na.i.

現在就行動說不定會造成錯誤。

偶爾

必備單字

たまに 　　　　　　　【副】偶爾
ta.ma.ni. 　　　　　　　【類】時に

私は、たまにしか料理を作りません。
wa.ta.shi.wa./ta.ma.ni./shi.ka./ryo.u.ri.o./tsu.ku.ri.ma.se.n.
我只有偶爾會下廚。

舉一反三

めったに 　　　　　　【副】很少、不常
me.tta.ni.

兄はめったに泣かない。
a.ni.wa./me.tta.ni./na.ka.na.i.
哥哥很少哭。

珍しい 　　　　　　　【形】稀奇、罕見
me.zu.ra.shi.i. 　　　　　【類】稀に

今日は仕事が珍しく早く片づいた。
kyo.u.wa./shi.go.to.ga./me.zu.ra.shi.ku./ha.ya.ku./ka.ta.zu.i.ta.
今天罕見地很早就完成工作。

時たま 　　　　　　　【副】偶爾
to.ki.ta.ma.

家族が近所に住んでいるから、時たま会いに行く。
ka.zo.ku.ga./ki.n.jo.ni./su.n.de./i.ru.ka.ra./to.ki.ta.ma./a.i.ni./i.ku.
家人就住在附近，偶爾會去探望。

經常

MP3 107

必備單字

いつも 【副】總是

i.tsu.mo.

朝の電車はいつも混んでいる。
あさ　でんしゃ　　　　　　こ

a.sa.no./de.n.sha.wa./i.tsu.mo./ko.n.de./i.ru.

早上的電車總是很多人。

舉一反三

度々 【副】再三、時不時、常
たびたび

ta.bi.ta.bi. 【類】ちょいちょい

この公園でコンサートなどのイベントが度々開催される。
こうえん　　　　　　　　　　　　　　　　　　　　たびたびかいさい

ko.no./ko.u.e.n.de./ko.n.sa.a.to./na.do.no./i.be.n.to.ga./ta.bi.ta.bi./ka.i.sa.i./sa.re.ru.

在這個公園常常會舉辦演唱會之類的活動。

繰り返す 【動】反覆、重複
く　かえ

ku.ri.ka.e.su.

彼女は同じ誤りを繰り返した。
かのじょ　おな　あやま　　く　かえ

ka.no.jo.wa./o.na.ji./a.ya.ma.ri.o./ku.ri.ka.e.shi.ta.

她重複了相同的錯誤。

よく 【副】經常、很

yo.ku. 【類】再三
さいさん

最近、洋楽をよく聞いている。
さいきん　ようがく　　　　き

sa.i.ki.n./yo.u.ga.ku.o./yo.ku./ki.i.te./i.ru.

最近經常聽西洋音樂。

最近

MP3
108

必備單字

最近
さいきん

sa.i.ki.n.

【名】最近

【類】つい最近
さいきん

最近テニスを始めたんだ。
さいきん　　　　　　　はじ

sa.i.ki.n./te.ni.su.o./ha.ji.me.ta.n.da.

最近開始打網球。

舉一反三

近頃
ちかごろ

chi.ka.go.ro.

【名、副】近來

近頃の景気は決していいとは言えない。
ちかごろ　けいき　けっ　　　　　　　　い

chi.ka.go.ro.no./ke.i.ki.wa./ke.sshi.te./i.i./to.wa./i.e.na.i.

近來的景氣絕對稱不上好。

この間
あいだ

ko.no.a.i.da.

【名】前陣子

この間は彼とすれ違ったんだけど、声は掛けられなかった。
あいだ　　　　　　　ちが　　　　　　　　　　　こえ　か

ko.no.a.i.da.wa./ka.re.to./su.re.chi.ga.tta.n./da.ke.do./ko.e.wa./ka.ke.ra.re.na.ka.tta.

前陣子和他擦身而過，但沒叫住他。

今どき
いま

i.ma.do.ki.

【名】如今、現今

【類】現代
げんだい

今どきの大学生はオシャレですね。
いま　　　　　だいがくせい

i.ma.do.ki.no./da.i.ga.ku.se.i.wa./o.sha.re.de.su.ne.

現今的大學生都很時髦呢。

過去

必備單字

MP3
108

<ruby>昔<rt>むかし</rt></ruby>　　　　　　【名】以前

mu.ka.shi.

<ruby>昔<rt>むかし</rt></ruby>、ガソリンスタンドでバイトしたことがある。
mu.ka.shi./ga.so.ri.n.su.ta.n.do.de./ba.i.to./shi.ta./ko.to.ga./a.ru.
以前曾在加油站打工。

舉一反三

<ruby>歴史<rt>れきし</rt></ruby>　　　　　　【名】歷史

re.ki.shi.　　　　　　【類】ヒストリ

この<ruby>駅<rt>えき</rt></ruby>は<ruby>歴史<rt>れきし</rt></ruby>のある<ruby>建物<rt>たてもの</rt></ruby>です。
ko.no./e.ki.wa./re.ki.shi.no./a.ru./ta.te.mo.no.de.su.
這個車站是有歷史的建築。

<ruby>過去<rt>かこ</rt></ruby>　　　　　　【名】過去

ka.ko.

それはすでに<ruby>過去<rt>かこ</rt></ruby>のことです。
so.re.wa./su.de.ni./ka.ko.no./ko.to.de.su.
那已經是過去的事了。

<ruby>由来<rt>ゆらい</rt></ruby>する　　　　　　【動】由...而來、因...而來

yu.ra.i./su.ru.

この<ruby>単語<rt>たんご</rt></ruby>はドイツ<ruby>語<rt>ご</rt></ruby>に<ruby>由来<rt>ゆらい</rt></ruby>している。
ko.no./ta.n.go.wa./do.i.tsu.go.ni./yu.u.ra.i./shi.te./i.ru.
這個單字是從德語來的。

長時間

MP3 109

必備單字

永遠
えいえん
【名】永遠

e.i.e.n.

幸せな時間が永遠に続いて欲しい。
しあわ　　じかん　えいえん　つづ　　ほ

shi.a.wa.se.na./ji.ka.n.ga./e.i.e.n.ni./tsu.zu.i.te./ho.shi.i.

希望幸福的時間能永遠持續。

舉一反三

長い間
なが　あいだ
【名】長時間、長久以來

na.ga.i./a.i.da.
【類】長年
ながねん

長い間、お世話になりました。
なが　あいだ　　せわ

na.ga.i./a.i.da./o.se.wa.ni./na.ri.ma.shi.ta.

長久以來，都受你照顧了。

延々と
えんえん
【副】接連不斷、沒完沒了

e.n.e.n.to.

校長のスピーチは延々と続いている。
こうちょう　　　　　　　えんえん　つづ

ko.u.cho.u.no./su.pi.i.chi.wa./e.n.e.n.to./tsu.zu.i.te./i.ru.

校長的演說沒完沒了的持續著。

長期間
ちょうきかん
【名】長時間、長期

cho.u.ki.ka.n.
【類】長期、長時間
ちょうき　ちょうじかん

この症状は場合によって、長期間続くこともある。
しょうじょう　ばあい　　　　　　　ちょうきかんつづ

ko.no./sho.u.jo.u.wa./ba.a.i.ni./yo.tte./cho.u.ki.ka.n./tsu.zu.ku./ko.to.mo./a.ru.

這個症狀依情況不同，有可能會持續很長一段時間。

一瞬間

MP3
109

必備單字

一瞬^{いっしゅん}　　　【名、副】瞬間

i.sshu.n.

母^{はは}の笑顔^{えがお}は一瞬^{いっしゅん}で消^きえた。

ha.ha.no./e.ga.o.wa./i.sshu.n.de./ki.e.ta.

母親的笑容瞬間消失了。

舉一反三

あっという間^まに　　　【副】一下子、一轉眼

a.tto.i.u.ma.ni.

今年^{ことし}はあっという間^まに終^おわったね。

ko.to.shi.wa./a.tto.i.u.ma.ni./o.wa.tta.ne.

今年轉眼就結束了。

ぱっと　　　【副】一下子、瞬間

pa.tto.

うわさがぱっと広^{ひろ}まった。

u.wa.sa.ga./pa.tto./hi.ro.ma.tta.

傳聞瞬間就傳開了。

一刻^{いっこく}　　　【名】一刻

i.kko.ku.

大事^{だいじ}な時間^{じかん}を一刻^{いっこく}もむだにはしたくない。

da.i.ji.na./ji.ka.n.o./i.kko.ku.mo./mu.da.ni.wa./shi.ta.ku.na.i.

珍貴的時間，一刻都不想浪費。

最初

必備單字

最初 （さいしょ）　　　　　【名】—開始、最初

sa.i.sho.

昨日は最初から最後まで試合を見ました。
（きのう）（さいしょ）（さいご）（しあい）（み）

ki.no.u.wa./sa.i.sho./ka.ra./sa.i.go./ma.de./shi.a.i.o./mi.ma.shi.ta.

昨天從頭到尾看了比賽。

舉一反三

始まり （はじ）　　　　　【名】開端、開始

ha.ji.ma.ri.

この争いの始まりは誤解からです。
（あらそ）（はじ）（ごかい）

ko.no./a.ra.so.i.no./ha.ji.ma.ri.wa./go.ka.i./ka.ra./de.su.

這場爭吵的開端是因為誤會。

頭から （あたま）　　　　　【副】從頭

a.ta.ma./ka.ra.

演奏を間違ったらもう一度頭からやり直してください。
（えんそう）（まちが）（いちどあたま）（なお）

e.n.so.u.o./ma.chi.ga.tta.ra./mo.u./i.chi.do./a.ta.ma./ka.ra./ya.ri.na.o.shi.te./ku.da.sa.i.

如果演奏錯了就請再從頭開始。

皮切り （かわき）　　　　　【名】開端、起頭

ka.wa.ki.ri.

この試合が今シーズンの皮切りです。
（しあい）（こん）（かわき）

ko.no./shi.a.i.ga./ko.n./shi.i.zu.n.no./ka.wa.ki.ri.de.su.

這場比賽是這個賽季的開始。

最後

必備單字

MP3
110

最後 ^{さいご}　　　　　　【名】最後

sa.i.go.

最後^{さいご}にここに着^ついたのは誰^{だれ}ですか？

sa.i.go.ni./ko.ko.ni./tsu.i.ta.no.wa./da.re.de.su.ka.

最後到這裡的是誰？

舉一反三

ラストスパート　　　　【名】最後階段、最後衝刺

ra.su.to.su.pa.a.to.　　　　【類】終盤^{しゅうばん}、大詰^{おおづ}め

仕事^{しごと}がもうすぐラストスパートを迎^{むか}えようとしている。

shi.go.to.ga./mo.u.su.gu./ra.su.to.su.pa.a.to.o./mu.ka.e.yo.u./to.shi.te./i.ru.

工作快進入最後階段了。

結末 ^{けつまつ}　　　　　　【名】結果、結局

ke.tsu.ma.tsu.　　　　　　【類】ラスト

このドラマの結末^{けつまつ}に感動^{かんどう}した。

ko.no./do.ra.ma.no./ke.tsu.ma.tsu.ni./ka.n.do.u./shi.ta.

這部連續劇的結局很感人。

最終 ^{さいしゅう}　　　　　　【名】最後

sa.i.shu.u.

できるだけ早^{はや}く走^{はし}ったが、最終電車^{さいしゅうでんしゃ}に間^まに合^あわなかった。

de.ki.ru./da.ke./ha.ya.ku./ha.shi.tta.ga./sa.i.shu.u.de.n.sha.ni./ma.ni.a.wa.na.ka.tta.

盡可能快跑了，還是沒趕上最後一班電車。

過一會兒

必備單字

後^{のち}ほど 　　　　　【副】等一會兒、之後、回頭

no.chi.ho.do.

私^{わたし}は後^{のち}ほどメールを送^{おく}ります。

wa.ta.shi.wa./no.chi.ho.do./me.e.ru.o./o.ku.ri.ma.su.

我回頭再寄郵件給你。

舉一反三

まもなく 　　　　　【副】即將

ma.mo.na.ku.

まもなく電車^{でんしゃ}が参^{まい}ります。

ma.mo.na.ku./de.n.sha.ga./ma.i.ri.ma.su.

電車即將進站。

やがて 　　　　　【副】不久

ya.ga.te.

私^{わたし}が留学^{りゅうがく}に来^きてやがて 2 年^{にねん}になります。

wa.ta.shi.ga./ryu.u.ga.ku.ni./ki.te./ki.te./ya.ga.te./ni.ne.n.ni./na.ri.ma.su.

我來這裡留學很快就要 2 年了。

追^おって 　　　　　【副】近日、近期

o.tte.

結果^{けっか}は追^おってご連絡^{れんらく}します。

ke.kka.wa./o.tte./go.re.n.ra.ku./shi.ma.su.

會在近日告知結果。

立刻

必備單字

MP3
111

すぐ 　　　　【副】馬上、立刻
su.gu. 　　　　【類】すぐに

いっぱんじん　さんか　　　　　　　　き　　　　　　　もう　こ
一般人も参加できると聞いてすぐに申し込んだ。
i.ppa.n.ji.n.mo./sa.n.ka./de.ki.ru.to./ki.i.te./su.gu.ni./mo.shi.ko.n.da.
知道一般人也能參加後就立刻申請了。

舉一反三

さっそく
早速 　　　　【副】趕緊、火速
sa.sso.ku. 　　　　【類】いち早く

さっそくしんしょうひん　ため
早速新商品を試してみた。
sa.sso.ku./shi.n.sho.u.hi.n.o./ta.me.shi.te./mi.ta.
火速試了新商品。

ただ
直ちに 　　　　【副】即刻、立刻
ta.da.chi.ni. 　　　　【類】折り返し

かれ　ただ　　　へんじ
彼は直ちに返事をメールした。
ka.re.wa./ta.da.chi.ni./he.n.ji.o./me.e.ru./shi.ta.
他立刻寄出了回覆郵件。

とっさに 　　　　【副】瞬間
to.ssa.ni. 　　　　【類】とっとと

こども　さ　　　　　かれ　　　　　　しゃせんへんこう
その子供を避けようと彼はとっさに車線変更した。
so.no./ko.do.mo.o./sa.ke.yo.u.to./ka.re.wa./to.ssa.ni./sha.se.n.he.n.ko.u./shi.ta.
為了閃避那個小孩，他在一瞬間變更車道。

終於

MP3 112

必備單字

やっと 【副】終於

ya.tto.

やっと発表が終わりました。
<ruby>発表<rt>はっぴょう</rt></ruby>　<ruby>終<rt>お</rt></ruby>

ya.tto./ha.ppyo.u.ga./o.wa.ri.ma.shi.ta.

發表終於結束了。

舉一反三

かろうじて 【副】好不容易才

ka.ro.u.ji.te.

<ruby>去年<rt>きょねん</rt></ruby>から<ruby>一生懸命勉強<rt>いっしょうけんめいべんきょう</rt></ruby>して、かろうじて<ruby>試験<rt>しけん</rt></ruby>に<ruby>合格<rt>ごうかく</rt></ruby>した。

kyo.ne.n.ka.ra./i.ssho.ke.n.me.i./be.n.kyo.u./shi.te./ka.ro.u.ji.te./shi.ke.n.ni./go.u.ka.ku./shi.ta.

去年就開始拚命用功，好不容易才通過考試。

ついに 【副】終於

tsu.i.ni. 【類】とどのつまり

ついに<ruby>採用通知<rt>さいようつうち</rt></ruby>が<ruby>届<rt>とど</rt></ruby>いた。

tsu.i.ni./sa.i.yo.u.tsu.u.chi.ga./to.do.i.ta.

錄用通知終於寄到了。

ようやく 【副】總算

yo.u.ya.ku. 【類】<ruby>挙句<rt>あげく</rt></ruby>

<ruby>3回<rt>さんかい</rt></ruby>ほどチャレンジして、ようやく<ruby>成功<rt>せいこう</rt></ruby>した。

sa.n.ka.i./ho.do./cha.re.n.ji./shi.te./yo.u.ya.ku./se.i.ko.u./shi.ta.

大概挑戰了 3 次，總算成功了。

總有一天

MP3
112

必備單字

いつか　　　　　　　【副】總有一天
i.tsu.ka.　　　　　　　　【類】いつの日か

またいつか会いましょう。
ma.ta./i.tsu.ka./a.i.ma.sho.u.
改天再見。

舉一反三

そのうちに　　　　　　【副】不久、過幾天
so.no.u.chi.ni.　　　　　【類】近いうちに

そのうちに事実がわかるだろう。
so.no.u.chi.ni./ji.ji.tsu.ga./wa.ka.ru./da.ro.u.
不久後應該就能真相大白了吧。

いずれ　　　　　　　　【副】早晚、總有一天
i.zu.re.

人間はいずれ死ぬのだ。
ni.n.ge.n.wa./i.zu.re./shi.nu.no.da.
人早晚會死的。

遅かれ早かれ　　　　　【常】遲早、早晚
o.so.ka.re.ha.ya.ka.re.

この問題は遅かれ早かれ発生します。
ko.no.mo.n.da.i.wa./o.so.ka.re./ha.ya.ka.re./ha.sse.i./shi.ma.su.
這問題遲早會發生。

快

MP3
113

必備單字

_{はや}
速い　　　　　　　　【形】快

ha.ya.i.

_{こども　せいちょう　はや}
子供は成長が速い。

ko.do.mo.wa./se.i.cho.u.ga./ha.ya.i.

孩子的成長很快。

舉一反三

_{びょうし}
トントン拍子　　　　【常】很順暢、很快

to.n.to.n.byo.u.shi.

サイトのリニューアルはトントン_{びょうし}拍子に_{すす}進んだ。

sa.i.to.no./ri.nyu.u.a.ru.wa./to.n.to.n.pyo.u.shi.ni./su.su.n.dda.

網站的更新很順暢地進行。

_{すばや}
素早い　　　　　　　【形】敏捷、快速

su.ba.ya.i.　　　　　　【類】_{てばや}手早い

_{かのじょ　すばや　しごと　かたづ}
彼女は素早く仕事を片付けました。

ka.no.jo.wa./su.ba.ya.ku./shi.go.to.o./ka.ta.zu.ke.ma.shi.ta.

她很俐落快速地把工作完成了。

_{すみ}
速やか　　　　　　　【形】迅速

su.mi.ya.ka.　　　　　　【類】_{て　と　はや}手っ取り早い

_{かれ　わたし　しつもん　たい　すみ　こた}
彼は私の質問に対して速やかに答えた。

ka.re.wa./wa.ta.shi.no./shi.tsu.mo.n.ni./ta.i.shi.te./su.mi.ya.ka.ni./ko.ta.e.ta.

他迅速回答了我的問題。

慢、太遲

MP3
113

必備單字

遅い おそ 　　　　　　　【形】慢

o.so.i.

私は歩くのが遅いです。 わたし　ある　　　　おそ
wa.ta.shi.wa./a.ru.ku.no.ga./o.so.i.de.su.
我走路很慢。

舉一反三

ゆっくり　　　　　　　【副】慢慢、緩慢

yu.kku.ri.　　　　　　　【類】ゆったり

傷は、ゆっくり癒えている。 きず　　　　　　　い
ki.zu.wa./yu.kku.ri./i.e.te./i.ru.
傷口正慢慢地癒合。

手遅れ て おく 　　　　　【名】為時已晚、錯過、耽誤

te.o.ku.re.

慌てて修正しましたがもう手遅れです。 あわ　　しゅうせい　　　　　ておく
a.wa.te.te./shu.u.se.i./shi.ma.shi.ta.ga./mo.u./te.o.ku.re.de.su.
慌慌張張修正了，但為時已晚。

のろのろ　　　　　　　【副】慢吞吞

no.ro.no.ro.　　　　　　【類】徐々に じょじょ

のろのろしていると遅れるよ。 おく
no.ro.no.ro./shi.te./i.ru.to./o.ku.re.ru.yo.
再慢吞吞的，會遲到喔。

時間日期

必備單字

MP3
114

時間　じかん　　　　　【名】時間

ji.ka.n.

もう時間がない。
mo.u./ji.ka.n.ga./na.i.
沒時間了。

舉一反三

何時　なんじ　　　　　【疑】幾點

na.n.ji.

今何時ですか？
i.ma./na.n.ij.de.su.ka.
現在幾點？

期日　きじつ　　　　　【名】期限、到期日

ki.ji.tsu.

すっかり車検の期日を忘れてしまった。
su.kka.ri./sha.ke.n.no./ki.ji.tsu.o./wa.su.re.te./shi.ma.tta.
徹底忘了驗車的期限。

日付　ひづけ　　　　　【名】日期

hi.zu.ke.　　　　　　　　【類】日にち　ひ

注文書に日付をつける。
chu.u.mo.n.sho.ni./hi.zu.ke.o./tsu.ke.ru.
在訂購單上寫上日期。

感想篇

好的

MP3
115

必備單字

いい 【形】好、優良

i.i.

とてもいい映画<ruby>映画<rt>えいが</rt></ruby>です。

to.te.mo./i.i./e.i.ga.de.su.

很好的電影。

舉一反三

完璧<ruby>完璧<rt>かんぺき</rt></ruby> 【形】完美

ka.n.pe.ki.

完璧<ruby>完璧<rt>かんぺき</rt></ruby>な人間<ruby>人間<rt>にんげん</rt></ruby>なんていないよ。

ka.n.pe.ki.na./ni.n.ge.n./na.n.te./i.na.i.yo.

沒有人是完美的。

素晴らしい<ruby>素晴<rt>すば</rt></ruby>らしい 【形】出色

su.ba.ra.shi.i. 【類】抜群<ruby>抜群<rt>ばつぐん</rt></ruby>、格別<ruby>格別<rt>かくべつ</rt></ruby>

素晴<ruby>素晴<rt>すば</rt></ruby>らしい提案<ruby>提案<rt>ていあん</rt></ruby>に感謝<ruby>感謝<rt>かんしゃ</rt></ruby>します。

su.ba.ra.shi.i./te.i.a.n.ni./ka.n.sha./shi.ma.su.

感謝(你)出色的意見。

素敵<ruby>素敵<rt>すてき</rt></ruby> 【形】非常好、絕佳

su.te.ki.

どの写真<ruby>写真<rt>しゃしん</rt></ruby>も素敵<ruby>素敵<rt>すてき</rt></ruby>です。

do.no./sha.shi.n.mo./su.te.ki.de.su.

不管哪張照片都很棒。

不好的

MP3 115

必備單字

よくない
yo.ku.na.i.

【形】不好、不佳
【類】マイナス

やる前から諦めるのはよくないよ。
ya.ru./ma.e./ka.ra./a.ki.ra.me.ru.no.wa./yo.ku.na.i.yo.
在做之前就放棄並不好。

舉一反三

評判が悪い
hyo.u.pa.n.ga./wa.ru.i.

【常】評價很差、風評很差
【類】悪名

彼は近所には評判が悪い。
ka.re.wa./ki.n.jo.ni.wa./hyo.u.pa.n.ga./wa.ru.i.
他在附近的評價很差。

失敗作
shi.ppa.i.sa.ku.

【名】失敗品

この小説はまったくの失敗作だ。
ko.no./sho.u.se.tsu.wa./ma.tta.ku.no./shi.ppa.i.sa.ku.da.
這本小說完全是失敗作品。

不評
fu.hyo.u.

【名】評價低、名聲不好
【類】悪評、不人気

その映画は私は好評だと思ったが、周りの人には不評だった。
so.no./e.i.ga.wa./wa.ta.shi.wa./ko.u.hyo.u.da.to./o.mo.tta.ga./ma.wa.ri.no./hi.to.ni.wa./fu.hyo.u.da.tta.
那部電影我覺得很好，但周遭的人則給它低評價。

好吃

必備單字

おいしい　　　　　　　【形】好吃
o.i.shi.i.　　　　　　　　【類】美味、うまい

このクッキーはとてもおいしかった。
ko.no./ku.kki.i.wa./to.te.mo./o.i.shi.ka.tta.
這蛋糕很好吃。

舉一反三

ご馳走　　　　　　　　【名】豐盛菜餚、款待
go.chi.so.u.

お正月に母は食卓にご馳走を並べた。
o.sho.u.ga.tsu.ni./ha.ha.wa./sho.ku.ta.ku.ni./go.chi.so.u.o./na.ra.be.ta.
過年時母親在餐桌上擺上豐盛菜餚。

絶品　　　　　　　　　【名】絕品佳餚
ze.ppi.n.

妻の作る料理は絶品です。
tsu.ma.no./tsu.ku.ru./ryo.u.ri.wa./ze.ppi.n.de.su.
妻子做的菜是絕品佳餚。

味わい　　　　　　　　【名】滋味、味道
a.ji.wa.i.

ここのラーメン、まろやかな味わいが特徴です。
ko.ko.no./ra.a.me.n./ma.ro.ya.ka.na./a.ji.wa.i.ga./to.ku.cho.u.de.su.
這裡的拉麵，特徵是溫和順口的滋味。

難吃

必備單字

まずい 【形】難吃

ma.zu.i.

あそこの料理^{りょうり}はとてもまずい。

あそこの料<ruby>理<rt>りょうり</rt></ruby>はとてもまずい。

a.so.ko.no./ryo.u.ri.wa./to.te.mo./ma.zu.i.

那裡的菜非常難吃。

舉一反三

口<ruby>に<rt>くち</rt></ruby>合<ruby>わない<rt>あ</rt></ruby> 【常】不合嘴、不合口味

ku.chi.ni./a.wa.na.i.

このスープは私<ruby>の<rt>わたし</rt></ruby>口<ruby>に<rt>くち</rt></ruby>合<ruby>わない<rt>あ</rt></ruby>。

ko.no./su.u.pu.wa./wa.ta.shi.no./ku.chi.ni./a.wa.na.i.

這湯不合我的口味。

味気<ruby>ない<rt>あじけ</rt></ruby> 【形】沒味道
a.ji.ke.na.i. 　　　　　　【類】味<ruby>がない<rt>あじ</rt></ruby>

病院食<ruby><rt>びょういんしょく</rt></ruby>は味気<ruby>ない<rt>あじけ</rt></ruby>と思<ruby>われている<rt>おも</rt></ruby>。

byo.u.i.n.sho.ku.wa./ka.ji.ke.na.i.to./o.mo.wa.re.te./i.ru.

醫院的食物被認為沒味道。

おいしくない 【形】不好吃

o.i.shi.ku.na.i.

このシュークリーム、評判<ruby><rt>ひょうばん</rt></ruby>のわりにはあまりおいしくないね。

ko.no./shu.u.ku.ri.i.mu./hyo.u.pa.n.no./wa.ri.ni.wa./a.ma.ri./o.i.shi.ku.na.i.ne.

這個泡芙，雖然獲好評卻沒那麼好吃。

酸

MP3
117

必備單字

酸っぱい　　　【形】酸
す

su.ppa.i.

味が酸っぱくて顔がゆがんだ。
あじ　　す　　　　かお

a.ji.ga./su.ppa.ku.te./ka.o.ga./yu.ga.n.da.

嘗起來很酸，臉都扭曲了。

舉一反三

酸味　　　【名】酸味
さんみ

sa.n.mi.

ヨーグルトの酸味が苦手だ。
さんみ　にがて

yo.o.gu.ru.to.no./sa.n.mi.ga./ni.ga.te.da.

我不喜歡優格的酸味。

甘酸っぱい　　　【形】酸甜
あまず

a.ma.zu.ppa.i.

いちごの甘酸っぱい香りが部屋を満たした。
あまず　　　　かお　　へや　み

i.chi.go.no./a.ma.zu.ppa.i./ka.o.ri.ga./he.ya.o./mi.ta.shi.ta.

屋子裡充滿了草莓的酸甜香味。

酸っぱい味　　　【名】酸味
す　　　　あじ

su.ppa.i.a.ji.

この牛乳は酸っぱい味がする。
ぎゅうにゅう　　す　　あじ

ko.no./gyu.u.nyu.u.wa./su.ppa.i.a.ji.ga./su.ru.

這牛奶有酸味。

甜

MP3 117

必備單字

甘い　　　　　　　　【形】甜
あま
a.ma.i.　　　　　　　　【類】甘やか
　　　　　　　　　　　　　　　あま

旬 の桃は甘い。
しゅん　もも　あま
shu.n.no./mo.mo.wa./a.ma.i.
當季的桃子很甜。

舉一反三

甘口　　　　　　　　【名】偏甜
あまくち
a.ma.ku.chi.　　　　　【類】甘党
　　　　　　　　　　　　　　　あまとう

子供がいるので甘口カレーを作ります。
こども　　　　あまくち　　　　　つく
ko.do.mo.ga./i.ru./no.de./a.ma.ku.chi.ka.re.e.o./tsu.ku.ri.ma.su.
因為有小孩，所以做偏甜的咖哩。

スイーツ　　　　　　【名】甜點
su.i.i.tsu.　　　　　　【類】甘味、お菓子
　　　　　　　　　　　　　　　あまみ　　か し

私 が最も好きなスイーツはバームクーヘンです。
わたし　もっと　す
wa.ta.shi.ga./mo.tto.mo./su.ki.na./su.i.i.tsu.wa./ba.a.mu.ku.u.he.n.de.su.
我最喜歡的甜點是年輪蛋糕。

甘さ　　　　　　　　【名】甜度
あま
a.ma.sa.

このゼリー、おいしくて甘さも控えめで、何個でも食べたくなる。
　　　　　　　　　　あま　ひか　　　　なんこ　　　た
ko.no./ze.ri.i./o.i.shi.ku.te./a.ma.sa.mo./hi.ka.e.me.de./na.n.ko.de.mo./ta.be.ta.ku.na.ru.
這個果凍，很好吃甜度也較低，再多也想吃。

苦澀

MP3
118

必備單字

苦<small>にが</small>い 　　　　　【名】苦

ni.ga.i.　　　　　　　【類】ビター、苦味<small>にがみ</small>

そのビールは苦<small>にが</small>い味<small>あじ</small>がする。

so.no./bi.i.ru.wa./ni.ga.i./a.ji.ga./su.ru.

這啤酒有苦味。

舉一反三

ほろ苦<small>にが</small>い 　　　　【形】微苦

ho.ro.ni.ga.i.

大人向<small>おとなむ</small>けなほろ苦<small>にが</small>いチョコケーキが好<small>す</small>きです。

o.to.na.mu.ke.na./ho.ro.ni.ga.i./cho.ko.ke.e.ki.ga./su.ki.de.su.

喜歡適合大人、微苦的巧克力蛋糕。

渋<small>しぶ</small>み 　　　　　　【名】澀、澀味

su.bu.mi.

このお茶、苦<small>ちゃ</small>みや渋<small>にが</small>みはほとんどなく、あっさりしている。<small>しぶ</small>

ko.no./o.cha./ni.ga.mi.ya./shi.bu.mi.wa./ho.to.n.do./na.ku./a.ssa.ri./shi.te./i.ru.

這茶沒有苦味也沒有澀味，很爽口。

渋<small>しぶ</small>い 　　　　　　【形】澀

shi.bu.i.

今日<small>きょう</small>のお茶<small>ちゃ</small>、なんか味<small>あじ</small>が渋<small>しぶ</small>い。

kyo.u.no./o.cha./na.n.ka./a.ji.ga./shi.bu.i.

今天的茶，總覺得味道很澀。

辣

必備單字

辛い　　　　　【名】辣
（から）

ka.ra.i.　　　　　【類】辛さ（から）

本場の韓国料理は辛すぎてとても食べられない。
（ほんば　かんこくりょうり　から　　　　　た）

ho.n.ba.no./ka.n.ko.ku.ryo.u.ri.wa./ka.ra.su.gi.te./to.te.mo./ta.be.ra.re.na.i.

道地的韓國料理太辣了，沒辦法吃。

舉一反三

ピリ辛　　　　　【名】微辣
（から）

pi.ri.ka.ra.

少しピリ辛だけど、あまり辛くなくお子様も食べられる。
（すこ　　から　　　　　から　　こさま　た）

su.ko.shi./pi.ri.ka.ra./da.ke.do./a.ma.ri./ka.ra.ku.na.ku./o.ko.sa.ma.mo./ta.be.ra.re.ru.

雖然有點微辣，但不是那麼辣，小孩也能吃。

辛口　　　　　【名】偏辣
（からくち）

ka.ra.ku.chi.

カレーは辛口のが好き。
（からくち　す）

ka.re.e.wa./ka.ra.ku.chi./no.ga./su.ki.

喜歡吃偏辣的咖哩。

ピリッとする　　　　　【動】辣辣的、有點辣

pi.ri.tto./su.ru.

冷奴にからしをつけると少しピリッとしておいしい。
（ひややっこ　　　　　　　すこ）

hi.ya.ya.kko.ni./ka.ra.shi.o./tsu.ke.ru.to./su.ko.shi./pi.ri.tto./shi.te./o.i.shi.i.

冷豆腐沾一點日式芥末，有點微辣很好吃。

奇怪

MP3
119

必備單字

怪しい　(あや)
a.ya.shi.i.

【形】可疑
【類】不審、怪しげ

怪しい人が家の周りをウロウロしている。　(あや)(ひと)(いえ)(まわ)
a.ya.shi.i./hi.to.ga./i.e.no./ma.wa.ri.o./u.ro.u.ro./shi.te./i.ru.
有可疑的人在房子周遭徘徊。

舉一反三

おかしい
o.ka.shi.i.

【形】奇怪

パソコンの調子がおかしい、インターネットが繋がらない。　(ちょうし)(つな)
pa.so.ko.n.no./cho.u.shi.ga./o.ka.shi.i./i.n.ta.a.ne.tto.ga./tsu.na.ga.ra.na.i.
電腦的狀況很怪，連不上網路。

不思議　(ふしぎ)
fu.shi.gi.

【形】不可思議
【類】へんてこ

怠け者の彼が成功したのは不思議だ。　(なま)(もの)(かれ)(せいこう)(ふしぎ)
na.ma.ke.mo.no.no./ka.re.ga./se.i.ko.u.shi.ta./no.wa./fu.shi.gi.da.
他這種懶惰的人會成功，真是不可思議。

違和感　(いわかん)
i.wa.ka.n.

【名】不協調、奇怪的感覺

私は彼の適当な発言に違和感を感じた。　(わたし)(かれ)(てきとう)(はつげん)(いわかん)(かん)
wa.ta.shi.wa./ka.re.no./te.ki.to.u.na./ha.tsu.ge.n.ni./i.wa.ka.n.o./ka.n.ji.ta.
對他隨便的發言，我覺得怪怪的。

理所當然

必備單字

MP3
119

当<ruby>あ</ruby>たり前<ruby>まえ</ruby> 【名、形】理所當然

a.ta.ri.ma.e.

1度<ruby>いちど</ruby>も練習<ruby>れんしゅう</ruby>していないから、失敗<ruby>しっぱい</ruby>したのは当<ruby>あ</ruby>たり前<ruby>まえ</ruby>だ。

i.chi.do.mo./re.n.shu.u.shi.te.i.na.i./ka.ra./shi.ppa.i.shi.ta./no.wa./a.ta.ri.ma.e.da.

1次都沒練習過，失敗也是理所當然。

舉一反三

自然<ruby>しぜん</ruby>に 【副】自然而然、自然

shi.ze.n.ni.

春<ruby>はる</ruby>が来<ruby>く</ruby>れば、自然<ruby>しぜん</ruby>に草<ruby>くさ</ruby>が生<ruby>は</ruby>えてくる。

ha.ru.ga./ku.re.ba./shi.ze.n.ni./ku.sa.ga./ha.e.te./ku.ru.

春天來了，草自然就會長出來。

当然<ruby>とうぜん</ruby> 【形】當然

to.u.ze.n. 　　　　　　　　【類】一般的<ruby>いっぱんてき</ruby>

こんないたずらして、怒<ruby>おこ</ruby>られるのが当然<ruby>とうぜん</ruby>だ。

ko.n.na./i.ta.zu.ra./shi.te./o.ko.ra.re.ru.no.ga./to.u.ze.n.da.

這樣惡作劇，當然會被罵。

もちろん 【副】當然

mo.chi.ro.n.

私<ruby>わたし</ruby>たちはもちろん彼女<ruby>かのじょ</ruby>を歓迎<ruby>かんげい</ruby>します。

wa.ta.shi.ta.chi.wa./mo.chi.ro.n./ka.no.jo.o./ka.n.ge.i./shi.ma.su.

我們當然歡迎她。

貴

必備單字

高い　　　　　　　　【形】貴、高

た
か

ta.ka.i.

値段が高くても、気に入れば買います。
ね だん　たか　　　　　き　い　　　か

ne.da.n.ga./ta.ka.ku.te.mo./ki.ni./i.re.ba./ka.i.ma.su.

就算價格很高，喜歡的話還是會買。

舉一反三

高価　　　　　　　　【名】高價
こう か

ko.u.ka.　　　　　　　【類】高額
　　　　　　　　　　　　　　　　こうがく

この車は私には高価すぎる。
くるま わたし　　こうか

ko.no./ku.ru.ma.wa./wa.ta.shi.ni.wa./ko.u.ka.su.gi.ru.

這車對我來說太高價了。

高級　　　　　　　　【形】高級
こうきゅう

ko.u.kyu.u.

それはとても高級なお茶です。
こうきゅう　ちゃ

so.re.wa./to.te.mo./ko.u.kyu.u.na./o.cha.de.su.

那是非常高級的茶。

お金がかかる　　　　【常】很花錢、花錢
かね

o.ka.ne.ga./ka.ka.ru.

東京に住むにはお金がかかる。
とうきょう　す　　　　　かね

to.u.kyo.u.ni./su.mu./ni.wa./o.ka.ne.ga./ka.ka.ru.

在東京住很花錢。

便宜

必備單字

安_{やす}い 【形】便宜

ya.su.i.

ここは物価_{ぶっか}が安_{やす}いです。
ko.ko.wa./bu.kka.ga./ya.su.i.de.su.
這裡的物價很便宜。

舉一反三

激安_{げきやす} 【名】超級便宜、很便宜

ge.ki.ya.su.

食費_{しょくひ}を節約_{せつやく}するために、激安_{げきやす}スーパーで買_かい物_{もの}する。
sho.ku.hi.o./se.tsu.ya.ku./su.ru./ta.me.ni./ge.ki.ya.su./su.u.pa.a.de./ka.i.mo.no./su.ru.
為了要節省伙食費，都到超便宜的超市買東西。

お得_{とく} 【名】划算

o.to.ku. 【類】お買_かい得_{とく}

今回_{こんかい}のセールは普段_{ふだん}よりお得_{とく}だよ。
ko.n.ka.i.no./se.e.ru.wa./fu.da.n./yo.ri./o.to.ku.da.yo.
這次的拍賣比平常更划算。

手頃_{てごろ} 【形】合適、合理

te.go.ro.

ここのパンは種類_{しゅるい}が豊富_{ほうふ}で、値段_{ねだん}も手頃_{てごろ}だ
ko.ko.no./pa.n.wa./shu.ru.i.ga./ho.u.fu.de./ne.da.n.mo./te.go.ro.da.
這裡的麵包種類豐富，價格也很合理。

珍貴

必備單字

珍しい　　　　　　【形】稀奇
めずら

me.zu.ra.shi.i.

田中くんが勉強するなんて珍しい。
たなか　　　　べんきょう　　　　　めずら

ta.na.ka.ku.n.ga./be.n.kyo.u./su.ru./na.n.te./me.zu.ra.shi.i.

田中君竟然會用功，真是稀奇。

舉一反三

大事にする　　　　　【常】珍惜
だいじ

da.i.ji.ni./su.ru.

素敵なプレゼントありがとう。大事にします。
すてき　　　　　　　　　　　　　　だいじ

su.te.ki.na./pu.re.ze.n.to./a.ri.ga.to.u./da.i.ji.ni./shi.ma.su.

謝謝你送我這麼棒的禮物。我會好好珍惜。

肝心　　　　　　　　【形】重要
かんじん

ka.n.ji.n.

成功するには辛抱が肝心だ。
せいこう　　　　しんぼう　　かんじん

se.i.ko.u./su.ru./ni.wa./shi.n.bo.u.ga./ka.n.ji.n.da.

要成功，忍耐是很重要的。

貴重　　　　　　　　【形】貴重
きちょう

ki.cho.u.

このテーブルは貴重なアンティークだ。
　　　　　　　　きちょう

ko.no./te.e.bu.ru.wa./ki.cho.u.na./a.n.ti.i.ku.da.

這桌子是很貴重的古董。

沒有價值、免費

MP3
121

必備單字

ただ 【名】免費

ta.da.

とうろく　　　　　　　　けん　　　　もう
登録するだけでギフト券がただで貰えるよ。
to.u.ro.ku./su.ru./da.ke.de./gi.fu.to.ke.n.ga./ta.da.de./mo.ra.e.ru.yo.
只要登錄就能免費得到禮券。

舉一反三

むりょう
無料 【名】免費

mu.ryo.u.

むりょう　ちゅうしゃ
ここは無料で駐車できます。
ko.ko.wa./mu.ryo.u.de./chu.u.sha./de.ki.ma.su.
這裡可以免費停車。

か　ち
価値がない 【常】沒價值

ka.chi.ga./na.i.

しょうせつ　よ　　か　ち
この小説は読む価値がない。
ko.no./sho.u.se.tsu.wa./yo.mu./ka.chi.ga./na.i.
這本小說沒有讀的價值。

やく　た
役に立たない 【常】沒用、起不了作用

ya.ku.ni./ta.ta.na.i. 　【類】クズ、無用
　　　　　　　　　　　　　　　むよう

てんじょう　　　　　　　　　　　　　くら　　　　やく　た
天井についていたライトは暗すぎて役に立たない。
te.n.jo.u.ni./tsu.i.te./i.ta./ra.i.to.wa./ku.ra.su.gi.te./ya.ku.ni./ta.ta.na.i.
天花板上的燈太暗了，起不了作用。

困難

MP3
122

必備單字

むずか
難しい　　　　　　　　【形】難

mu.zu.ka.shi.i.

きのう　　　　　　　　　むずか
昨日のテストは難しかった。

ki.no.u.no./te.su.to.wa./mu.zu.ka.shi.ka.tta.

昨天的考試很難。

舉一反三

こんなん
困難　　　　　　　　【名、形】困難

ko.n.na.n.

しろうと　　　　せんたくき　ないぶ　そうじ　　　　　　こんなん
素人には洗濯機の内部の掃除はとても困難です。

shi.ro.u.to.ni.wa./se.n.ta.ku.ki.no./na.i.bu.no./so.u.ji.wa./to.te.mo./ko.n.na.n.de.su.

對外行人來說，要清洗洗衣機內部是很困難的。

ふくざつ
複雑　　　　　　　　【形】複雜

fu.ku.za.tsu.

きかい　　　　　　　　　　　　　　ふくざつ
この機械のメカニズムは複雑です。

ko.no./ki.ka.i.no./me.ka.ni.zu.mu.wa./fu.ku.za.tsu.de.su.

這機器的構造很複雜。

ハードル　　　　　　　　【名】難度

ha.a.do.ru.

ほん　ないよう　むずか　　　　　しょしんしゃ　　　　　　　　　　たか　　おも
この本は内容が難しすぎて、初心者にはハードルが高いと思う。

ko.no./ho.n.wa./na.i.yo.u.ga./mu.zu.ka.shi.su.gi.te./sho.shi.n.sha.ni.wa./ha.a.do.ru.ga./ta.ka.i.to./o.mo.u.

我覺得這本書的內容太難了，對初學者來說難度很高。

簡單

MP3
122

必備單字

簡単 【形】簡單
かんたん

ka.n.ta.n.

この問題はとても簡単で誰にでもわかる。
もんだい　　　　　　かんたん　　だれ

ko.no./mo.n.da.i.wa./to.te.mo./ka.n.ta.n.de./da.re.ni.de.mo./wa.ka.ru.

這問題很簡單，誰都會。

舉一反三

易しい 【形】簡單
やさ

ya.sa.shi.i.

この質問はすごく易しいね。
しつもん　　　　　　やさ

ko.no./shi.tsu.mo.n.wa./su.go.ku./ya.sa.shi.i.ne.
這問題真簡單呢。

わかりやすい 【形】好懂、容易懂

wa.ka.ri.ya.su.i.

先生の説明はわかりやすい。
せんせい　せつめい

se.n.se.i.no./se.tsu.me.i.wa./wa.ka.ri.ya.su.i.
老師的說明很好懂。

単純 【形】單純、簡單
たんじゅん

ta.n.ju.n.

この問題は単純すぎる。
もんだい　たんじゅん

ko.no./mo.n.da.i.wa./ta.n.ju.n.su.gi.ru.
這問題太單純 (簡單) 了。

舒服

MP3
123

必備單字

心地がいい
こ こ ち

ko.ko.chi.ga./i.i.

【常】舒服、感覺好

【類】気持ちいい
き も

このソファーは座り心地がいい。
すわ ご こ ち

ko.no./so.fa.a.wa./su.wa.ri./go.ko.chi.ga./i.i.

這沙發坐起來很舒服。

舉一反三

快適
かいてき

ka.i.te.ki.

【形】舒適、舒暢

涼しくて、クーラーなしで快適に眠れた。
すず   かいてき ねむ

su.zu.shi.ku.te./ku.u.ra.a.na.shi.de./ka.i.te.ki.ni./ne.mu.re.ta.

天氣很涼，不用冷氣也睡得很舒適。

気楽
き らく

ki.ra.ku.

【形】輕鬆、安逸

彼女は今は気楽に暮らしている。
かのじょ いま き らく く

ka.no.jo.wa./i.ma.wa./ki.ra.ku.ni./ku.ra.shi.te./i.ru.

她現在過著輕鬆的生活。

まったり

ma.tta.ri.

【副】悠閒

【類】和やか
なご

家族とまったりと夏休みを過ごした。
か ぞく   なつやす す

ka.zo.ku.to./ma.tta.ri.to./na.tsu.ya.su.mi.o./su.go.shi.ta.

和家人悠閒地度過了暑假。

不自在

MP3
123

ぎこちない 【形】生澀、生硬

gi.ko.chi.na.i.

体にむだな力が入っているので、動きがぎこちない。

ka.ra.da.ni./mu.da.na./chi.ka.ra.ga./ha.i.tte./i.ru./no.de./u.go.ki.ga./gi.ko.chi.na.i.

身體用了太多不必要的力氣，動作變得很生硬。

舉一反三

不得意 【形、名】不擅長

fu.to.ku.i.

私は数学が不得意です。

wa.ta.shi.wa./su.u.ga.ku.ga./fu.to.ku.i.de.su.

我不擅長數學。

たどたどしい 【形】斷斷續續、結結巴巴

ta.do.ta.do.shi.i.

先生からの電話で緊張してしまい、話し方がたどたどしくなった。

se.n.se.i./ka.ra.no./de.n.wa.de./ki.n.cho.u./shi.te./shi.ma.i./ha.na.shi.ka.ta.ga./ta.do.ta.do.shi.i.ku.na.tta.

接到老師的電話太緊張，講話變得結結巴巴的。

気まずい 【形】尷尬

ki.ma.zu.i.

彼と喧嘩をして、気まずい雰囲気になった。

ka.re.to./ke.n.ka.o./shi.te./ki.ma.zu.i./fu.n.i.ki.ni./na.tta.

和他吵了架，氣氛變得很尷尬。

肯定

MP3
124

必備單字

きっと 　　　　　　　【副】一定

ki.tto.

この服、きっと田中さんに似合いますよ。
ふく　　　　　たなか　　　　に　あ

ko.no./fu.ku./ki.tto./ta.na.ka.sa.n.ni./ni.a.i.ma.su.yo.

這衣服，一定很適合田中先生。

舉一反三

違いない 　　　　　　【連】沒錯、一定
ちが

chi.ga.i.na.i. 　　　　　　【類】相違なく
　　　　　　　　　　　　　　　　　　そうい

今回の大会は大成功に違いない。
こんかい　たいかい　だいせいこう　ちが

ko.n.ka.i.no./ta.i.ka.i.wa./da.i.se.i.ko.u.ni./chi.ga.i.na.i.

這次的大會一定會很成功。

必ず 　　　　　　　　【副】一定、肯定
かなら

ka.na.ra.zu. 　　　　　　　【類】言うまでもない
　　　　　　　　　　　　　　　　　　　い

僕たちは必ず勝つ。
ぼく　　　かなら　か

wa.ta.shi.ta.chi.wa./ka.na.ra.zu./ka.tsu.

我們肯定會贏。

確かに 　　　　　　　【副】確實是
たし

ta.shi.ka.ni.

どこへ行ったかな？確かにここにあったのに。
い　　　　　たし

do.ko.e./i.tta./ka.na./ta.shi.ka.ni./ko.ko.ni./a.tta./no.ni.

去哪了？先前確實是在這裡啊。（找東西時）

大概

MP3
124

必備單字

多分 た ぶ ん ta.bu.n.	【副】大概 【類】大抵 たいてい

それは多分違うと思います。
た ぶ ん ち が　　　お も

so.re.wa./ta.bu.n./chi.ga.u.to./o.mo.i.ma.su.

我想那大概是錯的。

舉一反三

恐らく　　　　　　　【副】恐怕
お そ

o.so.ra.ku.

子供たちは、恐らくもう知っているでしょう。
こ ど も　　　　お そ　　　　　し

ko.do.mo.ta.chi.wa./o.so.ra.ku./mo.u./shi.tte./i.ru./de.sho.u.

孩子們恐怕已經知道了。

かもしれない　　　　【連】可能會、說不定

ka.mo.shi.re.na.i.

明日彼に会えるかもしれない。
あ し た か れ　　あ

a.shi.ta./ka.re.ni./a.e.ru./ka.mo.shi.re.na.i.

明天說不定會和他見面。

もしかして　　　　　【連】該不會是
mo.shi.ka.shi.te.　　　　【類】もしかしたら

それはもしかして課長の車ですか？
か ちょう　くるま

so.re.wa./mo.shi.ka.shi.te./ka.cho.u.no./ku.ru.ma.de.su.ka.

那該不會是課長的車吧？

適合、正確

MP3
125

必備單字

ふさわしい　　　　　　【形】適合
fu.sa.wa.shi.i.　　　　　　【類】妥当、相応、適切
だとう　そうおう　てきせつ

せきにんかん　つよ　たなかくん　　　　　　しごと
責任感の強い田中君はこの仕事にふさわしい。
se.ki.ni.n.ka.n.no./tsu.yo.i./ta.na.ka.ku.n.wa./ko.no./shi.go.to.ni./fu.sa.
wa.shi.i.
這工作適合責任感很強的田中君。

舉一反三

に　あ
似合う　　　　　　　　　【動】適合
ni.a.u.

ふく　　　　　　　　　　　　に　あ
その服はあなたにとても似合ってるよ。
so.no./fu.ku.wa./a.na.ta.ni./to.te.mo./ni.a.tte./ru.yo.
那衣服很適合你喔。

せいかく
精確　　　　　　　　　　【形】精準、準確度
se.i.ka.ku.

ほうほう　せいかく　か
この方法は精確を欠いている。
ko.no./ho.u.ho.u.wa./se.i.ka.ku.o./ka.i.te./i.ru.
這方法欠缺準確度。

てきかく
的確　　　　　　　　　　【形、名】準確、確切
te.ki.ka.ku.

かれ　いけん　つね　てきかく
彼の意見は常に的確だ。
ka.re.no./i.ke.n.wa./tsu.ne.ni./te.ki.ka.ku.da.
他的意見經常很確切。

大致隨便

必備單字

MP3
125

適当
てきとう
【形】隨便、隨意

te.ki.to.u.

時間がなかったから適当に近い店を選んだ。
じかん　　　　　　　　　　　　てきとう　ちか　みせ　えら

ji.ka.n.ga./na.ka.tta./ka.ra./te.ki.to.u.ni/chi.ka.i./mi.se.o./e.ra.n.da.

因為沒時間，所以就隨便選了近的店。

舉一反三

でたらめ
【形、名】亂七八糟、荒唐、胡說八道

de.ta.ra.me.

この記事はでたらめだ。
　　きじ

ko.no./ki.ji.wa./de.ta.ra.me.da.

這報道是胡說八道。

いい加減
かげん
【形】隨便

i.i.ka.ge.n.

彼女はいい加減に手を洗った。
かのじょ　　　かげん　て　あら

ka.no.jo.wa./i.i./ka.ge.n.ni./te.o./a.ra.tta.

她很隨便地洗了手。

がさつ
【形】粗魯、粗野

ga.sa.tsu.
【類】荒っぽい
　　　あら

あの人はがさつだから、そういう細かいことは気づかないと思う。
　　ひと　　　　　　　　　　　　　こま　　　　　　　き　　　　　　　おも

a.no./hi.to.wa./ga.sa.tsu.da.ka.ra./so.u.i.u./ko.ma.ka.i./ko.to.wa./ki.zu.ka.na.i.to./o.mo.u.

那人很粗魯，我想不會注意到那麼細的地方。

有趣

必備單字

おもしろ
面白い　　　　　　　　【形】有趣

o.mo.shi.ro.i.

わたし　たんにん　やさ　　　　　　　おもしろ　　　みな　す
私の担任は優しくそして面白くて皆に好かれています。
wa.ta.shi.no./ta.n.ni.n.wa./ya.sa.shi.ku./so.shi.te./o.mo.shi.ro.ku.te./mi.na.
ni./su.ka.re.te./i.ma.su.
我的導師很溫柔又有趣，大家都很喜歡他。

舉一反三

ユーモア　　　　　　　【名】幽默感

yu.u.mo.a.

ひと　　　　　　　　　　　　　　　　おもしろ
この人はユーモアがあって面白い。
ko.no./hi.to.wa./yu.u.mo.a.ga./a.tte./o.mo.shi.ro.i.
那人有幽默感，很有趣。

ウケる　　　　　　　【動】好笑、受歡迎

u.ke.ru.

じぶん　とく　　　　　　ばめん
このアニメで、自分が特にウケた場面はこれだ。
ko.no./a.ni.me.de./ji.bu.n.ga./to.ku.ni./u.ke.ta./ba.me.n.wa./ko.re.da.
那部動畫，我特別覺得好笑的一幕是這個。

わら
笑える　　　　　　　【動】好笑

wa.ra.e.ru.

どうが　わら
この動画は笑えるよ。
ko.no./do.u.ga.wa./wa.ra.e.ru.yo.
這影片很好笑喔。

無聊

必備單字

MP3
126

つまらない　　　【形】無聊、無趣

tsu.ma.ra.na.i.

今の仕事はつまらないから、新しい仕事を探したいです。

i.ma.no./shi.go.to.wa./tsu.ma.ra.i./ka.ra./a.ta.ra.shi.i./shi.go.to.o./sa.ga.
shi.ta.i.de.su.

現在的工作很無趣，想找新工作。

舉一反三

退屈　　　　　【形】無聊、很悶

ta.i.ku.tsu.

この番組は退屈だ。

ko.no./ba.n.gu.mi.wa./ta.i.ku.tsu.da.

這節目很悶。

くだらない　　　【形】沒趣、無謂

ku.da.ra.na.i.

くだらないことに時間を使うな。

ku.da.ra.na.i./ko.to.ni./ji.ka.n.o./tsu.ka.u.na.

別把時間用在無謂的事上。

殺風景　　　　　【形】平淡無奇、冷清

sa.ppu.u.ke.i.

ブログが文字ばかりだと殺風景な感じがする。

bu.ro.gu.ga./mo.ji./ba.ka.ri.da.to./sa.ppu.u.ke.i.na./ka.n.ji.ga./su.ru.

部落格若只有文字，就覺得平淡無奇。

非常

MP3
127

必備單字

特^{とく}に　　　　　　　　　　【副】特別
to.ku.ni.　　　　　　　　　　　【反】普通^{ふつう}(普通)

私^{わたし}は特^{とく}に洋楽^{ようがく}が好^すき。
wa.ta.shi.wa./to.ku.ni./yo.u.ga.ku.ga./su.ki.
我特別喜歡西洋音樂。

舉一反三

とても　　　　　　　　　　【副】非常
to.te.mo.　　　　　　　　　　【類】すごい

友達^{ともだち}が転校^{てんこう}して、とても寂^{さび}しい。
to.mo.da.chi.ga./te.n.ko.u./shi.te./to.te.mo./sa.bi.shi.i.
朋友轉學了，非常寂寞。

ずいぶん　　　　　　　　　　【副】非常、很
zu.i.bu.n.　　　　　　　　　　【類】十分^{じゅうぶん}、かなり

彼^{かれ}はずいぶん若^{わか}いときに結婚^{けっこん}した。
ka.re.wa./zu.i.bu.n./wa.ka.i./to.ki.ni./ke.n.ko.n./shi.ta.
他在很年輕的時候結婚了。

非常^{ひじょう}に　　　　　　　　　　【副】非常
hi.jo.u.ni.　　　　　　　　　　【類】大^{おお}いに

今日^{きょう}は非常^{ひじょう}に暑^{あつ}いです。
kyo.u.wa./hi.jo.u.ni./a.tsu.i.de.su.
今天非常地熱。

事情狀況篇

緊急

MP3
128

必備單字

緊急　きんきゅう　【名、形】緊急

ki.n.kyu.u.

緊急の場合はボタンを押してください。
きんきゅう　ばあい　　　　　　　　　お

ki.n.kyu.u.no./ba.a.i.wa./bo.ta.n.o./o.shi.te./ku.da.sa.i.

緊急的情況請按這個按鈕。

舉一反三

至急　しきゅう　【副】緊急、盡速、趕快

shi.kyu.u.　　【類】大至急　だいしきゅう

サンプルを至急手配してください。
　　　　　しきゅうてはい

sa.n.pu.ru.o./shi.kyu.u./te.ha.i./shi.te./ku.da.sa.i.

請盡速準備樣品。

非常事態　ひじょうじたい　【名】緊急狀態

hi.jo.u.ji.ta.i.　　【類】緊急事態　きんきゅうじたい

非常事態の準備ができている。
ひじょうじたい　じゅんび

hi.jo.u.ji.ta.i.no./ju.n.bi.ga./de.ki.te./i.ru.

已經準備好應付緊急狀態。

迫る　せま　【動】迫在眉睫、接近

se.ma.ru.

試験が迫っているからか全然眠れない。
しけん　せま　　　　　　　　ぜんぜんねむ

shi.ke.n.ga./se.ma.tte./i.ru.ka.ra./ze.n.ze.n./ne.mu.re.na.i.

考試已經接近了，完全睡不著。

拖延

必備單字

ダラダラ　　　　　【副】拖拖拉拉、慢吞吞

da.ra.da.ra.

宿 題をダラダラやっています。
しゅくだい

shu.ku.da.i.o./da.ra.da.ra./ya.tte./i.ma.su.

拖拖拉拉地寫功課。

舉一反三

のろのろ　　　　　【副】緩慢、磨蹭

no.ro.no.ro.

渋 滞 にはまり、 車 はのろのろと進んだ。
じゅうたい　　　　　くるま　　　　　　　　　すす

ju.u.ta.i.ni./ha.ma.ri./ku.ru.ma.wa./no.ro.no.ro.to./su.su.n.da.

碰上了塞車,車子緩慢地前進。

引き延ばす　　　　【動】拖延
ひ　の

hi.ki.no.ba.su.

返事をいつまでも引き延ばすわけにはいかない。
へんじ　　　　　　　　ひ　の

he.n.ji.o./i.tsu.ma.de.mo./hi.ki.no.ba.su./wa.ke.ni.wa./i.ka.na.i.

不能一直拖延著不回覆。

延期する　　　　　【動】延期
えんき
　　　　　　　　　　　　【類】保留する
e.n.ki./su.ru.　　　　　　　　ほりゅう

その会議は延期された。
かいぎ　えんき

so.no./ka.i.gi.wa./e.n.ki./sa.re.ta.

那個會議延期了。

有名

MP3
129

必備單字

有名　ゆうめい　　　　　【形】有名

yu.u.me.i.　　　　　　　　【類】著名　ちょめい

このお土産は有名ですか？　みやげ　ゆうめい

ko.no./o.mi.ya.ge.wa./yu.u.me.i.de.su.ka.

這個伴手禮有名嗎？

舉一反三

名高い　なだか　　　　　【形】著名、出名、聞名

na.da.ka.i.

軽井沢は避暑地として名高い。　かるいざわ　ひしょち　なだか

ka.ru.i.za.wa.wa./hi.sho.chi./to.shi.te./na.da.ka.i.

輕井澤以避暑聖地聞名。

噂の　うわさ　　　　　　【常】傳說中的

u.wa.sa.no.

せっかく北海道に行ったのに、噂のスープカレーは食べられなかった。　ほっかいどう　い　うわさ　た

se.kka.ku./ho.kka.i.do.u.ni./i.tta./no.ni./u.wa.sa.no./su.u.pu.ka.re.e.wa./ta.be.ra.re.na.ka.tta.

難得去了北海道，卻沒吃傳說中的咖哩湯。

知らないものはいない　し　【常】無人不知、眾所皆知

shi.ra.na.i./ mo.no.wa./i.na.i.　　【類】よく知られた　し

その事実を知らないものはいない。　じじつ　し

so.no./ji.ji.tsu.o./shi.ra.na.i./mo.no.wa./i.na.i.

那個事實是眾所皆知。

沒沒無聞

MP3 129

必備單字

無名 むめい
【名】默默無聞、不出名

mu.me.i.

彼は無名の役者です。 かれ むめい やくしゃ
ka.re.wa./mu.me.i.no./ya.ku.sha.de.su.
他是沒沒無聞的演員。

舉一反三

名もない な
【常】沒有名字、不知名

na.mo.na.i.

名もない小さなこの川が、隅田川につながっています。 な ちい かわ すみだがわ
na.mo.na.i./chi.i.sa.na./ko.no./ka.wa.ga./su.mi.da.ga.wa.ni./tsu.na.ga.tte./i.ma.su.
這條沒有名字的小河、和隅田川相連。

注目されない ちゅうもく
【常】不被注意、不受矚目

chu.u.mo.ku./sa.re.na.i.

この商品はまだ注目されていない。 しょうひん ちゅうもく
ko.no./sho.u.hi.n.wa./ma.da./shu.u.mo.ku./sa.re.te./i.na.i.
這商品還不受矚目。

知名度が低い ちめいど ひく
【常】知名度很低

chi.me.i.do.ga./hi.ku.i.

この会社は日本国内での知名度は低いですが、ヨーロッパでは かいしゃ にほんこくない ちめいど ひく
評価されているメーカーなのです。 ひょうか
ko.no./ka.i.sha.wa./ni.ho.n.ko.ku.na.i.de.no./chi.me.i.do.wa./hi.ku.i.de.su.ga./
yo.o.ro.ppa./de.wa./hyo.u.ka./sa.re.te./i.ru./me.e.ka.a./na.no.de.su.
這間公司在日本國內的知名度很低，但是在歐洲很獲好評的製造商。

相同、類似

必備單字

同じ 【形】相同

o.na.ji.

私 も同じ意見です。
wa.ta.shi.mo./o.na.ji./i.ke.n.de.su.
我也有相同的意見。

舉一反三

似る 【動】相似、像

ni.ru.

九 州 の形はアフリカ大陸に似ている。
kyu.u.shu.u.no./ka.ta.chi.wa./a.fu.ri.ka.ta.i.ri.ku.ni./ni.te./i.ru.
九州的形狀很像非洲大陸。

そっくり 【形、副】很相像

so.kku.ri.

彼女は母にそっくりだ。
ka.no.jo.wa./ha.ha.ni./so.kku.ri.da.
她很像母親。

瓜二つ 【名】長得一模一樣

u.ri.fu.ta.tsu.

あの姉妹は全く瓜二つだね。
a.no./shi.ma.i.wa./ma.tta.ku./u.ri.fu.ta.tsu.da.ne.
那對姊妹長得根本一模一樣。

不同

MP3
130

必備單字

違う（ちが）
【動】錯、不同

chi.ga.u.
【類】違い（ちが）

デザインと美術（びじゅつ）は似（に）ているが違（ちが）うものだ。

de.za.i.n.to./bi.ji.tsu.wa./ni.te./i.ru.ga./chi.ga.u./mo.no.da.

設計和美術雖然很像但卻是不同的。

舉一反三

相違（そうい）
【名】差異、差別

so.u.i.

この申込書（もうしこみしょ）の記載内容（きさいないよう）は事実（じじつ）と相違（そうい）があります。

ko.no./mo.u.shi.ko.mi.sho.no./ki.sa.i.na.i.yo.u.wa./ji.ji.tsu.to./so.u.i.ga./a.ri.ma.su.

這申請書的記載內容和事實有差異。

別（べつ）
【名】不同的、別的

be.tsu.

教科書（きょうかしょ）を読（よ）むことと、それを理解（りかい）することとは別（べつ）のことです。

kyo.u.ka.sho.o./yo.mu./ko.to.to./so.re.o./ri.ka.i./su.ru./ko.to.to.wa./be.tsu.no./ko.to.de.su.

看教科書和理解它，是兩碼子事。

格差（かくさ）
【名】差別、差異

ka.ku.sa.
【類】ギャップ

裕福（ゆうふく）な人々（ひとびと）と貧（まず）しい人々（ひとびと）との格差（かくさ）はますます広（ひろ）がっている。

yu.u.fu.ku.na./hi.to.bi.to.to./ma.zu.shi.i./hi.to.bi.to.to.no./ka.ku.sa.wa./ma.su.ma.su./hi.ro.ga.tte./i.ru.

有錢人和窮人的差別越來越大。

流行

MP3 131

必備單字

流行り
は や

ha.ya.ri.

【名】流行

【類】流行
りゅうこう

流行語というのはその年を代表する流行りの言葉です。
りゅうこうご　　　　　　　　とし　だいひょう　　　は や　　　ことば

ryu.u.ko.u.go./to.i.u./no.wa./so.no.to.shi.o./da.i.hyo.u./su.ru./ha.ya.ri.no./ko.to.ba.de.su.

所謂的流行語，是代表那個年代、流行的話語。

舉一反三

流行る
は や

ha.ya.ru.

【動】流行、盛行

このゲームは私たちが子供の頃に流行りました。
わたし　　こども　ころ　は や

ko.no./ge.e.mu.wa./wa.ta.shi.ta.chi.ga./ko.do.mo.no./ko.ro.ni./ha.ya.ri.ma.shi.ta.

這遊戲在我們孩堤時代流行過。

ブーム

bu.u.mu.

【名】熱潮

【類】トレンド

今はプチ整形がブームだ。
いま　　　　せいけい

i.ma.wa./pu.chi.se.i.ke.i.ga./bu.u.mu.da.

現在有微整型的熱潮。

人気
にんき

ni.n.ki.

【名】受歡迎

このバンドはますます人気が出てきた。
にんき　で

ko.no./ba.n.do.wa./ma.su.ma.su./ni.n.ki.ga./de.te./ki.ta.

這樂團漸漸地開始受歡迎。

過時保守

MP3
131

必備單字

時代遅れ
じだいおくれ
ji.da.i.o.ku.re.

【名】陳舊、迂腐、跟不上時代
【類】時代錯誤
じだいさくご

彼らの考え方は時代遅れだ。
かれ かんが かた じだいおくれ
ka.re.ra.no./ka.n.ga.e.ka.ta.wa./ji.da.i.o.ku.re.da.
他們的想法已經跟不上時代了。

舉一反三

アナログ
a.na.ro.gu.

【名】舊時代的、類比式的
【類】時代に合わない
じだい あ

私はアナログの人間で、パソコンもスマホも使いこなせません。
わたし にんげん つか
wa.ta.shi.wa./a.na.ro.gu.no./ni.n.ge.n.de./pa.so.ko.n.mo./su.ma.ho.mo./tsu.
ka.i.ko.na.se.ma.se.n.
我是舊時代的人，不管是電腦還是智慧型手機都不太上手。

古い
ふる
fu.ru.i.

【形】陳舊
【類】古臭い
ふるくさ

顧問の考えが古くて困ります。
こもん かんが ふる こま
ko.mo.n.no./ka.n.ga.e.ga./fu.ru.ku.te./ko.ma.ri.ma.su.
顧問的想法很陳舊，讓人困擾。

保守的
ほしゅてき
ho.shu.te.ki.

【形】保守的
【類】革命的
かくめいてき

映画会社は新作の投資に保守的な態度を見せている。
えいががいしゃ しんさく とうし ほしゅてき たいど み
e.i.ga.ga.i.sha.wa./shi.n.sa.ku.no./to.u.shi.ni./ho.shu.te.ki.na./ta.i.do.o./mi.se.te./
i.ru.
電影公司對投資新作品，呈現保守的態度。

感動

必備單字

感動する　　　　【動】感動
かんどう

ka.n.do.u./su.ru.

私は彼女の優しさに感動した。
わたし　かのじょ　やさ　　　　かんどう

wa.ta.shi.wa./ka.no.jo.no./ya.sa.shi.sa.ni./ka.n.do.u./shi.ta.

我被她的體貼感動。

舉一反三

胸が熱くなる　　　【常】心頭一熱
むね　あつ

mu.ne.ga./a.tsu.ku./na.ru.　【類】ぐっとくる

戦う選手の姿には、思わず胸が熱くなった。
たたか　せんしゅ　すがた　　　おも　　むね　あつ

ta.ta.ka.u./se.n.shu.no./su.ga.ta.ni.wa./o.mo.wa.zu./mu.ne.ga./a.tsu.ku./na.tta.

看到選手們奮戰的樣子，忍不住心頭一熱。

しみじみ　　　　【副】深切感受

shi.mi.ji.mi.　　　【類】ぐんと

この映画を見て、戦争の恐ろしさがしみじみ分かった。
えいが　み　　せんそう　おそ　　　　　　　　わ

ko.no./e.i.ga.o./mi.te./se.n.so.u.no./o.so.ro.shi.sa.ga./shi.mi.ji.mi./wa.ka.tta.

看了這部電影，深切感受到戰爭的恐怖。

ジーンと　　　　【副】動容

ji.i.n.to.

被害者の言葉にジーンときた。
ひがいしゃ　ことば

hi.ga.i.sha.no./ko.to.ba.ni./ji.i.n.to./ki.ta.

受害者的話讓人動容。

無感覺

MP3
132

必備單字

感じない　　　　　　【常】感受不到

ka.n.ji.na.i.

手が寒くて痛みを感じない。

te.ga./sa.mu.ku.te./i.ta.mi.o./ka.n.ji.na.i.

太冷了，手感受不到痛。

舉一反三

響かない　　　　　　【常】沒共鳴

hi.bi.ka.na.i.

このストーリーは私の心に響かない。

ko.no./su.to.o.ri.i.wa./wa.ta.shi.no./ko.ko.ro.ni./hi.bi.ka.na.i.

這故事不能讓我產生共鳴。

共感できない　　　　【常】無法同意、沒有同感

kyo.u.ka.n./de.ki.na.i.

私はその話に共感できない。

wa.ta.shi.wa./so.no./ha.na.shi.ni./kyo.u.ka.n./de.ki.na.i.

我對那句話沒有同感。

ピンと来ない　　　　【常】無法共鳴、無法體會

pi.n.to./ko.na.i.

この本、私にはあまりピンと来ない内容だったんです。

ko.no.ho.n./wa.ta.shi./ni.wa./a.ma.ri./pi.n.to./ko.na.i./na.i.yo.u./da.tta.n.de.su.

這本書的內容我無法體會。

安靜

MP3
133

必備單字

静か　　　　　　【形】安靜
し ず

shi.zu.ka.

静かにしてください。
し ず

shi.zu.ka.ni./shi.te./ku.da.sa.i.

請安靜。

舉一反三

静寂　　　　　　【名】寂靜
せいじゃく

se.i.ja.ku.　　　　　【類】無音
　　　　　　　　　　　　　　　 む おん

悲鳴で静寂がやぶられた。
ひ めい　せいじゃく

hi.me.i.de./se.i.ja.ku.ga./ya.bu.ra.re.ta.

哀嚎劃破了寂靜。

黙る　　　　　　【動】沉默
だま

da.ma.ru.　　　　　【類】だんまり、だまり、無言
　　　　　　　　　　　　　　　　　　　　　　　　　 む ごん

何と言ってよいかわからなかったので、私は黙っていた。
なん　い　　　　　　　　　　　　　　　　　　　　　わたし　だま

na.n.to./i.tte./yo.i.ka./wa.ka.ra.na.ka.tta./no.de./wa.ta.shi.wa./da.ma.tte./i.ta.

不知該說什麼好，於是我保持沉默。

シーンと　　　　【副】鴉雀無聲

shi.i.n.to.

コンサートが始まると、会場中がシーンとなった。
　　　　　　　　はじ　　　　　かいじょうちゅう

ko.n.sa.a.to.ga./ha.ji.ma.ru.to./ka.i.jo.u.chu.u.ga./shi.i.n.to./na.tta.

演唱會開始後，會場鴉雀無聲。

熱鬧、吵

MP3 133

必備單字

うるさい　　　　　【形】吵、囉嗦

u.ru.sa.i.

騒音（そうおん）がうるさくて私（わたし）は眠（ねむ）れない。

so.u.o.n.ga./u.ru.sa.ku.te./wa.ta.shi.wa./ne.mu.re.na.i.

噪音太吵了讓我無法睡。

舉一反三

賑（にぎ）やか　　　　　【形】熱鬧

ni.gi.ya.ka.

町（まち）はお祭（まつ）りで賑（にぎ）やかだ。

ma.chi.wa./o.ma.tsu.ri.de./ni.gi.ya.ka.da.

鎮上因慶典而很熱鬧。

騒音（そうおん）　　　　　【名】噪音

so.u.o.n.　　　　　【類】ノイズ

近所（きんじょ）の工事（こうじ）の騒音（そうおん）でいらいらする。

ki.n.jo.no./ko.u.ji.no./so.u.o.n.de./i.ra.i.ra./su.ru.

因附近的工程噪音而覺得煩躁。

ざわつく　　　　　【動】騷動、沸沸揚揚、鬧哄哄

za.wa.tsu.ku.

大（だい）スターが来（き）たので会場（かいじょう）がざわついた。

da.i.su.ta.a.ga./ki.ta./no.de./ka.i.jo.u.ga./za.wa.tsu.i.ta.

因為大明星來了，引起會場一陣騷動。

真正

MP3
134

必備單字

_{ほんもの}
本物　　　　　　　　　　【動】真貨、貨真價實、真的

ho.n.mo.no.

この_{ぞうか}造花はまるで_{ほんもの}本物のようだ。

ko.no./zo.u.ka.wa./ma.ru.de./ho.n.mo.no.no./yo.u.da.

這人造花看起來像真的一樣。

舉一反三

_{しょうしんしょうめい}
正真正銘　　　　　【名】真正的、道地的、如假包換

sho.u.shi.n.sho.u.me.i.

これは_{しょうしんしょうめい}正真正銘のオーガニック_{やさい}野菜です。_{わたし}私が_{ほしょう}保証します。

ko.re.wa./sho.u.shi.n.sho.u.me.i.no./o.o.ga.ni.kku./ya.sa.i.de.su./wa.ta.shi.ga./
ho.sho.u./shi.ma.su.

這是真正的有機蔬菜。我可以保證。

_{ほんとう}
本当　　　　　　　【名】真的

ho.n.to.u.

それは_{ほんとう}本当ですか？_{うそ}嘘ですか？

so.re.wa./ho.n.to.u.de.su.ka./u.so.de.su.ka.

那是真的還是騙人的？

_{ほんね}
本音　　　　　　　【名】實話、真心話

ho.n.ne.　　　　　　　【類】_{ほんしん}本心

_{かれ}彼の_{はつげん}発言は_{ほんね}本音ではない。

ka.re.no./ha.tsu.ge.n.wa./ho.n.ne./de.wa.na.i.

他的發言不是真心話。

假的

MP3
134

必備單字

偽物
にせもの

ni.se.mo.no.

【動】假貨、贋品

【類】盗作
とうさく

このダイヤは偽物です。
にせもの

ko.no./da.i.ya.wa./ni.se.mo.no.de.su.

這鑽石是假貨。

舉一反三

パクる

pa.ku.ru.

【動】盗用

本人がストーリーをパクったことを認めた。
ほんにん　　　　　　　　　　　　　　　　みと

ho.n.ni.n.ga./su.to.o.ri.o./pa.ku.tta./ko.to.o./mi.to.me.ta.

他本人承認盜用了故事。

真似
まね

ma.ne.

【名】模仿

【類】模倣
もほう

子供は親の真似をする。
こども　おや　まね

ko.do.mo.wa./o.ya.no./ma.ne.o./su.ru.

小孩會模仿父母。

いかさま

i.ka.sa.ma.

【名、形】欺騙、假的

怪しい外人にいかさま物を売りつけられた。
あや　がいじん　　　　　　　もの　う

a.ya.shi.i./ga.i.ji.n.ni./i.ka.sa.ma./mo.no.o./u.ri.tsu.ke.ra.re.ta.

被可疑的外國人強迫推銷了假貨。

明亮

MP3 135

必備單字

明^{あか}るい　　　　　　　【形】明亮

a.ka.ru.i.

この部屋^{へや}は狭^{せま}いけれど明^{あか}るいです。

ko.no./he.ya.wa./se.ma.i./ke.re.do./a.ka.ru.i.de.su.

這房間雖然窄，但很明亮。

舉一反三

眩^{まぶ}しい　　　　　　　【形】耀眼、眩目、刺眼

ma.bu.shi.i.　　　　　　　【類】まばゆい

朝^{あさ}の日差^{ひざ}しがとても眩^{まぶ}しい。

a.sa.no./hi.za.shi.ga./to.te.mo./ma.bu.shi.i.

早上的陽光十分刺眼。

輝^{かがや}く　　　　　　　【動】閃耀、閃亮

ka.ga.ya.ku.

空一面^{そらいちめん}に星^{ほし}が輝^{かがや}いてる。

so.ra./i.chi.me.n.ni./ho.shi.ga./ka.ga.ya.i.te./i.ru.

滿天的星星閃耀著。

ピカピカ　　　　　　　【副】亮晶晶

pi.ka.pi.ka.　　　　　　　【類】キラキラ

靴^{くつ}をピカピカに磨^{みが}いた。

ku.tsu.o./pi.ka.pi.ka.ni./mi.ga.i.ta.

把鞋子擦得亮晶晶。

黑暗

必備單字

MP3
135

暗い （くら）　　　　　　　【形】暗

ku.ra.i.

もう6時（ろくじ）過（す）ぎてるよ。外（そと）はもう暗（くら）いでしょう。

mo.u./ro.ku.ji./su.gi.te.ru.yo./so.to.wa./mo.u./ku.ra.i.de.sho.u.

已經過6點了。外面天已經暗了吧。

舉一反三

薄暗い （うすぐら）　　　　　【形】陰暗、昏暗

u.su.gu.ra.i.

薄暗（うすぐら）いところで読書（どくしょ）をすると目（め）が疲（つか）れる。

u.su.gu.ra.i./to.ko.ro.de./do.ku.sho.o./su.ru.to./me.ga./tsu.ka.re.ru.

在昏暗的地方讀書的話，眼睛容易疲勞。

真っ暗 （ま）（くら）　　　　　【名】漆黑、烏黑
　　　　　　　　　　　　　　【類】ダーク

ma.kku.ra.

この辺（あた）りは夜（よる）は真（ま）っ暗（くら）だ。

ko.no./a.ta.ri.wa./yo.ru.wa./ma.kku.ra.da.

這附近一片漆黑。

影 （かげ）　　　　　　　　　【名】影子
　　　　　　　　　　　　　　【類】闇（やみ）

ka.ge.

夕日（ゆうひ）に選手（せんしゅ）たちの影（かげ）が長（なが）く伸（の）びた。

yu.u.hi.ni./se.n.shu.ta.chi.no./ka.ge.ga./na.ga.ku./no.bi.ta.

夕陽將選手們的影子拉得很長。

源源不絕

MP3
136

必備單字

どんどん 【副】源源不絕、接連不斷

do.n.do.n.

参加者<ruby>参加者<rt>さんかしゃ</rt></ruby>がどんどん増<ruby>増<rt>ふ</rt></ruby>えてきた。

sa.n.ka.sha.ga./do.n.do.n./fu.e.te./ki.ta.

參加者不斷地增加。

舉一反三

次々<ruby>次々<rt>つぎつぎ</rt></ruby>と 【副】接二連三、接連不斷

tsu.gi.tsu.gi.to.
【類】次<ruby>次<rt>つぎ</rt></ruby>から次<ruby>次<rt>つぎ</rt></ruby>へと

次々<ruby>次々<rt>つぎつぎ</rt></ruby>と客<ruby>客<rt>きゃく</rt></ruby>が来<ruby>来<rt>き</rt></ruby>た。

tsu.gi.tsu.gi.to./kya.ku.ga./ki.ta.

客人接二連三地到來。

絶え間<ruby>絶え間<rt>た ま</rt></ruby>なく 【形】不間斷、不斷

ta.e.ma.na.ku.

雨<ruby>雨<rt>あめ</rt></ruby>は絶え間<ruby>絶え間<rt>た ま</rt></ruby>なく降<ruby>降<rt>ふ</rt></ruby>っている。

a.me.wa./ta.e.ma.na.ku./fu.tte./i.ru.

雨不斷地下。

連続<ruby>連続<rt>れんぞく</rt></ruby>する 【動】連續

re.n.zo.ku./su.ru.

物事<ruby>物事<rt>ものごと</rt></ruby>が連続<ruby>連続<rt>れんぞく</rt></ruby>して起<ruby>起<rt>お</rt></ruby>こった。

mo.no.go.to.ga./re.n.zo.ku./shi.te./o.ko.tta.

事情接連發生。

一點點

MP3
136

ちょっぴり　　　【副】一點點、稍稍

cho.ppi.ri.

この料理にはにんにくがちょっぴり使ってある。
ko.no./ryo.u.ri./ni.wa./ni.n.ni.ku.ga./ccho.ppi.ri./tsu.ka.tte./a.ru.
這道菜用了一點點大蒜。

舉一反三

少し　　　　　【副】一點點、少許
su.ko.shi.　　　　【類】少々

彼は水を少し飲んだ。
ka.re.wa./mi.zu.o./su.ko.shi./no.n.da.
他喝了一點點水。

ちょっと　　　【副】稍微、有一點
cho.tto.　　　　　【類】ちょっとだけ

お菓子を買おうと思ったけど、お金がちょっと足りなかった。
o.ka.shi.o./ka.o.u.to./o.mo.tta./ke.do./o.ka.ne.ga./cho.tto./ta.ri.na.ka.tta.
本來想買零食，但錢稍微不夠。

わずか　　　　【副】僅僅、些微
wa.zu.ka.

私のチームはわずかの差で勝った。
wa.ta.shi.no./chi.i.mu.wa./wa.zu.ka.no./sa.de./ka.tta.
我隊險勝。

大致、幾乎

MP3
137

ほとんど　　　　【副】幾乎

ho.to.n.do.

仕事_{しごと}をほとんど終_おえた。

shi.go.to.o./ho.to.n.do./o.e.ta.

工作幾乎都做完了。

舉一反三

おおよそ　　　　【副】大約、大致

o.o.yo.so.

私_{わたし}はその内容_{ないよう}をおおよそ理解_{りかい}できた。

wa.ta.shi.wa./so.no./na.i.yo.u.o./o.o.yo.so./ri.ka.i./de.ki.ta.

我大致理解了那個內容。

概_{おおむ}ね　　　　【副】大概、大致
　　　　　　　　　　　【類】大部分_{だいぶぶん}

o.o.mu.ne.

そのデザインは概_{おおむ}ね決_きまった。

so.no./de.za.i.n.wa./o.o.mu.ne./ki.ma.tta.

那個設計已大致決定了。

ほぼ　　　　　　【副】幾乎

ho.bo.

工事_{こうじ}はほぼ完成_{かんせい}した。

ko.u.ji.wa./ho.bo./ka.n.se.i./shi.ta.

工程幾乎完成了。

完全、根本

MP3 137

全然
ze.n.ze.n.

【副】完全、一點也不
【類】完全に

^{わたし ぜんぜんえいご りかい}
私 は全然英語が理解できない。
wa.ta.shi.wa./ze.n.ze.n./e.go.ga./ri.ka.i./de.ki.na.i.
我完全不懂英文。

まったく
ma.tta.ku.

【副】全然、簡直
【類】すっかり

^{がまん}
まったく我慢できない。
ma.tta.ku./ga.ma.n./de.ki.na.i.
簡直無法忍耐。

無理
mu.ri.

【形、名】根本不可能、辦不到

^{さら いちじかん むり}
更に1時間は無理だ。
sa.ra.ni./i.chi.ji.ka.n.wa./mu.ri.da.
要再1小時是根本不可能的。

まるで
ma.ru.de.

【副】就像是、就如同

^{え しゃしん}
この絵はまるで写真みたいですね。
ko.no.e.wa./ma.ru.de./sha.shi.n./mi.ta.i.de.su.ne.
這幅畫就像是照片一樣。

有錢

必備單字

MP3
138

お金持ち 　　　　【名】有錢人

o.ka.ne.mo.chi.

彼女はお金持ちになることを夢見ている。

ka.no.jo.wa./o.ka.ne.mo.chi.ni./na.ru./ko.to.o./yu.me.mi.te./i.ru.

她夢想能成為有錢人。

舉一反三

セレブ 　　　　　　【名】名流
se.re.bu. 　　　　　　【類】お嬢さん、坊っちゃん

彼は、セレブみたいな生活ができるのですか？

ka.re.wa./se.re.bu./mi.ta.i.na./se.i.ka.tsu.ga./de.ki.ru.no./de.su.ga.

他能過名流般的生活嗎？

億万長者 　　　　　【名】億萬富翁
o.ku.ma.n.cho.u.ja. 　【類】富裕層

彼はいくつかのホテルを持っている億万長者だ。

ka.re.wa./i.ku.tsu.ka.no./ho.te.ru.o./mo.tte./i.ru./o.ku.ma.n.cho.u.ja.da.

他是擁有好幾個飯店的億萬富翁。

裕福 　　　　　　　【名、形】富裕
yu.u.fu.ku.

彼女は、裕福な家に生まれた。

ka.no.jo.wa./yu.u.fu.ku.na./i.e.ni./u.ma.re.ta.

她出生在富裕的家庭。

貧窮

MP3 138

必備單字

貧乏 びんぼう 【名、形】貧窮

bi.n.bo.u.

ちち わか ころ びんぼう くろう
父は若い頃、貧乏で苦労した。
chi.chi.wa./wa.ka.i.ko.ro./bi.n.bo.u.de./ku.ro.u./shi.ta.
父親年輕時因貧窮而吃了不少苦。

舉一反三

貧乏人 びんぼうにん 【名】窮人

bi.n.bo.u.ni.n.

かれ かね びんぼうにん くば
彼はお金を貧乏人に配った。
ka.re.wa./o.ka.ne.o./bi.n.bo.u.ni.n.ni./ku.ba.tta.
他把錢分給窮人。

貧しい まず 【形】窮、貧困

ma.zu.shi.i.

【類】貧乏くさい びんぼう

かぞく まず せいかつ だれ ふこう おも
家族と貧しい生活をしているけど、誰も不幸だなんて思わない。
ka.zo.ku.to./ma.zu.shi.i./se.i.ka.tsu.o./shi.te./i.ru./ke.do./da.re.mo./fu.ko.u.da./
na.n.te./o.mo.wa.na.i.
家人雖過著貧困的生活，但沒有人覺得不幸。

金欠 きんけつ 【名】缺錢

ki.n.ke.tsu.

あたら ほ こんげつ きんけつ
新しいカメラが欲しいけど今月も金欠です。
a.ta.ra.shi.i./ka.me.ra.ga./ho.shi.i./ke.do./ko.n.ge.tsu.mo./ki.n.ke.ts.de.su.
雖然想要新相機，但這個月也缺錢。

忙碌

MP3
139

必備單字

忙しい　　　　　【形】忙碌
いそが

i.so.ga.shi.i.

最近は引越しで忙しいです。
さいきん　ひっこ　　いそが

sa.i.ki.n.wa./hi.kko.shi.de./i.so.ga.shi.i.de.su.
最近忙著搬家。

舉一反三

猫の手も借りたい　　【常】忙不過來
ねこ　て　　か

ne.ko.no.te.mo./ka.ri.ta.i.

年末は猫の手も借りたいほど忙しくなる。
ねんまつ　ねこ　て　か　　　　いそが

ne.n.ma.tsu.wa./ne.ko.no.te.mo./ka.ri.ta.i./ho.do./i.so.ga.shi.ku.na.ru.
年末會變得忙不過來。

目が回る　　　　　【常】(忙得) 暈頭轉向
め　まわ

me.ga./ma.wa.ru.

忙しくて目が回る。
いそが　　　め　まわ

i.so.ga.shi.ku.te./me.ga./ma.wa.ru.
忙得暈頭轉向。

手が塞がる　　　　【常】正在做某件事、正在忙
て　ふさ

te.ga./fu.sa.ga.ru.

今手が塞がっていて手伝えない。ごめん。
いまて　ふさ　　　　　　てつだ

i.ma./te.ga./fu.sa.ga.tte./i.te./te.tsu.da.e.na.i./go.me.n.
現在正在忙所以不能幫你忙，對不起。

悠閒、無事可做

暇（ひま） 【形】閒

hi.ma.

昨日（きのう）は暇（ひま）だったからケーキを作（つく）った。
ki.no.u.wa./hi.ma./da.tta./ka.ra./ke.e.ki.o./tsu.ku.tta.
昨天很閒所以做了蛋糕。

手（て）が空（あ）く 【常】有空

te.ga./a.ku.

今手（いまて）が空（あ）いていますか？
i.ma./te.ga./a.i.te./i.ma.su.ka.
現在有空嗎？

ぶらぶら 【副】閒晃

bu.ra.bu.ra.

私（わたし）たちは商店街（しょうてんがい）をぶらぶらした。
wa.ta.shi.ta.chi.wa./sho.u.te.n.ga.i.o./bu.ra.bu.ra./shi.ta.
我們在商店街閒晃。

のんびり 【副】悠閒、悠哉

no.n.bi.ri.

週末（しゅうまつ）は家（いえ）でのんびり過（す）ごした。
shu.u.ma.tsu.wa./i.e.de./no.n.bi.ri./su.go.shi.ta.
週末在家悠閒地度過。

公正

MP3
140

必備單字

正義
せいぎ
se.i.gi.

【名】正義

【反】不正（非法）
ふせい

私たちは正義のために戦っている。
わたし　　　　せいぎ　　　　　　　たたか

wa.ta.shi.ta.chi.wa./se.i.gi.no./ta.me.ni./ta.ta.ka.tte./i.ru.

我們正為了正義而戰。

舉一反三

公正
こうせい
ko.u.se.i.

【形、名】公平、公正

【反】不公平（不公平）
ふこうへい

先生はその問題を公正に判断しなければならない。
せんせい　　　　もんだい　こうせい　はんだん

se.n.se.i.wa./so.no./mo.n.da.i.o./ko.u.se.i.ni./ha.n.da.n./shi.na.ke.re.ba./na.ra.na.i.

老師必需要公平地判斷那個問題。

客観的
きゃっかんてき
kya.kka.n.te.ki.

【形】客觀

【反】主観的（主觀）
しゅかんてき

客観的な意見をお聞かせください。
きゃっかんてき　いけん　　　き

kya.kka.n.te.ki.na./i.ke.n.o./o.ki.ka.se./ku.da.sa.i.

請給我客觀的意見。

平等
びょうどう
byo.u.do.u.

【形、名】平等、一視同仁

【反】差別する（歧視）
さべつ

部長は部下に平等に接している。
ぶちょう　ぶか　びょうどう　せっ

bu.cho.u.wa./bu.ka.ni./byo.u.do.u.ni./se.sshi.te./i.ru.

部長對待部下一視同仁。

物品狀態篇

乾燥

MP3
141

必備單字

乾燥　　　　　　　　【名】乾燥

かんそう

ka.n.so.u.

乾燥でのどが痛くなった。

かんそう　　　　いた

ka.n.so.u.de./no.do.ga./i.ta.ku./na.tta.

因乾燥喉嚨變痛。

舉一反三

枯れる　　　　　　　　【動】乾枯

か

ka.re.ru.

鉢植えの花が枯れてしまった。

はちうえ　　はな　か

ha.chi.u.e.no./ha.na.ga./ka.re.te./shi.ma.tta.

盆栽的花枯了。

カサカサ　　　　　　　【副】乾巴巴、乾燥

ka.sa.ka.sa.

空気の乾燥のせいで肌がカサカサになった。

くうき　かんそう　　　　はだ

ku.u.ki.no./ka.n.so.u.no./se.i.de./ha.da.ga./ka.sa.ka.sa.ni./na.tta.

因為空氣乾燥，皮膚變得乾巴巴的。

乾く　　　　　　　　　【動】乾燥、乾渴

かわ

ka.wa.ku.

最近、雨の日が多くて洗濯物が乾かない。

さいきん　あめ　ひ　おお　せんたくもの　かわ

sa.i.ki.n./a.me.no.hi.ga./o.o.ku.te./se.n.ta.ku.mo.no.ga./ka.wa.ka.na.i.

最近雨天很多，晒的衣服都不乾。

潮濕

必備單字

じめじめ 　　　　　【副】潮濕、濕漉漉的

ji.me.ji.me.

梅雨のじめじめした天気が続いています。

tsu.yu.no./ji.me.ji.me./shi.ta./te.n.ki.ga./tsu.zu.i.te./i.ma.su.

梅雨潮濕的天氣一直持續著。

舉一反三

ぬるぬる 　　　　　【副】黏滑、濕滑

nu.ru.nu.ru.

昨日の雨で地面がぬるぬるになった。

ki.no.u.no./a.me.de./ji.me.n.ga./nu.ru.nu.ru.ni./na.tta.

昨天下雨地上濕濕滑滑的。

しっとり 　　　　　【副】濕潤、滋潤

shi.tto.ri.

ローションで肌をしっとりさせた。

ro.o.sho.n.de./ha.da.o./shi.tto.ri./sa.se.ta.

用乳液讓皮膚變得滋潤。

潤う 　　　　　【動】潤澤、濕潤

u.ru.o.u. 　　　　　【類】湿り気

雨で畑が潤った。

a.me.de./ha.ta.ke.ga./u.ru.o.tta.

下雨讓田地變得潤澤。

冷

MP3
142

必備單字

寒い　　　　　　　　　【形】冷

sa.mu.i.

外は寒いから家で遊ぼうよ。
so.to.wa./sa.mu.i./ka.ra./i.e.de./a.so.bo.u.yo.
外面很冷，在家玩吧。

舉一反三

冷える　　　　　　　　【動】感覺冷、寒冷、變冷

hi.e.ru.　　　　　　　　　【類】凍える

朝晩は冷えるので、暖かくしてお過ごしください。
a.sa.ba.n.wa./hi.e.ru./no.de./a.ta.ta.ka.ku./shi.te./o.su.go.shi./ku.da.sa.i.
早晚會變冷，請注意日常生活保暖。

冷え込む　　　　　　　【動】驟冷、受寒

hi.e.ko.mu.

今朝は一段と冷え込んだ。
ke.sa.wa./i.chi.da.n.to./hi.e.ko.n.da.
今早變得更冷。

寒さ　　　　　　　　　【名】寒冷

sa.mu.sa.　　　　　　　　【類】寒気

体の芯まで凍えるほどの冬の寒さを感じた。
ka.ra.da.no./shi.n./ma.de./ko.go.e.ru./ho.do.no./fu.yu.no./sa.mu.sa.o./ka.n.ji.ta.
感受到冬天連骨頭都凍僵的寒冷。

熱

必備單字

暑い　　　　　【形】熱
あつ

a.tsu.i.

まだまだ暑い日が続いている。
あつ　ひ　つづ

ma.da.ma.da./a.tsu.i./hi.ga./tsu.zu.i.te./i.ru.
炎熱的日子還持續著。

舉一反三

蒸し暑い　　　　【形】濕熱、悶熱
む　あつ

mu.shi.a.tsu.i.　　　【類】ムシムシ

この国の夏は、蒸し暑くジメジメとしたシーズンです。
くに　なつ　む　あつ

ko.no./ku.ni.no./na.tsu.wa./mu.shi.a.tsu.ku./ji.me.ji.me./to.shi.ta./shi.i.zu.n.de.su.
這國家的夏天是悶熱潮濕的季節。

炎天下　　　　【名】烈日下
えんてんか

e.n.te.n.ka.

彼らは朝から炎天下で作業して熱中症になった。
かれ　あさ　えんてんか　さぎょう　ねっちゅうしょう

ka.re.ra.wa./a.sa./ka.ra./e.n.te.n.ka.de./sa.gyo.u./shi.te./ne.cchu.u.sho.u.ni./
na.tta.
他們從早上就在烈日下工作，所以中暑了。

猛暑　　　　【名】酷暑
もうしょ

mo.u.sho.　　　　【類】酷暑
こくしょ

猛暑で水不足が深刻になった。
もうしょ　みずぶそく　しんこく

mo.u.sho.de./mi.zu.bu.so.ku.ga./shi.n.ko.ku.ni./na.tta.
因為酷暑，所以缺水情況也變得嚴重。

冰涼

必備單字

冷たい 【形】冷的、冰涼

tsu.me.ta.i.

何か冷たい飲み物はいかがですか？

na.ni.ka./tsu.me.ta.i./no.mi.mo.no.wa./i.ka.ga.de.su.ka.

要不要來點冷飲？

舉一反三

ひんやり 【副】涼爽、冰涼

hi.n.ya.ri.

冷房のひんやりした空気が気持ちいい。

re.i.bo.u.no./hi.n.ya.ri./shi.ta./ku.u.ki.ga./ki.mo.chi./i.i.

冷氣冰涼的空氣感覺很舒服。

涼しい 【形】涼快

su.zu.shi.i.

今日は曇っていて少し涼しい。

kyo.u.wa./ku.mo.tte./i.te./su.ko.shi./su.zu.shi.i.

今天是陰天比較涼快。

冷める 【動】冷掉

sa.me.ru.

コーヒーが冷める前に飲んでください。

ko.o.hi.i.ga./sa.me.ru./ma.e.ni./no.n.de./ku.da.sa.i.

在咖啡冷掉之前請喝。

燙

MP3
143

必備單字

熱い 【形】熱、燙
あつ

a.tsu.i.

暑いときに熱いものは食べたくない。
あつ　　　　　あつ　　　　　た

a.tsu.i./to.ki.ni./a.tsu.i./mo.no.wa./ta.be.ta.ku.na.i.

熱的時候就不想吃燙的食物。

舉一反三

熱々 【副】熱騰騰
あつあつ

a.tsu.a.tsu.

焼き立ての熱々のパンが食べたい。
や　た　　　あつあつ　　　　　た

ya.ki.ta.te.no./a.tsu.a.tsu.no./pa.n.ga./ta.be.ta.i.

想吃剛烤好熱騰騰的麵包。

湯気 【名】熱氣、蒸氣
ゆ げ

yu.ge.

湯気でめがねが曇った。
ゆ げ　　　　　　　　くも

yu.ge.de./me.ga.ne.ga./ku.mo.tta.

蒸氣讓眼鏡起霧。

沸騰 【名】沸騰
ふっとう

fu.tto.u.

お鍋の水が沸騰してから卵を入れる。
なべ　みず　ふっとう　　　　　たまご　い

o.na.be.no./mi.zu.ga./fu.tto.u./shi.te./ka.ra./ta.ma.go.o./i.re.ru.

鍋裡的水沸騰後把蛋加進去。

天然

MP3
144

必備單字

自然 しぜん 【形、名】自然、天生

shi.ze.n.

この料理に自然の甘みを感じた。
ko.no./ryo.u.ri.ni./shi.ze.n.no./a.ma.mi.o./ka.n.ji.ta.
這道料理可以感受到自然的甜味。

舉一反三

天然 てんねん 【名、形】天然

te.n.ne.n.

このクリームは、天然のオイルを使っている。
ko.no./ku.ri.i.mu.wa./te.n.ne.n.no./o.i.ru.o./tsu.ka.tte./i.ru.
這鮮奶油是用天然的油。

大自然 だいしぜん 【名】大自然

da.i.shi.ze.n.

大自然の中で過ごすことが大好きです。
da.i.shi.ze.n.no./na.ka.de./su.go.su./ko.to.ga./da.i.su.ki.de.su.
很喜歡在大自然中生活。

ナチュラル 【形】自然

na.chu.ra.ru.

今日はナチュラルなメイクがしたい。
kyo.u.wa./na.chu.ra.ru.na./me.i.ku.ga./shi.ta.i.
今天想上自然的妝。

人工

必備單字

人工
じんこう
ji.n.ko.u.

【形】人工
【類】不自然
ふしぜん

市内のテーマパークには人工のビーチがあります
しない　　　　　　　　　　　　　　　じんこう
shi.na.i.no./te.e.ma.pa.a.ku./ni.wa./ji.n.ko.u.no./bi.i.chi.ga./a.ri.ma.su.
市區裡的主題樂園有人工海灘。

舉一反三

加工
かこう
ka.ko.u.

【名】加工

スマホで撮った写真をアプリで加工してみた。
　　　　と　　しゃしん　　　　　かこう
su.ma.ho.de./to.tta./sha.shi.n.o./a.pu.ri.de./ka.ko.u./shi.te./mi.ta.
試著用 APP 加工手機拍的照片。

人為的
じんいてき
ji.n.i.te.ki.

【形】人工、人為

今回の衝突事故は人為的ミスの可能性がある。
こんかい　しょうとつじこ　じんいてき　　かのうせい
ko.n.ka.i.no./sho.u.to.tsu.ji.ko.wa./ji.n.i.te.ki./mi.su.no./ka.no.u.se.i.ga./a.ru.
這次的追撞意外有可能是人為疏失。

製造
せいぞう
se.i.zo.u.

【名】製造
【類】生産
せいさん

友達はお菓子を製造する会社で働いている。
ともだち　　かし　せいぞう　　　かいしゃ　はたら
to.mo.da.chi.wa./o.ka.shi.o./se.i.zo.u./su.ru./ka.i.sha.de./ha.ta.ra.i.te./i.ru.
朋友在製造零食的公司工作。

硬

必備單字

硬い　　　　　　　【形】硬
ka.ta.i.　　　　　　　【類】固い、堅い、硬直

ベッドが硬くて、夜中に何回も目が覚めた。
be.ddo.ga./ka.ta.ku.te./yo.na.ka.ni./na.n.ka.i.mo./me.ga./sa.me.ta.
床太硬，晚上醒了好幾次。

舉一反三

カチカチ　　　　　　【副】硬梆梆
ka.chi.ka.chi.　　　　　【類】カッチンコッチン

アイスが凍りすぎてカチカチに固くなった。
a.i.su.ga./ko.o.ri.su.gi.te./ka.chi.ka.chi.ni./ka.ta.ku.na.tta.
冰淇淋冰太久了，變得硬梆梆。

パリパリ　　　　　　【副】脆
pa.ri.pa.ri.

薄焼きせんべいがパリパリしていておいしいです。
u.su.ya.ki.se.n.be.i.ga./pa.ri.pa.ri./shi.te./i.te./o.i.shi.i.de.su.
薄燒仙貝脆脆的很好吃。

ごわごわ　　　　　　【副】強韌、不滑順
go.wa.go.wa.

髪がごわごわでまとまらない。
ka.mi.ga./go.wa.go.wa.de./ma.to.ma.ra.na.i.
頭髮很不滑順，不好整理。

軟

MP3
145

必備單字

柔らかい 　　　　　【形】柔軟、柔嫩
やわ

ya.wa.ra.ka.i.

昨日買った牛肉はとても柔らかい。
きのうか　　ぎゅうにく　　　　　やわ

ki.no.u./ka.tta./gyu.u.ni.ku.wa./to.te.mo./ya.wa.ra.ka.i.

昨天買的牛肉非常嫩。

舉一反三

ふわふわ 　　　　　【副】輕飄飄、軟綿綿

fu.wa.fu.wa. 　　　　　【類】ふんわり

干した後の布団はふわふわして気持ちがいい。
ほ　　あと　ふとん　　　　　　　　　き　も

ho.shi.ta./a.to.no./fu.to.n.wa./fu.wa.fu.wa./shi.te./ki.mo.chi.ga./i.i.

晒過的棉被，軟綿綿的很舒服。

ソフト 　　　　　【副】軟

so.fu.to.

この革靴はソフトで履き心地がいい。
かわぐつ　　　　　　は　ここち

ko.no./ka.wa.gu.tsu.wa./so.fu.to.de./ha.ki.ko.ko.chi.ga./i.i.

這皮鞋很軟，穿起來很舒服。

とろとろ 　　　　　【副】軟爛、滑溜

to.ro.to.ro.

ふわふわでとろとろなスクランブルエッグが食べたい。
　　　　　　　　　　　　　　　　　　　た

fu.wa.fu.wa.de./to.ro.to.ro.na./su.ku.ra.n.bu.ru.e.ggu.ga./ta.be.ta.i.

想吃鬆軟滑嫩的美式炒蛋。

新鮮

MP3
146

必備單字

新鮮　しんせん 　　　　　【形】新鮮

shi.n.se.n.

新鮮な魚が食べたい。　しんせん　さかな　た

shi.n.se.n.na./sa.ka.na.ga./ta.be.ta.i.

想吃新鮮的魚。

舉一反三

フレッシュ　　　　　　【形】新鮮

fu.re.sshu.

ここでフレッシュな野菜が手頃な価格で買える。　やさい　てごろ　かかく　か

ko.ko.de./fu.re.sshu.na./ya.sa.i.ga./te.go.ro.na./ka.ka.ku.de./ka.e.ru.

這裡可以用合理的價格買到新鮮的蔬菜。

ほやほや　　　　　　　【副】剛剛才、熱騰騰

ho.ya.ho.ya.

できたてほやほやの肉まんが好き。　にく　す

de.ki.ta.te./ho.ya.ho.ya.no./ni.ku.ma.n.ga./su.ki.

喜歡剛出爐熱騰騰的肉包。

できたて　　　　　　　【名】現做、剛做好、新做的

de.ki.ta.te.

できたてのおいしいお酒を飲んでみてください　さけ　の

de.ki.ta.te.no./o.i.shi.i./o.sa.ke.o./no.n.de./mi.te./ku.da.sa.i.

請喝看看剛釀好的酒。

腐壊

MP3
146

必備單字

腐<ruby>る<rt>くさ</rt></ruby>

【動】腐敗、臭了

ku.sa.ru.

停電で冷蔵庫の中の食べ物が腐っちゃった。

te.i.de.n.de./re.i.zo.u.ko.no./na.ka.no./ta.be.mo.no.ga./ku.sa.ccha.tta.

因為停電，冰箱裡的食物都壞了。

舉一反三

傷<ruby>む<rt>いた</rt></ruby>

【動】腐壊

i.ta.mu.

雨で花が傷んだ。

a.me.de./ha.na.ga./i.ta.n.da.

下雨的關係花都腐壞了。

腐敗<ruby><rt>ふ は い</rt></ruby>

【名】腐敗

fu.ha.i.

夏場は果物が腐敗しやすい。

na.tsu.ba.wa./ku.da.mo.no.ga./fu.ha.i./shi.ya.su.i.

夏天時水果容易腐敗。

生臭<ruby>い<rt>なまぐさ</rt></ruby>

【形】腥

na.ma.gu.sa.i.

自分で捌いた魚は刺身では生臭くて食べられない。

ji.bu.n.de./sa.ba.i.ta./sa.ka.na.wa./sa.shi.mi.de.wa./na.ma.gu.sa.ku.te./ta.be.ra.re.na.i.

自己處理的魚如果做成生魚片的話，會很腥沒辦法吃。

黏稠

MP3
147

必備單字

べたべた　　　　　【副】黏、黏糊糊

be.ta.be.ta.　　　　　【類】べとべと

あせ
汗でシャツがべたべたとくっつく。

a.se.de./sha.tsu.ga./be.ta.be.ta.to./ku.ttsu.ku.

因為流汗，襯衫都黏著。

舉一反三

ねっとり　　　　　【副】黏、黏糊糊

ne.tto.ri.　　　　　【類】ねばっこい

かわ
ペンキはまだ乾かず、ねっとりしている。

pe.n.ki.wa./ma.da./ka.wa.ka.zu./ne.tto.ri./shi.te./i.ru.

油漆還沒乾，所以黏黏的。

ねばねば　　　　　【副】黏糊糊

ne.ba.ne.ba.　　　　　【類】ぬるぬる

なっとう　くち　まわ
納豆で口の周りがねばねばする。

na.tto.u.de./ku.chi.no./ma.wa.ri.ga./ne.ba.ne.ba./su.ru.

因為納豆，嘴巴周圍黏黏的。

べたつく　　　　　【副】黏

be.ta.tsu.ku.　　　　　【反】さっぱり (清爽)

だいどころ　　　　　　あぶら
台所のあちこちは油でべたついている。

da.i.do.ko.ro.no./a.chi.ko.chi.wa./a.bu.ra.de./be.ta.tsu.i.te./i.ru.

廚房到處都黏黏的。

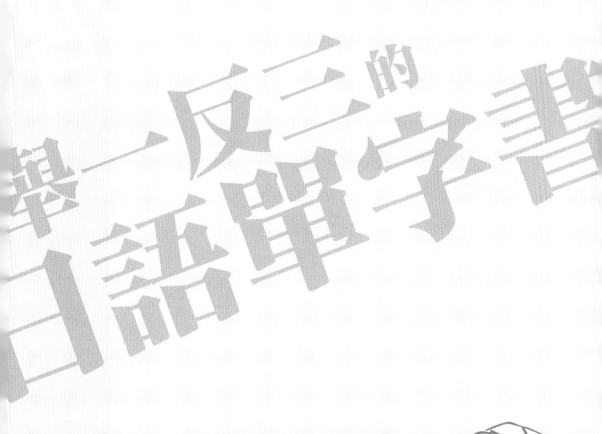

慣用句篇

含「頭」的慣用句

必備單字

頭が上がらない　　　【常】抬不起頭

a.ta.ma.ga./a.ga.ra.na.i.

彼は奥さんには頭が上がらない。

ka.re.wa./o.ku.sa.n.ni.wa./a.ta.ma.ga./a.ga.ra.na.i.

他在老婆面前抬不起頭。

舉一反三

頭を冷やす　　　【常】讓頭腦冷靜下來、冷靜

a.ta.ma.o./hi.ya.su.

頭を冷やして考え直しなさい。

a.ta.ma.o./hi.ya.shi.te./ka.n.ga.e.na.o.shi./na.sa.i.

冷靜下來再重新思考吧。

頭を振る　　　【常】搖頭、否定

a.ta.ma.o./fu.ru.

母は返事のかわりにただ頭を振っただけだった。

ha.ha.wa./he.n.ji.no./ka.wa.ri.ni./ta.da./a.ta.ma.o./fu.tta./da.ke.da.tta.

母親只是以搖頭代替回答。

頭を下げる　　　【常】低頭拜託

a.ta.ma.o./sa.ge.ru.

彼は頭を下げる事が嫌いだ。

ka.re.wa./a.ta.ma.o./sa.ge.ru./ko.to.ga./ki.ra.i.da.

他討厭向人低頭拜託。

含「顔」的慣用句

MP3 148

必備單字

顔を潰す（かおをつぶす）　　　【常】害人臉上無光、丟了面子
ka.o.o./tsu.bu.su.　　　【類】顔を潰れる、顔に泥を塗る

彼は恩師の顔を潰してしまった。（かれはおんしのかおをつぶしてしまった）
ka.re.wa./o.n.shi.no./ka.o.o./tsu.bu.shi.te./shi.ma.tta.
他丟了恩師的臉。

舉一反三

顔が広い（かおがひろい）　　　【常】人面很廣

ka.o.ga./hi.ro.i.

友達は顔が広いから、よく有名人を紹介してくれる。（ともだちはかおがひろいから、よくゆうめいじんをしょうかい）
to.mo.da.chi.wa./ka.o.ga./hi.ro.i./ka.ra./yo.ku./yu.u.me.i.ji.n.o./sho.u.ka.i./shi.te./ku.re.ru.
朋友的人面很廣，經常介紹名人給我認識。

顔から火が出る（かおからひがでる）　　　【常】害羞得臉紅

ka.o./ka.ra./hi.ga./de.ru.

友達に笑われて顔から火が出るような気持ちだった。（ともだちにわらわれてかおからひがでるようなきもち）
to.mo.da.chi.ni./wa.ra.wa.re.te./ka.o./ka.ra./hi.ga./de.ru./yo.u.na./ki.mo.chi.da.tta.
被朋友笑，覺得害羞得臉都紅了。

顔を立てる（かおをたてる）　　　【常】給面子

ka.o.o./ta.te.ru.

ここは先輩の顔を立てて出番を譲るとしよう。（せんぱいのかおをたてててばんをゆず）
ko.ko.wa./se.n.pa.i.no./ka.o.o./ta.te.te./de.ba.n.o./yu.zu.ru.to./shi.yo.u.
這裡應該要給前輩面子，讓前輩出場。

含「眼」的慣用句

必備單字

大目に見る 【常】寬恕
おおめ に み

o.o.me.ni./mi.ru.

些細な過ちは大目に見てください。
ささい あやま おおめ み

sa.sa.i.na./a.ya.ma.chi.wa./o.o.me.ni./mi.te./ku.da.sa.i.

小過錯就請寬恕一下。

舉一反三

目が高い 【常】眼光很高
め たか

me.ga./ta.ka.i.

お目が高いですね。
め たか

o.me.ga./ta.ka.i.de.su.ne.

您真有眼光。

目が散る 【常】眼花撩亂
め ち

me.ga./chi.ru.

目が散って何を見たらいいのか全然わからない。
め ち なに み ぜんぜん

me.ga./chi.tte./na.ni.o./mi.ta.ra./i.i.no.ka./ze.n.ze.n./wa.ka.ra.na.i.

眼花撩亂，不知道該看什麼好。

目が点になる 【常】驚訝、目瞪口呆
め てん

me.ga./te.n.ni./na.ru.

犬のありえない行動に目が点になった。
いぬ こうどう め てん

i.nu.no./a.ri.e.na.i./ko.u.do.u.ni./me.ga./te.n.ni./na.tta.

被小狗不可思議的動作嚇得目瞪口呆。

含「耳」的慣用句

MP3 149

必備單字

耳が痛い
【常】被指出弱點而聽不下去

mi.mi.ga./i.ta.i.

間違いを指摘されて耳が痛い。

ma.chi.ga.i.o./shi.te.ki./sa.re.te./mi.mi.ga./i.ta.i.

被指謫錯誤聽了覺得很難受。

舉一反三

耳が遠い
【常】耳背

mi.mi.ga./to.o.i.

祖父は耳が遠いので、よくトンチンカンな返事をする。

so.fu.wa./mi.mi.ga./to.o.i./no.de./yo.ku./to.n.chi.n.ka.n.na./he.n.ji.o./su.ru.

祖父因為耳背，回答常會牛頭不對馬嘴。

耳に障る
【常】聽了不舒服、覺得吵

mi.mi.ni./sa.wa.ru.

【類】耳障り

車のエンジン音は耳に障る。

ku.ru.ma.no./e.n.ji.n.o.n.wa./mi.mi.ni./sa.wa.ru.

車子的引擎聲讓人聽了不舒服。

小耳に挟む
【常】聽說

ko.mi.mi.ni./ha.sa.mu.

驚きのニュースを小耳に挟んだ。

o.do.ro.ki.no./nyu.u.su.o./ko.mi.mi.ni./ha.sa.n.da.

聽說了驚人的新聞。

含「鼻」的慣用句

必備單字

MP3
150

鼻息が荒い 【常】蓄勢待發

ha.na.i.ki.ga./a.ra.i.

今年こそ優勝するぞと、キャプテンは鼻息が荒い。
ko.to.shi./ko.so./yu.u.sho.u./su.ru.zo.to./kya.pu.te.n.wa./ha.na.i.ki.ga./
a.ra.i.
隊長蓄勢待發地說今年一定要優勝。

舉一反三

鼻が高い 【常】感到驕傲

ha.na.ga./ta.ka.i.

姉妹でメダルを獲得したのですから家族も鼻が高いでしょうね。
shi.ma.i.de./me.da.ru.o./ka.ku.to.ku./shi.ta.no.de.su.ka.ra./ka.zo.ku.mo./ha.na.
ga./ta.ka.i.de.sho.u.ne.
姉妹都獲得獎牌，家人一定也感到很驕傲吧。

鼻で笑う 【常】瞧不起、恥笑

ha.na.de./wa.ra.u.

後輩をバカにして鼻で笑ったことを謝らなければならない。
ko.u.ha.i.o./ba.ka.ni./shi.te./ha.na.de./wa.ra.tta./ko.to.o./a.ya.ma.ra.na.ke.re.ba./
na.ra.na.i.
把後輩當傻瓜並恥笑他們的事，必需道歉。

鼻につく 【常】煩膩

ha.na.ni./tsu.ku.

彼のけだるい話し方が鼻につく。
ka.re.no./ke.da.ru.i./ha.na.shi.ka.ta.ga./ha.na.ni./tsu.ku.
對他那慵懶的說話方式感到煩膩。

含「口」的慣用句

必備單字

MP3
150

開いた口が塞がらない　【常】目瞪口呆、傻眼

a.i.ta./ku.chi.ga./fu.sa.ga.ra.na.i.

彼の無責任な態度には開いた口が塞がらない。

ka.re.no./mu.se.ki.ni.n.na./ta.i.do./ni.wa./a.i.ta./ku.chi.ga./fu.sa.ga.ra.na.i.

他那不負責任的態度讓人目瞪口呆。

舉一反三

口がうまい　　　　　　　【常】很會說話、舌燦蓮花

ku.chi.ga./u.ma.i.

あのセールスマンは口がうまい。

a.no./se.e.ru.su.ma.n.wa./ku.chi.ga./u.ma.i.

那個業務很會說話。

口が堅い　　　　　　　　【常】口風很緊

ku.chi.ga./ka.ta.i.

あの人は口が堅いから、教えても大丈夫だ。

a.no./hi.to.wa./ku.chi.ga./ka.ta.i./ka.ra./o.shi.e.te.mo./da.i.jo.u.bu.da.

那人口風很緊，告訴他也沒關係。

口が軽い　　　　　　　　【常】口風不緊

ku.chi.ga./ka.ru.i.

田中くんは口が軽いからこのことは彼に言わない方がいい。

ta.na.ka.ku.n.wa./ku.chi.ga./ka.ru.i./ka.ra./ko.no.ko.to.wa./ka.re.ni./i.wa.na.i./
ho.u.ga./i.i.

田中君的口風很不緊，這事最好別告訴他。

含「心」的慣用句

怒り心頭に発する 【常】燃起心頭怒火
いか しんとう はっ

i.ka.ri.shi.n.to.u.ni./ha.ssu.ru.

皆の前で先輩に罵倒されて怒り心頭に発した。
みな まえ せんぱい ばとう いか しんとう はっ
mi.na.no./ma.e.de./se.n.pa.i.ni./ma.to.u./sa.re.te./i.ka.ri.shi.n.to.u.ni./
ha.sshi.ta.
在大家面前被前輩痛罵，燃起了心頭怒火。

舉一反三

心が痛む 【常】心痛
こころ いた

ko.ko.ro.ga./i.ta.mu.

被災者の苦しみを思うと心が痛む。
ひさいしゃ くる おも こころ いた
hi.sa.i.sha.no./ku.ru.shi.mi.o./o.mo.u.to./ko.ko.ro.ga./i.ta.mu.
想到受災者的苦難，就覺得心痛。

心ここにあらず 【常】心不在焉
こころ

ko.ko.ro./ko.ko.ni./a.ra.zu.

試合のときは両親の体調が心配で心ここにあらずだった。
しあい りょうしん たいちょう しんぱい こころ
shi.a.i.no./to.ki.wa./ryo.u.shi.n.no./ta.i.cho.u.ga./shi.n.pa.i.de./ko.ko.ro./ko.ko.ni./
a.ra.zu.da.tta.
比賽時因為擔心父母的健康而心不在焉。

心に刻む 【常】銘記在心
こころ きざ

ko.ko.ro.ni./ki.za.mu.

仲間たちと記念撮影して、思い出を心に刻んだ。
なかま きねんさつえい おも で こころ きざ
na.ka.ma.ta.chi.to./ki.ne.n.sa.tsu.e.i./shi.te./o.mo.i.de.o./ko.ko.ro.ni./ki.za.n.da.
和同伴們攝影留念，將回憶銘記在心。

含「手」的慣用句

必備單字

手早い 　　　　　　【常】動作迅速
て　ば

te.ba.ya.i.

彼は仕事が手早い。
かれ　しごと　てばや

ka.re.wa./shi.go.to.ga./te.ba.ya.i.

他工作動作很快。

舉一反三

手を抜く 　　　　　　【常】偷懶
て　ぬ

te.o./nu.ku.

忙しくても仕事は手を抜いちゃダメです。
いそが　　　　しごと　　て　ぬ

i.so.ga.shi.ku.te.mo./shi.go.to.wa./te.o./nu.i.cha./da.me.de.su.

就算再忙，工作也不能偷懶。

手も足も出ない 　　　【常】束手無策
て　あし　で

te.mo.a.shi.mo./de.na.i.

この仕事は難しくて手も足も出ない。
しごと　むずか　　　て　あし　で

ko.no./shi.go.to.wa./mu.zu.ka.shi.ku.te./te.mo.a.shi.mo./de.na.i.

這工作太難，讓人束手無策。

お手上げ 　　　　　　【常】舉手投降、無計可施
て　あ

o.te.a.ge.

この問題はお手上げだ。
もんだい　　　て　あ

ko.no./mo.n.da.i.wa./o.te.a.ge.da.

這問題讓人無計可施。

含「腳」的慣用句

MP3 152

必備單字

足が重い　　　　　【常】不想動、提不起勁

a.shi.ga./o.mo.i.

検査結果を聞きに行くのは足が重い。

ke.n.sa.ke.kka.o./ki.ki.ni./i.ku./no.wa./a.shi.ga./o.mo.i.

提不起勁去看檢查結果。

舉一反三

足が地に着かない　　　【常】興奮得不得了、不腳踏實地

a.shi.ga./chi.ni./tsu.ka.na.i.

決勝進出が決まり、足が地に着かない。

ke.ssho.u.shi.n.shu.tsu.ga./ki.ma.ri./a.shi.ga./chi.ni./tsu.ka.na.i.

確定進入決賽，興奮得不得了。

足が棒になる　　　　【動】腳如千斤重、腳很痠

a.shi.ga./bo.u.ni./na.ru.

1日中歩いて、足が棒になってしまった。

i.chi.ni.chi.ju.u./a.ru.i.te./a.shi.ga./bo.u.ni./na.tte./shi.ma.tta.

走了1整天，腳痠得就像千斤重。

足が出る　　　　　【動】錢不夠

a.shi.ga./de.ru.

お金を使いすぎて足が出た。

o.ka.ne.o./tsu.ka.i.su.gi.te./a.shi.ga./de.ta.

花太多錢了，錢不夠用。

含「腹」的慣用句

必備單字

腹が黒い　　　　　【常】黑心、內心奸詐邪惡
は ら　く ろ

ha.ra.ga./ku.ro.i.　　　【類】腹黒い
　　　　　　　　　　　　　　　 はらぐろ

あの男はいつもニコニコしているが、実は腹が黒い。
　　 おとこ　　　　　　　　　　　　　　　　　　　 じつ　はら　くろ

a.no./o.to.ko.wa./i.tsu.mo./ni.ko.ni.ko./shi.te./i.ru.ga./ji.tsu.wa./ha.ra.ga./
ku.ro.i.
那男的雖然笑盈盈的，其實很黑心。

舉一反三

腹を決める　　　　　【動】下定決心
は ら　き

ha.ra.o./ki.me.ru.

この道を進むという腹を決めたら、全力で突き進めばいい。
　　 みち　すす　　　　　　　 はら　き　　　　 ぜんりょく　つ　すす

ko.no./mi.chi.o./su.su.mu./to.i.u./ha.ra.o./ki.me.ta.ra./ze.n.ryo.ku.de./tsu.ki.su.
su.me.ba./i.i.
一旦下定決心要走這條路，就盡全力前進。

腹を割る　　　　　【動】敞開心房
は ら　わ

ha.ra.o./wa.ru.

彼とは一度腹を割って話したいと思っている。
かれ　　 いちどはら　わ　　 はな　　　　　 おも

ka.re./to.wa./i.chi.do./ha.ra.o./wa.tte./ha.na.shi.ta.i.to./o.mo.tte./i.ru.
想和他敞開心房聊一聊。

太腹　　　　　【名】大方
ふとばら

fu.to.ba.ra.　　　　　【類】太っ腹
　　　　　　　　　　　 ふと　ばら

さすが課長、今日も奢ってくれた。太腹だね。
　　 かちょう　きょう　おご　　　　　　 ふとばら

sa.su.ga./ka.cho.u./kyo.u.mo./o.go.tte./ku.re.ta./fu.to.ba.ra.da.ne.
不愧是課長，今天也請客。真是大方。

含「骨」的慣用句

MP3
153

必備單字

骨が折れる
ほね お

ho.ne.ga./o.re.ru.

【常】費力、費好大的勁

【類】骨を折る
　　　ほね お

専門用語を学ぶのは骨が折れる。
せんもんようご まな ほね お

se.n.mo.n.yo.u.go.o./ma.na.bu./no.wa./ho.ne.ga./o.re.ru.

為了學專業用語費了好大的勁。

舉一反三

骨身を削る
ほねみ けず

ho.ne.mi.o./ke.zu.ru.

【常】盡心盡力

【類】骨身を惜しまず
　　　ほねみ お

長年の間，骨身を削って働いた。
ながねん あいだ ほねみ けず はたら

na.ga.ne.n.no./a.i.da./ho.ne.mi.o./ke.zu.tte./ha.ta.ra.i.ta.

長久以來，一直盡心盡力工作。

馬の骨
うま ほね

u.ma.no./ho.ne.

【常】來歷不明的人

彼はどこの馬の骨とも知れないやつだ。
かれ うま ほね し

ka.re.wa./do.ko.no./u.ma.no./ho.ne.to.mo./shi.re.na.i./ya.tsu.da.

他是來歷不明的人。

真骨頂
しんこっちょう

shi.n.ko.ccho.u.

【名】真本事、真工夫

この作品こそ、彼の真骨頂を示すものだ。
さくひん かれ しんこっちょう しめ

ko.no./sa.ku.hi.n./ko.so./ka.re.no./shi.n.ko.ccho.u.o./shi.me.su./mo.no.da.

這作品才能顯示了他的真本事。

含「肝」的慣用句

必備單字

肝が据わる　　　【常】有膽識
きも　す
ki.mo.ga./su.wa.ru.　　　【類】腹が据わる
　　　　　　　　　　　　　　　　はら　す

彼は肝が据わっている。問題があっても動じない。
かれ　きも　す　　　　　　もんだい　　　　　　どう

ka.re.wa./ki.mo.ga./su.wa.tte./i.ru./mo.n.da.i.ga./a.tte.mo./do.u.ji.na.i.

他很有膽識，有問題也不為所動。

舉一反三

肝に銘じる　　　【常】銘記在心
きも　めい
ki.mo.ni./me.i.ji.ru.　　　【類】肝に銘ずる
　　　　　　　　　　　　　　　　きも　めい

彼の忠告を肝に銘じている。
かれ　ちゅうこく　きも　めい

ka.re.no./chu.u.ko.ku.o./ki.mo.ni./me.i.ji.te./i.ru.

把他的忠告銘記在心。

肝をつぶす　　　【常】嚇破膽
きも
ki.mo.o./tsu.bu.su.

電車にひかれそうになって肝をつぶした。
でんしゃ　　　　　　　　　　　きも

de.n.sha.ni./hi.ka.re.so.u.ni./na.tte./ki.mo.o./tsu.bu.shi.ta.

差點被電車撞上，嚇破了膽。

度肝を抜く　　　【常】嚇一大跳、大吃一驚
どぎも　ぬ
do.gi.mo.o./nu.ku.　　　【類】荒肝を抜く
　　　　　　　　　　　　　　　　あらぎも　ぬ

彼女のファッションに度肝を抜かれた。
かのじょ　　　　　　　　どぎも　ぬ

ka.no.jo.no./fa.ssho.n.ni./do.gi.mo.o./nu.ka.re.ta.

為她的打扮大吃一驚。

含「氣息」的慣用句

MP3
154

必備單字

息が切れる 【常】上氣不接下氣

i.ki.ga./ki.re.ru.

階段を駆け上がったので、息が切れた。

ka.i.da.n.o./ka.ke.a.ga.tta./no.de./i.ki.ga./ki.re.ta.

因為奔跑上樓，喘得上氣不接下氣。

舉一反三

息が合う 【常】合拍、合得來

i.ki.ga./a.u.

私は彼と息が合わない。

wa.ta.shi.wa./ka.re.to./i.ki.ga./a.wa.na.i.

我和他很不合拍。

息が詰まる 【常】喘不過氣

i.ki.ga./tsu.ma.ru.

ストレスが溜まって息が詰まりそうです。

su.to.re.su.ga./ta.ma.tte./i.ki.ga./tsu.ma.ri.so.u.de.su.

累積了很多壓力，覺得快喘不過氣。

息が長い 【常】常青樹

i.ki.ga./na.ga.i.

このグループ、まだ活動してるんだ。息が長いな。

ko.no./gu.ru.u.pu./ma.da./ka.tsu.do.u./shi.te.ru.n.da./i.ki.ga./na.ga.i.na.

那個團體還在活動啊，真是常青樹呢。

含「蟲」的慣用句

必備單字

MP3
154

虫の知らせ　　　　　【常】第六感

mu.shi.no./shi.ra.se.

後から思えば、虫の知らせかもしれないが、途中で引き返したため、事故に巻き込まれずに済んだ。

a.to./ka.ra./ka.n.ga.e.ba./mu.shi.no./shi.ra.se./ka.mo.shi.re.na.i.ga./to.chu.u.de./hi.ki.ka.e.shi.ta./ta.me./ji.ko.ni./ma.ki.ko.ma.re.zu.ni./su.n.da.

事後回想，說不定是第六感，所以途中折返所以沒被捲入事故。

舉一反三

虫の居所が悪い　　　　【常】心情不好

mu.shi.no./i.do.ko.ro.ga./wa.ru.i.

部長、朝から虫の居所が悪いね。声をかけないほうがいい。

bu.cho.u./a.sa.ka.ra./mu.shi.no./i.do.ko.ro.ga./wa.ru.i.ne./ko.e.o./ka.ke.na.i./ho.u.ga./i.i.

部長，從早上就心情不好。還是別和他講話好。

虫が好かない　　　　【常】莫名討厭

mu.shi.ga./su.ka.na.i.

あの人はなんとなく虫が好かないやつだ。

a.no.hi.to.wa./na.n.to.na.ku./mu.shi.ga./su.ka.na.i./ya.tsu.da.

那個人就是莫名讓人討厭。

國家圖書館出版品預行編目資料

懶人日語單字：舉一反三的日語單字書／雅典日研所編著
－初版. -- 新北市：雅典文化, 民105.08
面； 公分. --（日語大師；6）
ISBN 978-986-5753-68-9(平裝附光碟片)
1.日語 2.詞彙
803.12 105009919

日語大師系列 06

懶人日語單字：舉一反三的日語單字書

編著／雅典日研所
責編／許惠萍
美術編輯／許惠萍
封面設計／姚恩涵

法律顧問：方圓法律事務所／涂成樞律師

總經銷：永續圖書有限公司　　CVS代理／美璟文化有限公司
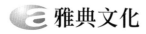
www.foreverbooks.com.tw　　TEL：（02）2723-9968
FAX：（02）2723-9668

出版日／2016年8月

雅典文化

出版社　22103　新北市汐止區大同路三段194號9樓之1
TEL　（02）8647-3663
FAX　（02）8647-3660

版權所有，任何形式之翻印，均屬侵權行為

懶人日語單字：舉一反三的日語單字書

雅致風靡　典藏文化

親愛的顧客您好，感謝您購買這本書。即日起，填寫讀者回函卡寄回至本公司，我們每月將抽出一百名回函讀者，寄出精美禮物並享有生日當月購書優惠！想知道更多更即時的消息，歡迎加入"永續圖書粉絲團"您也可以選擇傳真、掃描或用本公司準備的免郵回函寄回，謝謝。

傳真電話：（02）8647-3660　　　　電子信箱：yungjiuh@ms45.hinet.net

姓名：	性別：□男　□女
出生日期：　年　　月　　日	電話：
學歷：	職業：
E-mail：	
地址：□□□	
從何處購買此書：	購買金額：　　　元
購買本書動機：□封面 □書名□排版 □內容 □作者□偶然衝動	

你對本書的意見：
內容：□滿意□尚可□待改進　　編輯：□滿意□尚可□待改進
封面：□滿意□尚可□待改進　　定價：□滿意□尚可□待改進

其他建議：

總經銷：永續圖書有限公司

永續圖書線上購物網
www.foreverbooks.com.tw

您可以使用以下方式將回函寄回。

您的回覆，是我們進步的最大動力，謝謝。

① 使用本公司準備的免郵回函寄回。

② 傳真電話：（02）8647-3660

③ 掃描圖檔寄到電子信箱：

　　yungjiuh@ms45.hinet.net

沿此線對折後寄回，謝謝。

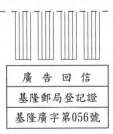

廣 告 回 信

基隆郵局登記證

基隆廣字第056號

22103

 雅典文化事業有限公司　收

新北市汐止區大同路三段194號9樓之1

雅致風靡　典藏文化